RALF STRACKBEIN

Der Billy-Code

In dieser Reihe bereits erschienen:

Tristan Irle und der Rubensmord; Tristan Irle - Eine Leiche auf der HTS; Tristan Irle - Mord Pur; Tristan Irle - Die Abseitsfalle; Tristan Irle - Das sexte Gebot; Tristan Irle und das Rathauskomplott; Tristan Irle - Der Braumeister; Tristan Irle - Gegen den Strich; Tristan Irle - Tödliche Doktorspiele; Tristan Irle - Siegener Maskerade; Tristan Irle - Eisenhart; Tristan Irle - Die Fürstenjagd; Tristan Irle - Lokalzeit; Tristan Irle - Baum fällt!; Tristan Irle - Die zitternden Tenöre; Tristan Irle - Der Killersteig; Tristan Irle - Locht ein!; Tristan Irle hat Lampenfieber.

Der Autor:

Ralf Strackbein studierte Literaturwissenschaft, Politikwissenschaft und Angewandte Sprachenwissenschaft. Er beendete sein Studium erfolgreich als Magister of Arts (Magister Artium). Der ausgebildete Technische Zeichner holte auf dem zweiten Bildungsweg sein Abitur nach und schrieb während des Studiums als Freier Mitarbeiter Reportagen und Filmkritiken für eine große Tageszeitung. Gegen Ende des Studiums veröffentlichte er seinen ersten Kriminalroman „Tristan Irle und der Rubensmord". Die Romanreihe umfasst mittlerweile 18 Tristan-Irle-Krimis. Weit mehr als 110.000 Bücher wurden bis heute in Südwestfalen verkauft. Nach dem Studium arbeitete Ralf Strackbein als Pressereferent in Frankfurt am Main, bis er sich 1996 als Presse- & PR-Berater selbstständig machte. Der Autor lebt in Siegen.

Ralf Strackbein

Der Billy-Code

Roman

Magolves-Verlag
Siegen

www.magolves.com

Deutsche Erstveröffentlichung
September 2008
Magolves-Verlag, Siegen

Umschlag-Gestaltung: Michaela Becker
Satz und Buchherstellung:
Vorländer GmbH & Co. KG, Siegen

ISBN: 978-3-935378-19-2

Das Buch wurde auf chlorfrei gebleichtem Papier gedruckt.

Eine Vorbemerkung zum Buch:

Die Idee traf mich wie ein Blitz. Warum nicht einen schwedischen Möbelhaus-Krimi schreiben?

Hätte es mächtig gedonnert und wären mir Hagelkörner um die Ohren geflogen, vielleicht wäre ich Martin Luthers Beispiel gefolgt und hätte ein Gelöbnis gen Himmel gerufen. Aber es war ein ruhiger Spätsommertag und nichts Bedrohliches lag in der Luft – nun ja – außer der Idee zu einem Mord.

Diese Idee ließ mich nicht mehr los. Nach einigen unruhigen Nächten, dem Genuss einer vollen Schiffsladung Kaffee sowie diverser anderer Aufputschmittel ;-) entwickelte sich langsam ein Handlungsstrang, der jeglichen faden Beigeschmack einer platten Marketingidee unter seiner spannenden Dynamik zermalmte. Das folgende Arbeitsjahr stellte sich als faszinierende Erzählreise in die Welt meiner Charaktere und in das Universum des schwedischen Möbelhauses dar – und nun liegt der Krimi in Ihren Händen.

Jetzt bleibt nur noch darauf hinzuweisen, dass Ähnlichkeiten mit realen Tatbeständen, lebenden oder juristischen Personen, Örtlichkeiten, Körperschaften, Unternehmen, Gesellschaften oder Organisationen, natürlichen oder übernatürlichen Hierarchien rein zufällig sind.

Ralf Strackbein M.A. Siegen, September 2008

Personenverzeichnis:

Zwecks besserer Übersicht werden die Personen des Romans in einem hierarchischen Schema, analog dem Telefonverzeichnis eines großen Konzerns, in Gruppen zusammengefasst. Dieses Schema gilt nur bis zu einem bestimmten Zeitpunkt der Nacht*.

Die Führungsmannschaft:

Andrew Adam, das bedauernswerte Opfer mit mysteriöser Vergangenheit.

Edward Fromm, Niederlassungsleiter und Mann der Stunde, voll im Einsatz und entscheidungsbereit.

Jutta Luchtenberg, Personalchefin, resolute Frau mit einem Geheimnis.

Nicole Pellegrino, Einkaufschefin mit südländischem Temperament und einem Hang zu Süßigkeiten.

Die Mitarbeiter:

Lydia Donner, schlaue Mitarbeiterin, die Pech mit Männern hat.

Jan Müller, ein junger Mann mit erstaunlichen Fähigkeiten.

Fabian Schneider, unauffälliger Zeitgenosse.

---

* Diese Einleitung ist so passend, dass ich sie schamlos von meinen italienischen Vorbildern C. Futtero & F. Lucentini aus ihrem Roman „Wie weit ist die Nacht“, erschienen 1989 bei Piper, entwendet habe.

Trainees:

Teresa Peters, aufgeweckte angehende Führungskraft.

Martin Kissing, trotz seiner Fähigkeiten eine anstrengende Persönlichkeit.

Sven Pedroni, sehr unauffällig.

Die Ermittler:

Raphael Olofsson, Detektiv mit scharfsinnigen Bemerkungen und einem klaren Blick für das Wesentliche.

Miriam van Heyden, Assistentin mit verborgenen Fähigkeiten und in finanziellen Nöten.

Anton Leopold, Polizeikommissar und ein erfahrener alter Haudegen mit ein paar Pfunden zu viel am Körper.

Catharina von Hohenlohe, Polizeihauptmeisterin (Cat), mit Ambitionen zum Polizeidienst gegangen, hätte aber auch Model werden können.

Prolog

Zwei Monate zuvor

Eine sanfte Brise prallte gegen die Mauern des Herrenhauses Shirby, das an einem warmen Spätsommertag auf einer flachen Anhöhe wie eine alte Festung dastand. Der warme Luftzug streichelte die verwitterten Bruchsteine und folgte dann einem breiten Flusslauf hinunter ins Tal. Die hohen, viktorianischen Fenster des Erdgeschosses waren mit dunkelgrünen Fensterläden verrammelt. Der großzügige Park, der um das Haus herum bis zum Fluss angelegt war, sah aus, als hätte er seit Monaten keine Pflege mehr genossen. Wären da nicht ein paar Nobelkarossen vor dem Haupteingang geparkt gewesen, hätte man glauben können, das Anwesen sei verlassen.

»Kann mal jemand die Fensterläden öffnen?« rief Sir John Blaire, ein breitschultriger Mann Mitte fünfzig, der es ganz offensichtlich gewohnt war, Befehle zu geben.

»Tut mir leid, Sir«, antwortete ein älterer Angestellter, hoch gewachsen und spindeldürr, dass man jeden Moment damit rechnete, seine Knochen splittern zu hören. »Solange unser Herr, Sir Arthur, noch unter den Lebenden weilt, werden wir seine Wünsche respektieren.«

Irgendetwas in seiner Stimme ließ Blaire zu dem Schluss kommen, einfach abzuwarten, bis der Herr das Zeitliche segnete.

Zusammen mit zwei weiteren Männern, die wie Blaire ebenfalls in Anzug und Krawatte erschienen waren, stand er in der Eingangshalle des Hauses und blickte eine lange Treppe hinauf, an deren Ende ein Gang begann, der zu einem Schlafzimmer führte.

Dort lag der Herr des Hauses, Sir Arthur McCoon, im Sterben.

Durch halb zugezogene Vorhänge fielen Sonnenstrahlen ins Zimmer und tauchten es in ein leichengraues Licht. Ein Diagnosegerät, das neben einem barocken Bett wie ein neuzeitlicher Kubus wirkte, sandte in unregelmäßigen Abständen leise Pieptöne aus. Zahlreiche Kabel und Schläuche liefen von diesem Gerät hinüber zum Bett, wo sie unter einer schweren Decke verschwanden.

Das Schlafzimmer wirkte wie eine Totengruft. Wie eine sehr teure Totengruft. Der Mann, der dort im Bett lag, war im Leben reich geworden. Doch keine seiner Millionen konnte er nun dorthin mitnehmen, wo er in ein paar Stunden sein würde. Sir Arthur befand sich auf dem direkten Weg hinab in den Hades. Und er wusste es, genauso wie ein Stockwerk tiefer Blaire.

Mit einem diebischen Grinsen sah er einer Krankenschwester nach, als sie das Zimmer verließ. Neben dem Bett stand sein langjähriger Freund und Anwalt Peter Miller.

»Sorg dafür, dass mein Wille geschieht«, hauchte Arthur mit der letzten sich aufbäumenden Kraft eines Sterbenden.

»Das werde ich«, antwortete Peter zögernd und drückte Arthurs Hand. »Bist du dir ganz sicher?«

»Ja«, hustete Arthur. »Der „Heilige Pfad" soll's bekommen, wenn ihr das Kind nicht findet. Es wird einigen Leuten nicht gefallen.« Der Milliardär schielte zur Tür.

»Da hast du Recht«, nickte der Anwalt. »Aber wir werden alle Ressourcen nutzen und das Kind finden.«

»Wenn nicht«, Arthur hustete erneut und ein wenig Blut tropfte aus seinem Mund, »dann geht mein Geld an den „Heiligen Pfad".«

Peter nickte.

»Findet das Kind!« flüsterte Arthur nochmals und sah seinen Freund mit offenen Augen an, dann verschied er.

Wenige Minuten später ging Peter die Treppe hinunter in die Empfangshalle. Dort lief Sir John Blaire ungeduldig hin und her. Als er den Anwalt die Treppe hinunterkommen sah, hielt er inne und rief: »Ist es vorbei?«

»Je nachdem, wie man das sieht«, antwortete der Anwalt philosophisch.

»Hat er sein Testament bestätigt?« wollte Blaire wissen.

»Ja, ich konnte ihn nicht mehr davon abbringen. Es ist alles beim Alten geblieben«, nickte Peter.

»Dann sollten wir anfangen«, brummte Blaire, »nach dem Kind zu suchen, bevor das Geld des Alten unser Land in Chaos versinken lässt.«

»Ja«, nickte Peter ernst, »das sollten Sie.«

1. Die Sturmfront zog ...

Samstagmorgen

Die Sturmfront zog mit hoher Geschwindigkeit von Norden heran. Seit Tagen hatte sie über der kalten Nordsee Feuchtigkeit aufgenommen, die jetzt darauf wartete, in Millionen feiner Eiskristalle über dem Festland niederzugehen. Schwerfällig wälzte sie sich mit fetten Wolkenmassen über das Land in Richtung Süden, während Schneeflocken Felder, Städte und Straßen unter einer dicken Schneedecke zu ersticken drohten.

Auf dem Wetterradar der Frachtmaschine LX 205 von London nach Köln leuchtete die Sturmfront bedrohlich rot auf. Das war nicht das Einzige, was in der Maschine rot aufleuchtete. Durch einen Umrechnungsfehler hatte die Maschine zu wenig Sprit getankt und flog sozusagen nur noch mit heißer Luft.

»Das sieht nicht gut aus«, bemerkte Kapitän Feder und zog seine Sicherheitsgurte enger.

Copilot Hoffmann wusste nicht genau, welche Situation sein Kapitän schlimmer fand: die Sturmfront oder den nicht vorhandenen Sprit. Er zog ebenfalls die Sicherheitsgurte an und rückte seinen Kopfhörer samt Mikrofon zurecht. Momentan schwieg es im Äther, und das war ungefähr so gut wie das lautlose Dahinschweben eines tonnenschweren Silbervogels, dem der Sprit ausging.

»Funk mal Köln an«, sagte Feder, der zunehmend nervöser wurde. »Ich will nicht hoffen, dass auch noch unsere Funkanlage defekt ist.«

Der Copilot nickte und drückte die Mikrofontaste: »Lima X-Ray two, zero, five, Köln Tower!«

»Zero, five, Köln Tower«, krächzte es beunruhigend schnell aus den Kopfhörern.

»Die Funke funktioniert«, murmelte der Kapitän und überprüfte nachdenklich ein paar Instrumente, während der Copilot weiter mit dem Tower sprach.

»Wir haben Köln gesperrt«, drang es aus den Kopfhörern und schreckte den Kapitän aus seinen Gedanken auf.

»Was ist los?« fragte Feder seinen Co.

»Der Kölner Flughafen ist wegen starken Schneefalls gesperrt. Wir müssen auf einen kleinen Regionalflughafen südöstlich ausweichen.«

»Schneit es da nicht?« knurrte der Kapitän mit einem gehässigen Blick in Richtung Tankanzeige.

»Noch nicht«, erwiderte der Co und kramte einen Ordner hinter seinem Sitz hervor. Schnell hatte er das Anflugblatt für den Ausweichflughafen gefunden und gab alle nötigen Informationen in das Navigationssystem ein.

»Ist die Landebahn lang genug?« fragte Feder, der mit dem Sinkflug begonnen hatte.

»Ich frage mich eher, ob der Sprit bis dahin noch reicht«, brummte der Co.

»Das passt«, antwortete der Kapitän mürrisch. »Ist die Landebahn lang genug?«

»Ja«, nickte der Co, »müsste ausreichen.«

»Müsste?« wiederholte der Kapitän. Solche Informationen erinnerten ihn an zugefrorene Seen, die Kinder zum Schlittschuhlaufen nutzen wollten. Ob das Eis tragen würde, wusste man erst dann, wenn man es ausprobiert hatte. Keine beruhigende Vorstellung, wenn man mit ein paar hundert Sachen und zwei tonnenschweren Werkzeugmaschinen im Frachtraum auf eine Landebahn zuhielt, die vielleicht zu kurz war.

2

»Nun ist es amtlich«, tönte es aus dem Lautsprecher eines alten Saab, der einer viel befahrenen Zubringerstraße folgte. »In 48 Stunden geht das Vermögen des vor zwei Monaten verstorbenen Milliardärs Arthur McCoon an die religiöse Glaubensgemeinschaft „Heiliger Pfad", die nach Angaben von Scotland Yard eng verbunden ist mit der Jugendorganisation „Pro Patria" und als getarnte Organisation des internationalen Terrorismus gilt. Kritiker allerdings werfen den staatlichen Stellen vor, keine nennenswerten Beweise für diese These vorgelegt zu haben und loben das Engagement der Glaubensgemeinschaft. Sollte nicht ...« Eine Hand griff nach dem Ausschalter des Autoradios und stellte es ab.

»Mist, jetzt sind wir doch zu spät«, fluchte Miriam van Heyden, eine junge Assistentin im

Dienst eines Mannes, der seit einer halben Stunde schweigend neben ihr auf dem Beifahrersitz saß.

Sie bremste den alten Saab vor einer sich schließenden Bahnschranke ab und sah zu ihrem Chef hinüber. »Was bin ich froh, wenn endlich diese Umgehungsbrücke fertig gebaut ist.«

Raphael Olofsson, ihr neuer Chef, nickte andeutungsweise und beobachtete, wie kurze Zeit später ein Personenzug an ihnen vorbeiraste. Miriam legte vorsichtig den ersten Gang ein, was das Getriebe dennoch mit einem metallischen Kreischen kommentierte, und gab Gas, als die Schranken langsam in die Höhe fuhren.

»Gleich sind wir da«, sagte sie erwartungsfroh und folgte der Beschilderung auf einen großen Parkplatz.

»Und das ist also eines der berühmten schwedischen Möbelhäuser«, schnaufte Raphael Olofsson, während er langsam die Beifahrertür des in die Jahre gekommenen Saab zudrückte. Olofsson trat einen Schritt nach vorn, weg von dem betagten Fahrzeug und betrachtete die mächtige Fassade des Möbelhauses, die sich bunt von einem grau-schwarzen Himmel absetzte. Der Mann trug einen taubenblauen Chesterfield-Mantel, einen Hut mit breiter, weicher Krempe, Lammfellhandschuhe und entsprechende Hosen und Schuhe.

Raphael Olofsson passte mit seinem klassischen Gentleman-Outfit auf den Parkplatz des Möbelhauses wie König Karl Gustav in Ausgehuniform in die Fankurve eines Fußballstadions.

So jedenfalls wäre es einem flüchtigen Beobachter erschienen. Doch wenn dieser genauer hingesehen hätte, wäre zu erkennen gewesen, dass Olofssons grüne Augen voller Erwartung den Eingang fixierten, dass seine ganze Körpersprache pure Vorfreude signalisierte, als er sich etwas ungeduldig dem alten Saab zuwandte.

»Wo bleiben Sie denn?« rief er Miriam zu, die gerade dabei war, den Wagen abzuschließen.

»So viel Mühe«, setzte er freundlich nach, »um das Gefährt vor Diebstahl zu schützen.«

»Chef, das ist ein Auto«, antwortete Miriam van Heyden und zog sich eine orangefarbene Pudelmütze ohne Bommel über ihr krauses Haar, das umso störrischer wurde, je mehr Feuchtigkeit in der Luft lag. Miriam sah alles andere als lady-like aus, als sie neben ihren Chef trat. Sie trug eine modische Jeans, bei deren Anblick sich Olofsson fragte, ob der Schneider die Hose gleich um Miriams Gesäß genäht hatte. Die Hose saß so eng, dass sie problemlos in zwei robuste Winterstiefel passte. Eine rosafarbene Steppjacke, die in Taillenhöhe endete und nach Olofssons Meinung ruhig ein wenig mehr Stoff hätte vertragen können, bedeckte ihren Oberkörper. Sie besaß keine Handtasche, sondern einen dieser Schlüsselanhänger mit einem Stofftier dran. Dieses Stofftier, eine Imitation eines Waschbären, blickte Olofsson irgendwie herausfordernd an.

»Können wir?« fragte Miriam und wedelte mit dem Anhänger.

»Nach Ihnen«, nickte Olofsson und hätte beinahe aus reiner Gewohnheit seine linke Hand an die Krempe gehoben. Doch das freundliche Lächeln seiner neuen Mitarbeiterin erinnerte ihn daran, dass er sich nicht mehr in Staatsdiensten befand und diplomatisches Protokoll auf dem Parkplatz eines Möbelhauses alles andere als platziert erschien.

Raphael Olofsson, Zivilist, nachdem er den Dienst in der Deutschen Botschaft in Stockholm quittiert hatte, war jetzt stolzer Besitzer eines Reisebüros. Nun, wenn man es genauer betrachtete, dann besaß er seit einer Woche einen Mietvertrag, der ihm uneingeschränkte Befugnis über einen kleinen Laden gewährte, der nur einige Kilometer Luftlinie entfernt in der City seiner Heimatstadt lag. Allerdings war ihm der Laden leer übergeben worden, was ihn zu diesem Zeitpunkt nicht weiter störte. Schließlich konnte es ja keine Sisyphusarbeit werden, ein Ladenlokal einzurichten. Doch bereits nach dem ersten längeren Gespräch mit einem Ladenbauer wurde ihm klar: Er benötigte Hilfe. Unkonventionell hing er ein handgemaltes Schild ins Schaufenster, auf dem stand: „Suche ausgebildete Reisekauffrau mit Mut zu Extravagantem".

So traf er auf Miriam van Heyden, die dringend einen Job benötigte und ihn ganz nebenbei darauf aufmerksam machte, dass man „extravagant" auch im Sinne von *närrisch* und *überspannt* verstehen könne und nicht allein im Sinne von *ungewöhnlich,* wie er seinen Aufruf ja wahrscheinlich verstanden haben wollte. Das hatte dem neuen Reisebürobesitzer imponiert und so wurde sie gleich eingestellt.

Miriam machte ihm dann auch den Vorschlag, die Einrichtung in einem Möbelgeschäft einzukaufen. Schließlich benötigten sie nur zwei Schreibtische und ein paar Regale, in denen die Prospekte ausliegen sollten. Das führte sie nun zum schwedischen Möbelhaus.

»Wissen Sie«, schmunzelte Olofsson auf dem Weg zum Eingang, »da habe ich fast zwanzig Jahre in Schweden gearbeitet und in Deutschland besuche ich nun zum ersten Mal einen dieser berühmt-berüchtigten Läden.«

»Berüchtigt?« Miriam schüttelte den Kopf. »Dort gibt es nur Möbel, Kleinkram und eine Menge Leute, die sich auf die Füße treten.« Sie atmete tief ein und meinte: »Da gibt es nichts Aufregendes. Also sehen wir zu, dass wir es hinter uns bringen.«

»Ein wenig mehr Enthusiasmus wäre wohl angebracht«, erwiderte Olofsson, »stattdessen *echauffieren* Sie sich und würden liebend gern *echappieren.*«

Miriam blieb stehen und sah in die klaren Augen ihres neuen Arbeitgebers. Dann sagte sie freundlich, aber sehr bestimmt: »So spricht man nicht, Herr Olofsson. Wir sind hier nicht mehr in Ihrer Botschaft. Hier *regt man sich auf* und macht *'ne Fliege,* wenn es einem nicht gefällt.«

Olofsson grinste, und wenn er dies tat, sah er aus wie der liebste Patenonkel der Welt.

»Ich *konstatiere*«, antwortete er stolz, ohne auf Miriams genervtes Kopfschütteln zu reagieren, »dass Ihnen ein gewisses Maß an Bildung nicht fremd ist. Das lässt mich zu der Vermutung kommen, dass uns ein sehr fruchtbares Arbeitsverhältnis erwartet.«

»Schön, das haben Sie jetzt festgestellt«, antwortete Miriam und sah auf die herannahenden Schneewolken. »Lassen Sie uns jetzt Dampf machen, da scheint mächtig viel Schnee auf uns zuzukommen.«

3

In diesem Moment kam etwas anderes auf Andrew Adam zu. Es war ganz und gar nicht so leicht wie eine Schneeflocke.

»Scheiße«, stöhnte er und versuchte den Karton am Herunterfallen zu hindern. »Ich brauche Hilfe!« rief er so laut, wie es ihm möglich war.

Andrew arbeitete in der Möbelselbstbedienung des Hauses, die von allen nur Möbel-SB genannt wurde. Eigentlich bestand der Ort aus einer sehr großen und hohen Halle, in der wiederum sehr hohe Regale aufgestellt waren, in denen die Möbel bereits verpackt lagerten und von den Kunden abgeholt wurden. Natürlich mussten diese verpackten Möbel in den meisten Fällen noch zusammengebaut werden, was eigentlich nur intellektuelle Feuilletonleser mit einem Hang zu postmodernen Ästhetikentwürfen mit einem überheblichen Naserümpfen quittierten. Für jeden anderen, also für die meisten, die von einer Theateraufführung oder einem Kinofilm eineinhalb Stunden Unterhaltung, Inspiration und Kurzweil erwarteten, war die Gewissheit, dass nach dem Kauf des Möbels Hand angelegt werden musste, die gleiche wie der tägliche Sonnenaufgang.

Dies alles interessierte Andrew Adam in seiner momentanen Situation nicht. Er befand sich in Reihe 17, in der unter anderem Küchentische auf ihre Käufer warteten. Momentaner Renner war der Tisch mit dem Namen HEDSTA, was sich noch einigermaßen aussprechen ließ. Nur ein Regal weiter lagerten Küchentische, deren Namen Andrew nur mit Mühe aussprechen konnte.

HEDSTA ging so gut, dass eine neue Lieferung angekommen war, die Andrew nun verstauen sollte. Er mochte diese Arbeit, da er den großen Gabelstapler benutzen konnte. Leider hatte er zu viele Kartons auf den Gabelstapler geladen, so dass der oberste Karton nun herabzustürzen drohte. Durch eine schnelle Reaktion hatte er es gerade soeben geschafft, den Karton am Herunterfallen zu hindern. Allerdings befand er sich nun in einer ausweglosen Lage, ohne fremde Hilfe würde er sich daraus nicht mehr befreien können.

»O je, ich komme«, rief Jan Müller und eilte seinem Kollegen zu Hilfe.

Zusammen schoben sie den Karton zurück auf den Stapel.

»Danke, Jan«, stöhnte Andrew. »Weiß auch nicht, wie das passieren konnte.«

»Keine Ursache«, nickte Jan, dessen freundliches Wesen dem Kollegen gut tat. »Hast du den Wetterbericht gehört? Da draußen braut sich was Kräftiges zusammen.«

»Vielleicht ist deshalb so wenig los«, antwortete Andrew. »Ich meine für einen Samstag.«

»Hm, könntest Recht haben«, nickte Jan, »ich mache Pause, kommst du jetzt allein klar?«

»Kein Problem«, antwortete Andrew und fixierte Jan, »ich besorge mir deinen Gabelstapler, wenn du nichts dagegen hast, dann kann ich mich auf die Zinken stellen und die Kartons problemlos von meinem Gabelstapler ins Regal schieben.«

»Du weißt, dass das gegen die Sicherheitsbestimmungen verstößt«, mahnte Jan.

»So wie es aussieht, sind wir beide doch alleine hier«, grinste Andrew verschwörerisch, »und wenn du mich nicht verrätst, wer soll es dann herausbekommen?«

»Wie du meinst«, antwortete Jan und schlich in Richtung Pausenraum.

In tausend Metern Höhe drehte in diesem Moment die Frachtmaschine LX 205 über dem Möbelhaus in den Endanflug auf die Landebahn des Regionalflughafens ein. Das Schneetreiben hatte bereits begonnen.

»Was macht der Sprit?« fragte Kapitän Feder.

»Scheint wirklich zu reichen«, antwortete der Copilot Hoffmann.

»Dann nichts wie runter«, brummte Feder und setzte die Landeklappen. »Irgendetwas Wichtiges zu beachten?«

»Nein«, antwortete der Co und blickte nochmals auf das Anflugblatt des Regionalflughafens. »Kapitän«, ergänzte Hoffmann, »so wie das hier aussieht, verläuft außerhalb des Flugplatzgeländes eine Hochstromleitung quer zur Landerichtung.«

»Könnte es ein Problem beim Durchstarten geben?« hakte Feder nach und fuhr das Fahrwerk aus.

»Nein«, antwortete der Co und kontrollierte die Klappenstellung.

»Ha, da ist er ja«, brummte Feder beim Anblick der Landebahn, die ihm plötzlich ziemlich kurz vorkam. »Das sollen zweitausend Meter sein?«

»Ja«, bestätigte der Co.

Sie setzten zur Landung an, ohne zu erkennen, dass bereits die Hälfte der Landebahn unter einer dicken Schneedecke begraben lag.

»Na, wer sagt es denn«, freute sich Andrew, der wie angekündigt zwei Gabelstapler nebeneinander gefahren hatte. Auf dem rechten Gabelstapler lagen die Kartons mit Küchentischen und auf den linken würde er klettern, um die Kartons in das gut vier Meter hohe Regal abzulegen. Er sah auf die Uhr und mahnte sich zur Eile.

Andrew Adam wirkte um gut zehn Jahre jünger, als er wirklich war. Ein Segen, denn sonst hätte er sich bei dem Möbelhaus nicht als Servicekraft einschleichen können. Er grinste hämisch bei dem Gedanken, dass selbst der Niederlassungsleiter Edward Fromm nicht wusste, was ihn wirklich in dieses Haus geführt hatte. Sein Auftraggeber hatte darauf bestanden, dass nur die nationale Konzernleitung bei Wiesbaden über seine eigentliche Aufgabe informiert würde. Die Aufgabe war zu delikat, als dass man sie einer breiten Öffentlichkeit bekannt geben könnte. Ihm war es egal gewesen, das Honorar stimmte und so wie es aussah, stand er kurz davor, seinen Auftrag zu beenden.

»Na, dann mal los«, sagte er sich, betrachtete nochmals seine Vorkehrung und kletterte auf den leeren Gabelstapler.

Nach und nach schob Andrew die Kartons ins Lager. Es waren nur noch zwei übrig, als eine vertraute Stimme ihn von unten ansprach.

»Na, Schnüffler«, ätzte es aus dem Gang, »ist das nicht reichlich gefährlich, was du da machst?«

Andrew blickte langsam nach unten und sah, wie eine Hand sich sanft auf einen Hebel legte, der die Zinken hoch und runter fahren ließ.

»Lass die Finger da weg«, zischte Andrew, der sofort erkannte, was der Mensch am Fuße des Regals vorhatte. Mit einem Sprung wollte er sich in das Regal retten, doch die Hand war schneller.

Er verlor das Gleichgewicht und stürzte durch die Gabelstaplerzinken dem Boden entgegen.

Einen Augenblick früher berührten in gut zehn Kilometern Entfernung die Fahrwerksräder der Frachtmaschine die Landebahn des benachbarten Regionalflughafens. Kapitän Feder haute den Rückschub hinein. Doch Kälte und ein ungewöhnlich starker Schneefall hatten die Landebahn in eine Rutschbahn verwandelt. Dem Kapitän gelang es nicht, das Flugzeug auf der Bahn zu halten. Mit über zweihundert Stundenkilometern raste der Airbus über die Piste und geriet ins Schlingern. Das Heck brach ab, und die im Frachtraum befindlichen Werkzeugmaschinen, allesamt auf Rollpaletten befestigt, wurden nach draußen geschleudert, durchschlugen die Flugplatzumzäunung und krachten gegen einen riesigen Hochspannungsmast. Für einen Augenblick sah es so aus, als schüttele der Riese den Aufschlag ab, doch dann knickten die Stahlträger ein und der Hochspannungsmast sackte in sich zusammen.

Dies war der Moment, in dem im Möbelhaus die Lichter ausgingen und Andrew auf dem Boden aufschlug. Er schrie auf und hörte das klirrende Rasseln der herabfallenden Zinken. Unfähig sich zu bewegen, quetschte sich einer der Zinken in seinen Unterleib.

Andrew erkannte, dass er tödlich verletzt war und ahnte, dass man ihm nicht mehr rechtzeitig helfen würde.

Du darfst nicht zulassen, dass das Geheimnis verloren geht, dachte er unter Schmerzen. Aber wie? Fühlend, wie ihn das Leben verließ, suchte er nach einer Lösung, dann fielen ihm die Worte ein: *Idem aliusque.**

4

Nachdem sie das Möbelhaus betreten hatten, legte Olofsson Hut und Chesterfield ab, und wie nicht anders zu erwarten war, kamen ein sportliches Jackett aus feinem cremefarbenem Tweed und eine passende Hose zum Vorschein. Unter dem Jackett trug er ein weißes Hemd und eine auf die Farben des Jacketts abgestimmte Weste. Etwas unbeholfen sah sich Olofsson nach einer Garderobe um. Miriam deutete auf eine Reihe von Schließfächern, in denen ihr neuer Boss schließlich Mantel und Hut deponierte.

Miriam schmunzelte, als sie zusammen die Treppe hinauf in die Möbelausstellung gingen.

»Es geht Ihnen anscheinend ausgezeichnet«, kommentierte Olofsson Miriams Gefühlsregung.

»Danke, ja«, nickte Miriam, »wo bekommt man eigentlich solche Klamotten?«

»Klamotten?!« Olofsson schüttelte den Kopf und sah einen kleinen Jungen an, der lautstark auf die beiden zugerannt kam.

Sobald der Junge Olofsson wahrnahm, bremste er seinen Lauf und starrte den stattlichen Mann

---

* Derselbe und doch ein anderer.

an. Dabei maß der ehemalige Botschaftsangehörige gerade mal einen Meter fünfundsiebzig. Doch seine Körperhaltung, sein offenes Wesen und die scheinbar alles durchdringenden grünen Augen wirkten so, dass selbst Erwachsene in seiner Nähe ihr Verhalten änderten, als wollten sie um keinen Preis der Welt auffallen. Zuerst hatte Miriam Olofssons Erscheinungsbild als einen abgedrehten Tick wahrgenommen, doch jetzt erkannte sie, dass Olofsson sich ganz natürlich zwischen den Möbeln bewegte, dass die vollendeten Umgangsformen zu seinem Selbst gehörten und ganz und gar nicht irgendeinem abgedrehten Tick entsprachen, obwohl es immer noch so aussah, als würde König Salomo durch die Slums der Philister wandern.

Als das Licht plötzlich ausging und es stockfinster wurde, war Miriam deshalb gar nicht überrascht, dass Olofsson intuitiv das Kommando übernahm und mit kräftiger Stimme die Leute beruhigte. Was für sie viel erstaunlicher war: Die Menschen hörten auf den Mann.

Irgendwoher zauberte er eine kleine Taschenlampe hervor und strahlte sein Gesicht an, während er in den schwarzen Raum hinein einen Monolog anfing: »Bleiben Sie ruhig, es müsste jeden Moment das Notstromaggregat anspringen. Bleiben Sie einfach dort stehen, wo Sie sich jetzt befinden, dann stoßen Sie sich auch nicht die Schienbeine auf.

Ich kann Ihnen sagen, das kann ganz schön weh tun, wenn man gegen eine dieser Kiefernkommoden stößt. Die sind nicht aus Pressspan gefertigt, sondern massiv. Und ich weiß, wovon ich rede. Ich war früher bei der Deutschen Botschaft in Stockholm, der Hauptstadt von Schweden, für diverse Aufgaben zuständig. Ich kann Ihnen nicht alle Einzelheiten nennen. Sie verstehen: streng geheim. Aber bei einem meiner Einsätze habe ich mir doch in einer ähnlichen Situation, nun es war kein Möbelhaus, aber immerhin ein Raum mit sehr vielen alten Möbeln, jedenfalls in diesem dunklen Raum habe ich mir das Schienbein an einer alten Truhe gestoßen. Das hat so weh getan, dass ich fast die ganze Mission – bitte verzeihen Sie den Ausdruck – *versaut* hätte. Eigentlich wäre das Adjektiv *destruieren* angebrachter gewesen, aber meine Assistentin mahnt zur Umgangssprache. Ich gehe selbstverständlich davon aus, dass Sie die Bedeutung von *destruieren* aus dem Lateinischen herleiten können.«

Heitere Zurufe wie „natürlich“, „selbstverständlich“ und „das machen wir doch jeden Tag“ sorgten für eine ganz entspannte Stimmung, bis plötzlich das Licht wieder anging.

Ein kollektives „Ah“ durchdrang die Möbelausstellung und die Menschen gingen weiter.

Olofsson schaltete seine kleine Taschenlampe aus und verstaute sie in seinem Jackett.

»Nun«, strahlte er, »das war doch ganz nett.«

»Sie haben das ernst gemeint, das mit dem aus dem *Lateinischen herleiten können*?« fragte Miriam, während sie einen Schritt zur Seite trat, um einen sichtlich erregten Mitarbeiter des Möbelhauses vorbeizulassen.

»Selbstverständlich«, nickte Olofsson und deutete auf ein Regal, das einen Stand weiter seine Aufmerksamkeit erregte. »Lassen Sie uns mal da hinübergehen.«

Miriam folgte ihrem Chef.

»Wissen Sie,« begann die Assistentin zögerlich, »die Menschen können in den meisten Fällen kein Latein.«

»So?« Olofsson begutachtete das Regal. »Schauen Sie, die haben dem Regal einen Jungennamen gegeben.«

»Das ist mir bekannt«, antwortete sie und versuchte sich zu konzentrieren. »Wenn Sie so mit unseren Reisekunden sprechen, dann wird das nichts.«

Olofsson nahm einen Regalboden in die Hand und klopfte ihn mit den Knöcheln ab.

»Was machen Sie da?« staunte Miriam.

»Ich kontrolliere die Verarbeitung«, antwortete er und legte den Boden schließlich zufrieden ins Regal zurück. Dann sah er seine Mitarbeiterin nachdenklich an. »Sie meinen also, unsere Kunden könnten sich *echauffieren*?«

»Sie machen es schon wieder«, bemerkte Miriam und resignierte.

In diesem Moment setzte für eine Sekunde der Strom erneut aus.

»Hier stimmt etwas nicht«, sagte Miriam und fühlte sich plötzlich unwohl.

»Es ist eine Sturmfront vorhergesagt worden«, antwortete Olofsson beruhigend. »Sicherlich sind diese Stromaussetzer die Folge atmosphärischer Störungen.«

»Ich meine nicht die flackernden Lampen«, erklärte Miriam und deutete in die Ausstellung. »Hier ist kein Mensch!«

Olofsson sah sich um. Ihm war die bedrohliche Ruhe gar nicht aufgefallen.

»Wo können die denn alle sein?« fragte Miriam, und ohne eine Antwort oder einen schlauen Kommentar ihres neuen Chefs abzuwarten fügte sie hinzu: »Wir sollten auch gehen!«

Olofsson nickte.

Sie folgten dem gekennzeichneten Weg durch die Möbelausstellung und erreichten schließlich die Treppe, die sie eine Etage tiefer zur Möbel-SB führte.

»Was ist das?« fragte Olofsson und deutete auf die riesige Halle, die sich rechts der Treppe ausbreitete.

»Da holt man sich die Ware aus den Regalen«, erklärte Miriam.

Olofsson sah sie verblüfft an.

»Man muss sich die Möbel aus diesen Regalen nehmen?« Ungläubig schüttelte er den Kopf.

»Nur die nicht ganz so schweren Teile«, antwortete Miriam. »Das ist gar kein Problem. Die richtig schweren Teile bekommt man auf einem Wagen aus dem Hauptlager geliefert.«

Sie gingen langsam die Treppe hinunter. Olofsson runzelte die Stirn. So richtig verstanden hatte er nicht, was Miriam ihm gerade zu erklären versucht hatte.

»Warum bekommt man nicht alle Möbel ausgehändigt?« fragte er schließlich seine Assistentin, als sie den Betonboden des Lagers erreicht hatten.

»Keine Ahnung«, schnaufte Miriam, »das ist halt so bei den Schweden. Spart Kosten und macht die Möbel bezahlbar, schätze ich mal. Wir müssen nach links.«

»Die Möbel-SB möchte ich mir ansehen«, sagte Olofsson und bog nach rechts. »So was habe ich noch nicht gesehen.«

Mit schnellen Schritten folgte Miriam ihm und schüttelte den Kopf.

»Wenn jetzt der Strom ausfällt, wird es hier richtig duster«, zischte sie. Der kalten Halle konnte sie nichts Freundliches abgewinnen.

»Ich habe eine Taschenlampe«, grinste Olofsson, »schon vergessen?«

Der ehemalige Botschaftsangestellte bog wahllos in einen Gang ein. Nicht weit von ihnen stand ein Gabelstapler mit den Zinken gegen die Wand gerichtet. Sonst gab es außer den Regalen nichts zu sehen. Plötzlich blieb er abrupt stehen.

Miriam ging einen Schritt weiter, bevor auch sie das rote Rinnsal auf dem grauen Boden erkannte. Vorsichtig ging sie darauf zu.

»Oh, mein Gott!« stieß sie aus, »das ist Blut!«

Sie drehte sich nach Olofsson um, doch der war verschwunden.

»Olofsson, wo sind Sie?« rief Miriam aufgebracht.

»Kommen Sie her!« hörte sie ihn aus dem nächsten Gang rufen.

5

Edward Fromm, Niederlassungsleiter, griff in seine Hosentasche und wischte sich mit einem sauberen Taschentuch den Schweiß von der Stirn. Unruhig tanzten seine Augen hin und her, als verfolgten sie ein Tennismatch. Der durchtrainierte Mann beobachtete aus einer Nische unweit des Ausgangs, wie die Menschenschlangen hinter den Kassen immer länger wurden.

»Verfluchter Stromausfall«, zischte er und spürte, wie eine weitere Schweißperle auf seiner Stirn das flackernde Licht der Welt erblickte. Normalerweise musste sich Edward körperlich schon tüchtig ins Zeug werfen, bevor seine Schweißdrüsen mit der Arbeit begannen. Doch seit dem plötzlichen Stromausfall lastete ein Druck auf dem Niederlassungsleiter, der ihm wortwörtlich die Flüssigkeit aus den Poren quetschte.

Edward ahnte bereits beim Stromblackout in seinem Büro, was auf ihn zukommen würde. Das Notstromaggregat war zum Glück sofort angesprungen, als der Strom ausfiel. Dennoch waren sämtliche Computer und Server im Haus abgestürzt. Er konnte nur hoffen, dass der für so einen Notfall vorgesehene elektronische Puffer alle wichtigen Daten gerettet hatte. Was mit Sicherheit Probleme verursachen würde, das waren die elektronischen Kassen.

Deshalb war er als Erstes dorthin geeilt und wurde nun in seiner Vermutung bestätigt.

Er atmete einmal tief durch, dann trat er aus der Deckung. Sein Ziel war die äußere rechte Kasse. Sie wurde von einer jungen Mitarbeiterin bedient, die zügig und konzentriert die Tastatur bearbeitete und es irgendwie schaffte, dass ihre Kasse funktionierte.

»Hallo, Lydia«, grüßte Edward so ruhig, wie es ihm möglich war, während die junge Mitarbeiterin mühsam die Artikelnummer einer Ware mit der Hand eingab.

»Ich sehe schon«, seufzte Edward, »keine Verbindung zum Hauptrechner?«

»Ja und Nein«, erklärte Lydia, »die Scanner reagieren nicht. Zudem findet der Rechner keine Artikelnamen, was wohl damit zu tun hat, dass wir die Verbindung zum Hauptrechner verloren haben. Aber wenn man die Artikelnummer eingibt, funktioniert es.«

»Wissen die anderen davon?« Edward blickte die Kassenreihe entlang.

»Ja«, nickte Lydia, ohne von der Tastatur aufzublicken. »Aber nicht jede ist so schnell wie ich.«

Edward sah ihre strahlend weißen Zähne aufblinken.

»Wir müssen die Scanner wieder zum Laufen bringen«, mahnte sie.

»Dafür müssten wir alle Kassen ausschalten«, antwortete Edward nachdenklich.

»Wie wäre es, wenn wir mit der Eins, der Drei und der Fünf beginnen?« schlug sie vor. »Danach die Zwei, die Vier und die Sechs. Die Kunden können dann problemlos zwischen den Kassen wechseln.«

»Gute Idee«, nickte Edward, »ich werde das veranlassen.«

Lydia blickte kurz auf und sah ihren Chef lächelnd an. Das wirkte wie eine Adrenalinspritze. Der Mittvierziger grinste schräg und dankte innerlich seiner Personalchefin, die ganz nebenbei auch nicht so ganz ohne war, für ihre perfekte Mitarbeiterauswahl. Dann machte er sich auf den Weg zu Kasse eins, als über den Lautsprecher die Stimme der Personalchefin zu hören war.

»Herr Fromm, kommen Sie bitte schnellstens in das Warenlager, Reihe 17. Ich wiederhole: Herr Fromm, kommen Sie bitte schnellstens in das Warenlager, Reihe 17.«

Edward musste abwägen, ob er dem Aufruf seiner Personalchefin folgen oder erst seine Mission an der Kassenreihe beenden sollte. Dass Jutta Luchtenberg, die Personalchefin, persönlich ins Mikrofon gesprochen hatte, ließ nichts Gutes ahnen, und so griff er zu einem mobilen Haustelefon, das er an seinem Gürtel trug und wählte seine Einkaufschefin an. Mit ein paar Sätzen erklärte er ihr, was zu tun sei, während er mit schnellen Schritten durch die Markthalle vorbei an Paletten voller Gläser und Geschirr in Richtung Warenlager marschierte.

Kurz bevor er Reihe 17 erreichte, fing ihn Jutta Luchtenberg ab. Die große Blonde aus dem Norden Deutschlands überragte den Niederlassungsleiter um einen halben Kopf. Sie trug blaue Jeans und das für alle Mitarbeiter obligatorische blau-gelbe Shirt mit dem Firmennamen. Ihr perfekter Teint, der modische Kurzhaarschnitt und ein dezent aufgetragenes Make-up sowie ihre rundlichen Körperproportionen hätten Peter Paul Rubens zu einer barocken Vision der griechischen Jagdgöttin Artemis inspirieren können. Zielsicher wie ein Falke krallte sie sich ihren Chef und drückte ihn beiseite.

»Jutta, was ist hier los?« stammelte Edward, dem eine Brise ihres teuflisch sinnlichen Parfüms für einen Moment die Sinne blockierte. Erschwerend kam hinzu, dass seine Schweißdrüsen gar nicht mehr daran dachten, ihre Produktion einzustellen. Er atmete tief durch und wischte sich erneut die Stirn mit seinem nicht mehr ganz so sauberen Taschentuch.

»Also«, schnaufte er und sah Jutta auffordernd an. »Was ist hier los?«

»Nebenan liegt Andrew Adam«, antwortete sie ruhig. »Er ist tot. Die Polizei ist bereits verständigt.«

6

Polizeikommissar Anton Leopold betrachtete mit kindlichem Interesse, wie die Scheiben seines Dienstfahrzeuges langsam mit Schnee bedeckt wurden. Seine grüne Uniformjacke spannte sich dabei über einen mächtigen Bierbauch, der gefährlich nah an das Lenkrad heranreichte.

Leopold, Anfang fünfzig, verheiratet und Vater zweier Töchter, liebte sein Leben und genoss reichlich gutes Essen. Seine körperliche Verfassung war alles andere als olympiareif, aber er war schon zu lange Beamter, als dass ihn irgendetwas aus der Ruhe bringen konnte. Und Dienstempfehlungen, nach denen man nur bei körperlicher Fitness Außendienst schieben sollte, wurden bei dem herrschenden Personalnotstand ohnehin nicht mehr beachtet. Außerdem schienen die Zeiten vorbei zu sein, in denen man Dieben zu Fuß hinterherrennen musste. Dennoch fühlte er sich an diesem Samstagmorgen als hässliches Entlein, das der Gattung Mann nicht zur Ehre gereichte. Grund dieses plötzlichen Selbstzweifels war Polizeihauptmeisterin Catharina von Hohenlohe, die ihm am Morgen als Partnerin zugeteilt wurde. Catharina von Hohenlohe, die allgemein nur *Cat* gerufen wurde, was in Anbetracht ihres langen Nachnamens nicht verwunderlich war, gehörte zu jenem Typ Frauen, denen die Uniform auf eine ganz gewisse Art besonders gut stand. Ihre Erscheinung trieb besonders testosterongeplagte Männer zu extrem heißen Fantasien, die Cat im Mittelalter echte Probleme bereitet hätten. Richtig gemein war allerdings die Tatsache, dass die Polizeihauptmeisterin neben ihrer körperlichen Attraktivität auch noch mit einem messerscharfen Verstand vom Schöpfer bedacht wurde. Diese kleine Tatsache verdrängten ihre männlichen Kollegen nur zu gerne.

»Wagen 11 an Zentrale«, krächzte es aus dem Lautsprecher des Funkgeräts.

Cat griff zum Mikrofon und antwortete: »Wagen 11.«

»Unfall im schwedischen Möbelhaus«, sagte die Stimme aus der Zentrale. »Es gab einen Toten, könnt ihr vorbeischauen?«

Cat blinzelte zu ihrem Chef, der kurz nickte und den Wagen startete.

»Kein Problem«, lächelte Cat, »wir sind unterwegs.«

»Wagen 11, fahrt vorsichtig«, mahnte die Zentrale, »wir haben schon drei Fahrzeuge durch Unfälle verloren und der Rest ist auf dem Weg zum Flughafen. Eine Frachtmaschine ist von der Landebahn geschlittert und hat einen Strommast der Überlandleitung niedergemäht. Zum Glück gab es keine Toten. Die Bezirksregierung hat eine Notstandsmeldung abgegeben. Wie es aussieht, wird da noch eine Menge auf uns zukommen.«

»Zentrale, verstanden.« Cat drückte das Mikrofon in seine Halterung, dann fuhr Leopold los.

»Schon mal eine Leiche gesehen?« fragte er und schaltete die Sirene an.

»Während der Ausbildung in der Leichenhalle«, antwortete Cat, »im Dienst noch nicht.«

»Dann können Sie ja heute noch was lernen«, grinste Leopold und fühlte sich nicht mehr ganz so hässlich.

Die Straße hinaus zum Industriegebiet lag unter einer dichten Schneedecke, die mit jeder Minute dicker wurde. Leopold driftete mit Geschick um Kurven und hätte beinahe einen Laternenmast umgemäht. Der Bordstein rettete im letzten Moment den Mast wie auch das Polizeiauto vor dem Zusammenprall, indem er das Heck des Wagens abbremste.

Ein lauter Seufzer drang aus Leopold, dann gab er wieder vorsichtig Gas. Die Anspannung war dem Polizeikommissar deutlich anzusehen. Das fleischige Gesicht fixierte die Fahrbahn, als wollte es die vielen kleinen, glitschigen Schneekristalle mit dem bösen Blick bannen. Konzentriert folgte er der Straße, zumindest dem, was von ihr noch zu sehen war, und entspannte sich erst, als sie den Parkplatz des Möbelmarktes erreichten. Dort kapitulierte bereits der hauseigene Räumdienst vor den niederfallenden Schneemassen und hielt nur noch einen kleinen Gehweg frei, damit die Kunden wenigstens ihre Einkaufswagen bis zum Parkplatz schieben konnten.

Leopold lenkte sein Dienstfahrzeug quer über den Parkplatz bis vor den Haupteingang und schob dabei einen Schneehaufen zusammen.

»Dann wollen wir mal«, schnaufte der Polizeikommissar und quetschte sich aus dem Auto.

Cat griff nach ihrer Dienstmütze und stieß die Beifahrertür auf. Nachdenklich stieg sie aus und schlug die Tür hinter sich zu.

Die Polizeihauptmeisterin rückte ihre Mütze zurecht und wartete, bis Leopold das Auto umrundet hatte, was angesichts des rutschigen

Bodenbelages und Leopolds eingeschränkter Körperkontrolle sehr stark an eine Zirkusnummer erinnerte, in der ein temperamentvoller Elefant – man denke an Jumbo – versucht, Schlittschuh zu laufen. Cat verzog bei diesem Anblick keinen ihrer Gesichtsmuskeln, was ihr einen Tag später Muskelkater bereiten sollte, aber von Leopold mit Dankbarkeit wahrgenommen wurde.

Als er endlich festen Boden unter seinen Füßen spürte, atmete der Polizeikommissar einmal tief durch und wälzte sich schließlich, begleitet von Cat, dem Eingang entgegen, wo die beiden bereits von Edward Fromm erwartet wurden.

»Da sind Sie ja endlich«, schoss es aus Edward heraus, »ich bin der Niederlassungsleiter, Edward Fromm. Bitte folgen Sie mir.«

Die beiden Polizisten stellten sich vor, doch Edward nahm ihre Namen nur halb wahr. Seine Gedanken kreisten um ein gewichtigeres Problem. Er musste feststellen lassen, wie viel Diesel im Tank des Notstromaggregates vorrätig war. Momentan funktionierte die Stromversorgung wieder, doch sollten sie ganz auf das Notstromaggregat angewiesen sein, dann musste er wissen, wie lange sie mit dem Notstrom auskommen würden.

»Haben Sie einen Krankenwagen kommen lassen?« fragte Cat und riss Edward damit aus seinen Gedanken.

»Was, wie?« Edward fixierte die Polizistin und stöhnte aufgelöst. Seine Schweißdrüsen arbeiteten wieder auf vollen Touren. »Nein, Adam war tot. Wir haben direkt bei Ihnen in der Wache angerufen. Nicht über den Notruf. Ich sage Ihnen, dieser Tag – eine einzige Katastrophe, zuerst der Stromausfall«, beschwerte er sich, »und dann dieser schreckliche Unfall.«

»Sie sind da ganz sicher, dass er tot ist?« hakte Leopold nach.

»Ja, selbstverständlich«, entgegnete Edward. »Was glauben Sie denn, sonst hätten wir doch Hilfe kommen lassen.«

»Wir sollten dennoch einen Arzt und einen Leichenwagen kommen lassen«, schlug Cat vor und wandte sich an Edward. »Der Arzt muss die Todesursache feststellen.«

»Ja«, nickte Leopold und ärgerte sich, nicht selbst auf diesen Gedanken gekommen zu sein.

»Wenn Sie meinen«, antwortete Edward und führte sie in das Lager. »Wir haben diesen Bereich hier gesperrt«, sagte er stolz.

Sie erreichten den Unfallort.

»Wer hat die Leiche gefunden?« fragte Cat und zückte einen Notizblock aus ihrer Gesäßtasche.

»Oh, das war ein Kunde«, antwortete Edward. »Der Herr in dem feinen Jackett dort drüben.«

Olofsson, Miriam sowie die Personalchefin Jutta Luchtenberg unterhielten sich etwas abseits des Unfallortes. Jan Müller, von seinem schlechten Gewissen gequält, stand mit weiteren Kollegen vor einer improvisierten Absperrung, die die Beamten nun mit dem Niederlassungsleiter passierten.

Was die beiden Beamten vorfanden, sah übel aus.

Andrew Adam lag eingequetscht zwischen der Gabelstaplerzinke und dem Betonboden. Die herabgefallene Zinke hatte sich tief in die linke Seite des Körpers gebohrt, während der Sturz eine tödliche Kopfwunde verursacht hatte. Eine große Blutlache bedeckte den Boden rund um den Gabelstapler. Ein herabgefallener Karton lag auf dem rechten, ausgebreiteten Arm. Der linke Arm lag abgewinkelt auf der Brust.

Der Polizeikommissar betrachtete den Unfallort und flüsterte seiner Partnerin zu: »Jetzt können Sie was lernen.«

Leopolds Gehirn begann die spärlichen Fakten zu einem Bild zusammenzusetzen, ohne sich dabei von etwaigen Ungereimtheiten aufhalten zu lassen. Es glich einer schweren Lokomotive, die an Fahrt gewann und schnurstracks dem Schienenstrang folgte.

»So wie es aussieht«, tönte er, »ist Ihr Mitarbeiter dabei gewesen, Kartons in das Fach dort oben zu lagern. Dabei hat er sich den zweiten Gabelstapler, diesen hier, sozusagen als Treppe danebengestellt. Als dann der Strom ausfiel, hat er zuerst die Sicht, dann das Gleichgewicht verloren und ist abgestürzt. Dabei muss er den Hebel für den Zinkenarm berührt haben, woraufhin dieser herabfiel. Ganz klar ein Unfall!«

Cat runzelte die Stirn und wollte gerade Leopold auf eine Kleinigkeit hinweisen, als Olofsson an die beiden Polizisten herantrat und sagte:

»Bitte, verzeihen Sie mein forsches Vorgehen, aber wer hat sich diese Donquichotterie ausgedacht?«

»Diese was?« Leopold glotzte Olofsson an. Er verstand zwar nicht die Bedeutung des Wortes, aber intuitiv spürte der Kommissar, dass man seine Ausführung nicht ernst nahm. »Und wer sind Sie überhaupt?« polterte es aus ihm heraus.

»Mein Name lautet Raphael Olofsson«, antwortete dieser ruhig, »und zusammen mit meiner Assistentin, Frau Miriam van Heyden, habe ich dieses arme Geschöpf gefunden, welches meiner bescheidenen Meinung nach nicht durch einen Unfall, sondern durch einen üblen Mordanschlag das Leben verlor.«

»Sie sind wohl ein Experte oder was!« maulte Leopold.

»In der Tat«, nickte Olofsson und griff in die Innentasche seines Jacketts. »Es scheint, als hätte Sie dieses Mal Ihr Verstand nicht in die Irre geführt. Bitte!«

Olofsson reichte ihm seine Brieftasche, die der Beamte vorsichtig aufklappte.

»Hm«, brummte der Polizeikommissar und musterte Olofsson. »Nun ja«, er reichte ihm die Brieftasche zurück, »was haben Sie zu sagen?«

»Dieser Mann wurde umgebracht!« antwortete Olofsson laut.

»Wie kommen Sie denn darauf?« Edward sah die beiden Männer entsetzt an. Einen Mord konnte er jetzt ganz und gar nicht gebrauchen.

»Nun«, Olofsson wandte sich an Cat, »Frau Polizeihauptmeisterin, das sind Sie doch, wenn ich Ihr Rangabzeichen richtig gedeutet habe, Sie scheinen eine Theorie zu haben?«

»Catharina von Hohenlohe«, sie reichte Olofsson die Hand. »Sie haben richtig gedeutet. Ja, ich habe eine Theorie. Dieser Mann wurde ermordet.«

»Können Sie mir bitte mal erklären, wie Sie darauf kommen?« zischte Edward und sah Olofsson an.

»Zuerst einmal, Andrew Adam hat sich nach dem Aufprall noch bewegt«, erklärte Olofsson. »Bitte sehen Sie sich die Zinke an, dort wo sie mit der Hebevorrichtung verbunden ist. Sie sehen dort Blut.«

Leopold sank vorsichtig auf die Knie und begutachtete die Zinke.

»Sie haben recht«, stöhnte er. »Aber was könnte dies bedeuten?«

»Frau Polizeihauptmeisterin, bitte erklären Sie es uns«, bat Olofsson.

»Andrew hat sich entlang der Zinke in Richtung Regal bewegt«, sagte Cat nachdenklich. »Und das ist ungewöhnlich, weil man normalerweise versuchen würde, die Last der Zinke loszuwerden. Das kann nur bedeuten, dass er einen gewichtigen Grund hatte.«

Sie hielt inne und sah auf Andrews linke Hand.

Olofsson beobachtete sie dabei und nickte.

»Sehen Sie sich die linke Hand an«, stieß sie aufgeregt aus, »sie deutet auf den Karton!«

»Was ist das hier!« schimpfte Edward, »sind wir jetzt bei Dan Brown gelandet?«

»Gut möglich«, nickte Olofsson, »wir sollten diesen Karton vorsichtig anheben.«

»Sie haben noch nicht nachgeschaut?« fragte Cat.

»Ich bitte Sie«, lächelte Edward. »Vielleicht sollten wir auf die Spurensicherung warten?«

Cat sah ihren Chef an. »Was meinen Sie?«

»Zuerst einmal kann es viele Gründe geben, warum sich der Mann in seinem Todeskampf in Richtung Regal bewegt hat«, schnaufte Leopold. »Wenn wir jetzt bei diesem Wetter die Spurensicherung kommen lassen, dann sollten wir gewichtige Gründe haben. Deshalb schlage ich vor, dass wir erst einmal nachschauen, ob etwas dran ist an Ihrer Theorie.«

Leopold zupfte aus seiner Jackentasche ein paar Latexhandschuhe und trat vorsichtig zwischen Leiche und Zinke. Dann hob er den Karton an.

»Ach du meine Güte«, rief Edward entsetzt.

Andrew hatte mit seinem Blut eine letzte Botschaft auf dem Karton hinterlassen.

7

»*Idem aliusque*, was bedeutet das?« fragte Miriam, die ihre Hände wärmend um eine Tasse Tee hielt.

»Es bedeutet: *Derselbe und doch ein anderer*«, antwortete Olofsson nachdenklich.

Die beiden saßen im Restaurant allein an einem Tisch nahe einer großen Fensterfront, die den Blick auf den Parkplatz und die nahe Stadt freigab. Draußen schneite es dicke, dichte Schneeflocken. Drinnen im Restaurant war es sehr still, viel zu still für diesen Ort. Die üblichen lauten Hintergrundgeräusche von klirrendem Geschirr und quengelnden Kindern fehlten und wurden durch leise Hindergrundmusik ersetzt, die langsam aus den Lautsprechern tropfte.

Miriam nippte an ihrer Tasse, blickte auf den Parkplatz und seufzte. Gäbe es Kategorien des Seufzens, zum Beispiel: *schade, Traurigkeit* oder *Du hast es ja nicht anders gewollt,* dann zählte Miriams Seufzer ganz klar zu der letzten Sorte.

»Ist alles in Ordnung mit Ihnen?« fragte Olofsson besorgt und nicht ahnend, dass Miriams Stimmungsbarometer gerade den Minusrekord aufstellte.

Sie wandte sich von den Schneemassen ab und sah ihrem Chef direkt in die Augen. Ihr Blick erinnerte daran, dass in der Savanne die Löwinnen die gefährlichsten Raubtiere waren.

»Sie sind *ech*... böse auf mich«, sagte er vorsichtig.

»Nein, eher sehr wütend.« Miriams Stimme brannte Betonplatten durch.

Olofsson erwiderte einen Moment ihren Blick, dann nickte er.

»Sie wollen wissen, was ich dem Kommissar gezeigt habe?«

Miriam lächelte, was sie noch bedrohlicher machte.

»Sie verstehen schnell«, sagte sie schließlich.

Olofsson griff in die Innentasche seines Jacketts und zog seine Brieftasche heraus.

»Bitte, sehen Sie selbst nach.« Er reichte sie ihr.

Miriam klappte vorsichtig die aus feinem Ziegenleder gefertigte Brieftasche auf und las.

»Agent des Bundesnachrichtendienstes?« stieß sie verblüfft aus.

»Ehemalig«, korrigierte Olofsson etwas verlegen, als schäme er sich. Er konnte Miriam die Fragen vom Gesicht ablesen. »Ich war für die Sicherheit der Deutschen Botschaft in Schweden zuständig. Nichts Besonderes, sehr viel Routine.«

»Das hätten Sie mir sagen können«, explodierte sie schließlich. »Ich arbeite für Sie!«

»Ich habe nichts gesagt, weil ich ein Reisebüro führen möchte«, verteidigte er sich. »Meine Geheimdienstarbeit hat in meinem neuen Leben nichts zu suchen.«

»Man streift nicht einfach seine Vergangenheit ab«, erwiderte Miriam nachdenklich. »Warum sind Sie nicht Privatdetektiv geworden?«

»Kein Interesse«, winkte Olofsson ab.

»Nun«, Miriam blinzelte ihren Chef an, was diesen irritierte.

Es war ihm unheimlich, wie schnell Miriam ihre emotionale Grundeinstellung ändern konnte. »Warum nicht beides?« rief sie und strahlte ihn an.

»Ich verstehe nicht«, Olofsson runzelte die Stirn, »bitte erklären Sie sich!«

»Nun ...«

»Sie benutzen dieses ›nun‹ schon zum zweiten Mal«, mahnte er.

»Also, ich meine, Sie sollten Ihre Fähigkeiten nicht vergeuden oder, schlimmer noch, brach liegen lassen.«

»Welche Fähigkeiten?« fragte Olofsson und er meinte das ernst.

»Sie wissen schon ...«, Miriam sah ihn mit großen Augen an.

»Nein, weiß ich nicht«, konterte er.

Miriam erklärte es ihm.

»Und Sie meinen, damit kann man Geld verdienen?«

»Jede Menge«, nickte sie. »Was, glauben Sie, wird jetzt hier geschehen?« Sie deutete ins Restaurant.

»Hier wird man gleich aufräumen«, antwortete er.

»Nein«, grinste Miriam, »mit der Leiche unten in der Möbel-SB?«

»Ich denke, dass uns das nicht weiter interessieren sollte, jetzt wo die Polizei das Heft in die Hand genommen hat.«

»Haben Sie mal nach draußen gesehen?« Miriam blickte auf den Parkplatz.

»Es schneit«, antwortete Olofsson und betrachtete den Schneefall, dann ergänzte er: »Es schneit sehr heftig.«

In dem Moment flackerte wieder das Licht, als drohte der Strom abermals auszufallen.

»Bei diesem Wetter wird es noch lange dauern, bis die Spurensicherung vor Ort ist«, erklärte Miriam. »Außerdem könnte der Mörder das Chaos nutzen und alle Spuren vernichten, sofern er welche hinterlassen hat. Wenn sich jetzt und hier keiner um den Mord kümmert, dann könnte der Mörder davonkommen. Möchten Sie das?«

»Polizeikommissar Anton Leopold macht einen souveränen Eindruck auf mich«, brummte Olofsson.

»Ja, einen Eindruck, den macht er«, sagte Miriam mit einem leicht sarkastischen Unterton in der Stimme.

»Außerdem ist da noch Polizeihauptmeisterin von Hohenlohe«, erinnerte er. »Diese Polizistin hat etwas.«

»Ja, eine gut sitzende Uniform«, ätzte Miriam. »Die beiden werden dem Mörder nie und nimmer gewachsen sein.«

»Ihre Aussage entspricht eher einer Vermutung«, überlegte Olofsson, »dennoch dürfen wir Ihre Einwände nicht gänzlich außer Acht lassen.«

»Danke«, spottete Miriam. »Aber wer von beiden Polizisten kann Latein und löst diesen Spruch auf?«

»Da treffen Sie ins Schwarze«, nickte Olofsson. »Vielleicht sollte ich meine Dienste anbieten?«

»Ich schlage einen Tagessatz von ...«, schoss es aus ihr heraus.

»Bitte, bitte, nicht so rasant, Frau van Heyden.« Irgendwie schien Geld nicht das Problem für Olofsson zu sein. »Ich schlage vor, wir *eruieren* erst einmal die Lage und entscheiden dann.«

»Wenn Sie meinen«, grinste Miriam. »Wie schreibt man *eruieren*?«

»Oh«, stieß er aus, »hätte ich *ermitteln* sagen sollen?«

Miriam nickte und sagte: »Dann lassen Sie uns mal zum Tatort zurückkehren.«

8

Polizeikommissar Leopold saß allein in seinem Dienstfahrzeug und eruierte ebenfalls, oder besser ausgedrückt, er bemühte sich, in einer schwierigen Lage einen Überblick zu bekommen. Für einen Mann, der seine Fähigkeiten im Umgang mit herumtobenden Kindern, nervösen Katzenbesitzerinnen und, wenn es wirklich hart kam, mit wütenden und erschreckten Autofahrern bei einem Verkehrsunfall mit Blechschaden perfektioniert hatte, krachte die Leiche eines Ermordeten ins Selbstbewusstsein wie ein Killerkomet in eine blühende Landschaft. Er spürte förmlich die Hitze, in der all seine Diensterfahrung verdampfte und ihn mit einer schwierigen Aufgabe nackt und einsam zurückließ. In dieser Situation kroch ihm eine bestimmte Idee ins Bewusstsein und versuchte dort schüchtern Aufmerksamkeit zu erringen. Irgendwie knackte diese Idee alle mentalen Schutzbarrieren des Kommissars und er kam zu dem Entschluss, Hilfe zu suchen.

Er griff zum Funkgerät.

»Wagen 11 an Zentrale«, funkte er.

»Zentrale«, meldete sich eine nervös klingende Stimme.

»Wir haben einen Mord«, meldete Leopold, ohne sich die Mühe zu machen, irgendeinen Code zu verwenden, den er sowieso nicht auswendig wusste. »Wir brauchen die Spurensicherung und einen Bestattungswagen.«

»Wagen 11, verstanden«, krächzte es aus dem Lautsprecher und dann folgte eine Pause. Schließlich ertönte es: »Wagen 11, momentan keine Verstärkung möglich.«

»Was soll das heißen?« bellte Leopold in das Mikrofon. »Wir haben hier einen Mord!«

»Beruhigen Sie sich«, mahnte die Stimme und dann erklärte sie dem Kommissar langsam und sehr deutlich, in welcher Lage sich die Stadt momentan befand. »So wie es aussieht, müssen Sie allein klarkommen. Zentrale Ende.«

»Das ist nicht gut«, murmelte er und schaltete das Funkgerät aus.

Mühsam verließ er seinen Dienstwagen, kämpfte sich die paar Meter vom Auto bis zum Eingang durch den Schnee und ging zurück zum Tatort. Cat war dort verblieben, um darauf zu achten, dass nichts verändert wurde. Die Führungsmannschaft des Marktes versuchte, so gut es ging, ihre Aufgaben zu erfüllen. Da jedoch immer weniger Menschen im Haus verblieben, nahm sich Niederlassungsleiter Edward Fromm die Zeit, den Tatort mitzubewachen. Als Leopold zurückkam, eilte Edward ihm entgegen und fragte:

»Und? Ist die Verstärkung unterwegs?«

»Nicht so hastig«, mahnte der Polizeikommissar.

In diesem Augenblick trafen Olofsson und Miriam erneut am Tatort ein.

»Ah, Herr Olofsson, genau der richtige Zeitpunkt«, begrüßte Leopold die beiden. »Ich habe Ihnen etwas mitzuteilen.«

Die Anwesenden sahen den Polizeikommissar neugierig an.

Leopold reckte sich, was einige Knöpfe an seiner Uniform fast mit dem Leben bezahlt hätten, dann begann er mit kräftiger Stimme zu erklären: »Die Stadt befindet sich im Notstand. Auf dem nahe liegenden Regionalflughafen hat eine Frachtmaschine die Hochspannungsleitung bei der Landung zerstört. Daraufhin ist es im Umkreis von 50 Kilometern zu Stromausfällen gekommen. Durch den schweren Schneefall sind ebenfalls Stromleitungen unterbrochen worden, was zu weiteren Stromausfällen führte. Momentan fließt nur noch ein Zehntel des benötigten Stroms. Die Prognose der Experten ist noch schlimmer. Eine Schneesturmfront bewegt sich direkt auf unsere Stadt zu, was die Experten dazu veranlasst, einen totalen Stromausfall gegen Abend vorauszusehen. Die

Energieversorger können bei diesem Wetter die Leitungen nicht reparieren.

Durch Straßenglätte und Ampelausfälle ist es im gesamten Stadtgebiet zu Unfällen gekommen, die die Kollegen binden. Die Polizei hat selbst mittlerweile vier Fahrzeuge verloren. Der Bürgermeister hat im Hinblick auf die kommende Sturmfront vor einer halben Stunde Katastrophenalarm ausgerufen, was gut gemeint ist, aber nicht weiterhilft, weil die Männer vom Katastrophendienst nicht zu ihren Einsatzwagen gelangen. Die Temperatur ist schlagartig gefallen und verwandelt die Straßen in Eisbahnen, momentan ist im Stadtgebiet und in der weiteren Umgebung das Autofahren selbstmörderisch.

Um es kurz zu machen: Wir werden keine Hilfe bekommen und, Herr Fromm, Sie sollten alle Kunden und Mitarbeiter darüber informieren, dass die Straßen nicht befahrbar sind.«

»Das heißt«, stieß Edward entsetzt aus, »dass wir hier festsitzen!«

»Ja«, nickte Leopold, »aber sehen Sie es positiv, es gibt weitaus schlimmere Orte als diesen.«

»Was machen wir mit der Leiche?« fragte Cat.

»Wir fotografieren den Tatort, so gut es geht«, antwortete Leopold, »dann schaffen wir den armen Kerl weg.«

»Gibt es einen Kühlraum?« hakte Cat bei Edward nach.

»Was?« Edward machte sich um andere Dinge Sorgen. »Ja, wir haben einen kleinen Kühlraum in der Nähe der Küche.«

»Gut«, nickte Leopold, dann wandte er sich an den ehemaligen Agenten und designierten Privatdetektiv. »Herr Olofsson, noch irgendwelche Vorschläge?«

»Ich denke, Sie haben adäquat gehandelt«, begann er. »Wir, Frau van Heyden und ich, stehen Ihnen bei den weiteren Ermittlungen gerne zur Verfügung. Ich habe mich entschlossen, dank meiner Erfahrung als Sicherheitschef der Deutschen Botschaft in Stockholm, sozusagen als Privatdetektiv zu ermitteln.«

»Fragen Sie nach der Bezahlung«, flüsterte Miriam ihm zu.

»Jetzt nicht«, wehrte Olofsson ab.

»Ich weiß nicht recht«, zögerte der Polizeikommissar, der von Privatdetektiven so viel hielt wie ein Sternekoch von Kakerlaken in seiner Küche.

»Oh, das ist gut, das ist sehr gut«, rief Edward, der blitzartig begriff, wie er mit einem der anstehenden Probleme fertig werden konnte. »Ich engagiere Sie.«

»Aber Sie wissen doch gar nicht ...«, stöhnte Leopold.

»Sie waren Sicherheitschef der Deutschen Botschaft in Schweden?« hakte Edward nach.

»Ja«, bestätigte Olofsson.

»Dann sind Sie der richtige Mann«, nickte Edward. »Bitte, betrachten Sie sich als Interessenverwalter dieses Möbelhauses und finden Sie diesen miesen, hinterhältigen Mörder. Sie erhalten alle benötigten Vollmachten.«

»Das Honorar!« drängelte leise Miriam.

»Über die finanziellen Leistungen werden wir uns sicherlich einig«, sagte Edward, und damit schien für ihn das Thema abgehakt zu sein.

»Das Finanzielle klären Sie bitte mit meiner Assistentin«, lächelte Olofsson und deutete auf Miriam.

»O ja, das klären wir«, sagte Miriam entschieden und trat einen Schritt an Edward heran.

»Na, dann kommen Sie mal«, erwiderte er und bat Miriam ihm zu folgen.

Sie verließen den Tatort.

9

Olofsson, Cat und Polizeikommissar Leopold standen nun allein in der Halle. In der letzten halben Stunde hatte sich kein weiterer Kunde zwischen die Reihen der Hochregale verirrt.

»Und nun?« fragte Cat.

Leopold betrachtete angewidert zum wiederholten Male die Leiche. Der Tatort wirkte so bizarr, dass er innerlich hoffte, endlich aus dem Albtraum aufzuwachen. Doch ein lautes Knurren seines Magens erinnerte ihn daran, dass er ganz und gar bei Bewusstsein war und es kurz vor Mittag sein musste. Sein Blick fiel auf den lateinischen Spruch. Mit Blut auf einen Karton geschrieben, zerrten die Wörter an seinem Verstand. Er fühlte sich wie ein Ertrinkender, dem man aus lauter Bosheit auch noch Mühlsteine am Fuß befestigt hatte.

»Olofsson, *derselbe und doch ein anderer*, was hat das zu bedeuten?« schnaufte er und wandte sich von dem Toten ab.

Olofsson rückte seine Krawatte zurecht und seine grünen Augen funkelten auf.

»Es dürfte ein Zitat sein«, antwortete er nachdenklich.

»Ein Zitat von wem?« hakte Leopold nach.

»Daran arbeite ich noch«, meinte Olofsson leise. Er trat einen Schritt näher an die Leiche und beugte sich zu ihr. Seine ganze Aufmerksamkeit richtete sich nun auf das Bild, das sich ihm, mit dem toten Andrew Adam im Zentrum, bot.

Cat und Leopold beobachteten ihn dabei und versuchten an seinen Augenbewegungen festzustellen, was er im Einzelnen genau betrachtete. Doch nach einigen Minuten gaben sie es auf.

Olofsson musterte zuerst die Leiche. Sie lag unberührt da, der Karton verdeckte wieder den rechten Arm, während der linke Arm angewinkelt über der Zinke des Gabelstaplers lag. Die linke Hand deutete auf den beschrifteten Karton. Der Detektiv ließ seinen Blick über den Karton wandern und fand weitere eingepackte Möbelstücke, die nordisch klingende Namen besaßen. Sie lagen sauber gestapelt in dem Regal Nr. 17. Es waren nur noch wenige Kartons übrig, sodass man durch das Hochregal hindurchsehen konnte. Er überlegte einen Moment, ob die Möbelnamen eine Botschaft enthalten könnten und starrte durch den Schlitz ins benachbarte Regal Nr. 16.

Plötzlich zuckte ein Lächeln über seine Lippen, dann stand er auf und eilte aus dem Gang hinaus, um gleich darauf in den nächsten Gang wieder einzubiegen.

Leopold und Cat folgten ihm.

Schließlich blieb Olofsson stehen. Er beugte sich und suchte den Schlitz, durch den er den Toten erkennen konnte. Olofsson watschelte wie eine Ente ein paar Meter den Gang entlang.

»Was machen Sie da?« meckerte der Polizeikommissar.

Olofsson ließ sich nicht aus der Ruhe bringen, dann hatte er die richtige Position gefunden.

»Ich weiß jetzt, was uns Adam mit seinem lateinischen Spruch sagen wollte«, murmelte er und stand auf. »Sehen Sie sich diesen Namen an.«

Er deutete auf eine Palette von Stühlen.

»Äh, das sind Stühle«, knurrte Leopold.

»Lesen Sie den Namen«, forderte er den Polizisten auf.

»Urban«, las Leopold laut, aber sein Gesichtsausdruck verriet, dass er damit nichts anfangen konnte.

»*Derselbe und doch ein anderer*«, erklärte Olofsson ernst, »so beschrieb sich Papst Urban VIII. nach seiner Thronbesteigung 1623. In seinem Wappen befand sich eine Sonne, die sich soeben über dem Horizont erhob. Das sollte den Spruch erläutern und klarmachen, was der Pontifex meinte.«

»Ein Papst?!« staunte Leopold.

»Nicht irgendein Papst«, antwortete Olofsson, »der Papst des Dreißigjährigen Krieges. Der Krieg, in dem Protestanten und Katholiken dreißig Jahre die Waffen kreuzten, der Deutschland in ein Schlachtfeld verwandelte, und in den die schwedische Armee unter König Gustav Adolf siegreich eingriff, bis man den König ermordete.«

»Ermordete?« wiederholte Leopold, dem das Ganze jetzt eindeutig zu weit ging.

»Ja, ermordete«, nickte der Detektiv, »manche Historiker behaupten, dass Papst Urban den Meuchelmörder bezahlt hatte.«

»Aber«, mischte sich die Polizeihauptmeisterin ein, »was hat das mit unserem Fall zu tun?«

»Nun«, antwortete Olofsson nachdenklich, »es bedeutet, dass Andrew Adam zwei Dinge mitteilen wollte. Als Erstes wollte er uns mitteilen, dass er Andrew Adam sei und auch ein anderer. Und zweitens, dass er ermordet wurde.«

»Ah, den Mord haben wir auch ohne seine Mitteilung herausgefunden«, blaffte Leopold.

»Selbstverständlich«, meinte der Detektiv, »aber durch diese Dechiffrierung lenkt er unsere Aufmerksamkeit auf seine Person, was mich hoffen lässt, dass er noch weitere Hinweise versteckt hat.«

»Wie kommen Sie denn darauf?« Der Polizist gestikulierte wild mit seinen Händen. In diesem

Moment glich er dem Kapitän eines sinkenden Schiffes, dem soeben die Rettungsboote ausgegangen waren. »Sie wollen doch damit nicht andeuten, dass wir weitersuchen müssen?«

»Ich fürchte ja«, antwortete Olofsson und begann das Regal mit den Stühlen genauer zu untersuchen.

2. Die Suche war vergebens ...

Samstagnachmittag

Die Suche war vergebens. Raphael Olofsson hatte keinen weiteren Hinweis in dem Regal gefunden. Er wollte nachdenken und war zurück ins Restaurant gegangen, wo er nun grübelnd auf ein Blatt Papier starrte, auf dem der Spruch *Idem aliusque* geschrieben stand.

Andrew Adam musste ein kluger Mann gewesen sein, dachte der Detektiv. Ohne humanistische Bildung, mit einigen fetten Klecksen an historischem Wissen, hätte man die Verbindung zu Papst Urban VIII. nicht herstellen können. Darüber hinaus vermittelte dieses Zitat eine Reihe von Informationen, die auf den ehemaligen BND-Agenten nicht sehr beruhigend wirkten.

Als Erstes war da der Spruch *Derselbe und doch ein anderer*, was wörtlich genommen und auf Adam bezogen so viel bedeuten konnte wie: *Seht her, ich bin zwar der Mitarbeiter Adam, aber auch ein anderer.* Es stellte sich die Frage: was für ein anderer?

Damit würde Olofsson schon genug zu tun haben, doch das Zitat lieferte weiterführende Hinweise. Wenn man Papst Urbans Lebensgeschichte in Verbindung mit dem schwedischen Königshaus betrachtete, dann befand man sich genau in dem Metier, das Olofsson in Schweden zurückgelassen zu haben glaubte: Meuchelmord und Intrigen.

Andrew Adam hatte dieses Zitat bewusst gewählt, weil er eine Nachricht hinterlassen wollte.

Aber welche?

Gedankenverloren blickte er durch die großen Panoramafenster nach draußen.

Die verdeckte Mittagssonne schenkte ein fahles Licht. Schneeflocken wirbelten herum und bildeten einen leichengrauen Vorhang, hinter dem das Land verschwand. Die Sturmfront wälzte kilometerhohe Wolkenberge über das Industriegebiet und die nahe liegende Stadt. Selbst das Scheinwerferlicht eines Autos, dessen Fahrer selbstmörderisch den Parkplatz verließ, verschwand nach ein paar Metern hinter diesem erstickenden Schneevorhang.

Olofsson musste schmunzeln.

Es hatte schon etwas Groteskes, in einem Möbelhaus, keine fünf Kilometer von einer Großstadt entfernt, festzusitzen. Ein Blick aus dem Fenster erinnerte ihn daran, dass die Zivilisation momentan von Mutter Natur eine deftige Lektion bekam.

Laute Schritte rissen ihn aus seinen Gedanken.

Miriam trat strahlend an seinen Tisch. Ihre störrischen braunen Haare lugten unter der orangefarbenen Mütze hervor und wippten aufgeregt hin und her. Olofsson hatte einmal mehr Schwierigkeiten, diese beschnittene Pudelmütze ohne Pudel als Kopfbedeckung einer attraktiven jungen Frau zu akzeptieren.

Er seufzte leise und sagte: »Wie ist Ihre Verhandlung mit Herrn Fromm ausgegangen?«

»Sie würden in Ihrer Bescheidenheit antworten: *medioker.* Bitte schön, das hier sollten Sie sich ansehen«, sagte sie triumphierend und legte einen Zettel auf den Tisch, »ich hingegen würde mich natürlich verständlich ausdrücken und *passabel* antworten.«

Olofsson schmunzelte. Er wurde nicht schlau aus Miriams Verhalten. Schon bei ihrem ersten Treffen ahnte er, dass diese junge Frau neben ihrer Ausbildung als Reisekauffrau noch mehr gelernt haben musste. Irgendwann würde sie Licht in diese Angelegenheit bringen, davon war er überzeugt. Anderenfalls hätte er sich nach dreißig Jahren das erste Mal in einem Menschen getäuscht.

Er legte sich den Zettel zurecht.

»Was bedeutet diese Zahl?« fragte er schließlich.

»Was denken Sie?« antwortete Miriam, während sie sich ihm gegenübersetzte.

»Wissen Sie«, begann Olofsson verlegen, »dieses lateinische Zitat bindet meine ganze Aufmerksamkeit.«

Er betrachtete nochmals die Zahl, schien aber keine Vorstellung davon zu haben, was sie bedeuten könnte.

Miriam schüttelte den Kopf. Sie konnte die Neuigkeit nicht länger verheimlichen. »Das ist Ihr Tagessatz!« platzte es aus ihr heraus.

»Mein was?« staunte Olofsson, und dann schien es ihm zu dämmern. »Soll das heißen ...« er nahm den Zettel in die Hand und blickte mit großen Augen auf die Ziffern. »So viel?«

»Das sind Euro und mein Stundenlohn hat sich soeben erhöht.« Sie sagte das in einem Tonfall, der keinen Widerspruch zuließ. »Dafür erwartet Fromm jedoch Ergebnisse.«

Olofsson nickte, betrachtete den Zettel und ein feines Lächeln entspannte seinen Gesichtsausdruck. »*Medioker* ist in diesem Fall ein sehr unpassendes Adjektiv.«

Miriam grinste mädchenhaft und antwortete: »Ich weiß! Aber es ist gut zu wissen, dass Sie es auch erkannt haben.«

»So?« Olofsson war sich in diesem Moment nicht sicher, ob Miriam das als Scherz oder als Kompliment verstanden haben wollte. Diese Frau, das stellte er zum wiederholten Male fest, verhielt sich ganz anders als die vielen weiblichen Personen, die ihm während seiner Dienstzeit in Stockholm begegnet waren. Miriam hätte ihm auf diesen Gedanken geantwortet, dass auch noch eine Welt außerhalb des Diplomatenkorps existierte.

»Und?« Sie sah ihren Chef mit großen Augen an.

»Und was?« erwiderte der.

»Haben Sie schon etwas herausgefunden?« fragte Miriam und verdrehte ihre Augen.

Sie ahnte in diesem Moment, dass sie ihrem Chef noch eine Menge Dinge beibringen musste.

»Ja, ich weiß jetzt, woher das Zitat stammt«, antwortete Olofsson und berichtete ihr über den Stand seiner bisherigen Ermittlungen.

»Und im Regal war weiter nichts zu finden?« fragte sie, nachdem er geendet hatte.

»Nein«, nickte Olofsson, »leider nichts!«

Miriam runzelte die Stirn und knöpfte ihre Jeansjacke auf.

»Warum hat er es in Latein geschrieben?« fragte sie schließlich, während sie die Jacke auszog. »Ich meine, er hätte es auch in Deutsch oder Englisch schreiben können?«

»Vielleicht wollte er nicht, dass es für jedermann lesbar ist«, antwortete Olofsson.

»Sie meinen, irgendjemand hätte das Papst-Zitat erkannt, wenn es auf Deutsch geschrieben wäre?« Miriam schüttelte den Kopf. »Das glaube ich nicht.«

»Ich vermute«, sagte Olofsson leise, »dass er diese Verschlüsselung wählte, um eine ganz bestimmte Person auszuschließen. Seinen Mörder.«

»Das ist leider nicht hilfreich«, sagte Miriam. »Der größte Teil der hier anwesenden Personen kann kein Latein.«

»Das ist nicht gesagt«, erwiderte der Detektiv.

»Da könnten Sie recht haben«, nickte Miriam.

»Was mich irritiert, ist die Tatsache, dass dieser Urban-Hinweis ins Leere läuft.«

»Ich verstehe nicht, was Sie meinen«, antwortete Miriam. »Er hat uns doch schon einen Hinweis geliefert.«

»Das ist zu wenig.« Olofsson sah Miriam väterlich an und erklärte: »Wenn sich jemand die Mühe macht, einen solchen Hinweis zu geben, dann sollte man davon ausgehen können, dass er nicht in einer Sackgasse endet. Er würde den Hinweis wie bei einer Schnitzeljagd verwenden. Sie kennen doch eine Schnitzeljagd?«

Miriam sah verlegen auf den Zettel und schüttelte den Kopf. »Tut mir leid, an so etwas habe ich nie teilgenommen.«

»Oh«, staunte Olofsson und fügte an: »Eine Schnitzeljagd ist ein Suchspiel, in dem mehrere Parteien in einem Wald oder einer Stadt losgeschickt werden, um ein Rätsel zu lösen. Die Parteien bekommen einen ersten Hinweis, der in Paris lauten könnte: *Begeben Sie sich zu einem großen eisernen Turm und sehen Sie am Fuße des Turms nach.* Dort am Fuße des Turms würde dann irgendwo ein weiterer Hinweis versteckt sein, der einen Hinweis auf einen dritten und so weiter geben würde. Bei diesen Hinweisen findet man dann Rätsel, die zu lösen sind, um zum Beispiel ein Lösungswort oder den Zielort zu erhalten. Die Partei, die als Erste das Lösungswort entschlüsselt oder den Zielort erreicht, hat gewonnen. Der Ausdruck Schnitzeljagd entstand, weil man früher im Wald Holzstückchen, sogenannte Holzschnitzel, als Wegweiser benutzt hat.«

»Das habe ich jetzt verstanden«, nickte Miriam. »Sie suchen also jetzt den Hinweis, der uns zu dem nächsten Rätsel führt?«

»Richtig«, stöhnte Olofsson. »Ich hatte vermutet, dass Adam diesen Hinweis zwischen den Kartons versteckt hat. Aber dem war nicht so.«

»Haben Sie schon in der Möbelausstellung nachgeschaut?« fragte Miriam nachdenklich.

Der Detektiv sah seine Assistentin mit großen Augen an und schüttelte den Kopf.

Miriam grinste und stand auf. »Los, dann auf!«

Olofsson folgte ihr und sagte: »Miriam van Heyden, Sie *enchantieren* mich.«

»Wenn Sie mit mir flirten wollen«, entgegnete Miriam frech, während sie ihre Jacke überstreifte, »dann sollten Sie Wörter verwenden, die man nicht erst im Wörterbuch nachschlagen muss.«

»Aber dann würde es albern klingen«, verteidigte sich Olofsson.

Miriam blieb abrupt stehen. Sie holte tief Luft und sagte schließlich: »Raphael Olofsson, wenn man einer Frau sagt, dass sie einen *verzaubert*, dann klingt das nicht albern.« Sie schüttelte heftig ihren Kopf und zischte: »Männer!«

2

Die Probleme häuften sich, obwohl Edward Fromm das Wort „Probleme" nicht mochte. Für ihn waren es Herausforderungen, und davon gab es an diesem Samstag eine Menge. Eine dieser Herausforderungen manifestierte sich in Form eines leblosen menschlichen Körpers, der gerade unter dem fachmännischen Blick von Polizeikommissar Anton Leopold im Kühlraum der Küche verstaut wurde.

»So, da dürfte ihm nichts weiter passieren«, schnaufte der Kommissar und überprüfte ein letztes Mal, ob die Plastikhülle, in der der Leichnam eingewickelt lag, an den Kanten auch ordentlich mit Klebeband verschlossen war.

»Was soll ihm jetzt auch noch passieren«, meinte Edward nachdenklich. »Er ist tot, was gibt es Schlimmeres?«

»Haben Sie schon mal eine verwesende Leiche gesehen?« fragte Leopold. »Der Anblick ist eine Sache, der Gestank eine ganz andere. Mit so einem Leichnam kann eine ganze Menge passieren, das sage ich Ihnen.«

»Dann sollten wir den Kühlraum jetzt verschließen«, forderte Edward ihn auf. »Ich denke, auf so eine Erfahrung kann ich verzichten.«

Leopold schloss den Kühlraum, von Jutta Luchtenberg und der Polizeihauptmeisterin Catharina von Hohenlohe aufmerksam beobachtet.

»Wir beginnen jetzt mit der Befragung«, bellte der Kommissar, nachdem das Schloss eingerastet war. »Gibt es einen Raum, in dem wir ungestört die Befragung durchführen können?«

»Ja«, antwortete Edward, »der Mitarbeiterraum, gleich hinter dem Restaurant.«

»Würden Sie Ihre Mitarbeiter dorthin schicken?!«

Jutta Luchtenberg tippte ihren Chef an und schüttelte den Kopf.

»Haben Sie irgendwelche Einwände, Frau Luchtenberg?« polterte es aus Leopold heraus.

»Wir befinden uns in einer schwierigen Lage«, begann die Personalchefin und zupfte nervös an ihrem Shirt herum.

»Das ist mir bekannt«, unterbrach sie der Polizist.

»Sie stellen sich das zu einfach vor«, zischte Edward, dem die anstehenden Verhöre ebenfalls nicht gefielen. »Ich benötige jeden Mann und jede Frau auf ihren Posten.«

»Momentan dürfte sich die Arbeit Ihrer Mitarbeiter in Grenzen halten«, mischte sich Cat ein, die den Niederlassungsleiter mit ihren großen dunklen Augen freundlich anlächelte.

Es war verblüffend, wie sich Edward im Strahl dieses Lächelns in ein Schoßhündchen verwandelte. Cat kraulte es ein wenig und schon machte es Männchen.

»Wir könnten mit den Mitarbeitern im Lagerbereich anfangen«, überlegte Edward laut und wünschte sich auf eine Tropeninsel, wo er mit dieser Frau allein wäre. »Was meinst du, Jutta?«

»Das dürfte gehen«, nickte widerstrebend die Personalchefin.

»Ich möchte, dass Herr Olofsson bei den Verhören dabei ist«, betonte Edward. »Das dürfte doch kein Problem für Sie darstellen.«

Edward genoss es einen Augenblick, wie die fleischigen Wangen des Kommissars an Farbe gewannen.

»Sicher, ja«, nickte Leopold und stampfte in Richtung Mitarbeiterraum.

»Ich werde alles Nötige veranlassen«, schnurrte Edward.

Cat folgte ihrem Vorgesetzten.

Als sie außer Hörweite waren, machte sich Jutta Luft.

»Das ist nicht gut«, schoss es aus ihr heraus. »Die Polizei sollte nicht in unseren Angelegenheiten herumstochern.«

»Wir haben da drin eine Leiche.« Edward deutete auf den Kühlraum. »Ich denke, wir haben keine großen Wahlmöglichkeiten.«

»Du weißt selbst, wie unbeliebt dieser Adam war«, zischte sie und ihre grünen Augen funkelten böse. »Mir gefällt das nicht, der Bulle wird irgendwann in die Personalakten blicken wollen.«

»Jutta, jetzt beruhige dich erst mal«, mahnte Edward. »Du verhältst dich ja gerade so, als ob du etwas zu verbergen hättest.« Er betrachtete nachdenklich seine Personalchefin und fragte: »Hast du?«

»Also jetzt reicht es!« wehrte sie sich. »Ich gebe den Kollegen Bescheid und dann wollen wir hoffen, dass diese Verhöre uns nicht tiefer in die Scheiße ziehen werden.«

»Jutta, deine Ausdrucksweise gefällt mir gar nicht«, bemerkte Edward nachdenklich, doch Jutta eilte durch die Küche hinaus.

Unweit der Küche befand sich ein weiterer Pausenraum der Mitarbeiter. Dort saßen zu diesem Zeitpunkt der immer noch betrübt wirkende Jan Müller sowie Sven Pedroni und Teresa Peters, zwei Trainees. Trainees wurden Mitarbeiter genannt, die für bestimmte Aufgaben im Unternehmen ausgebildet wurden und innerhalb Europas von einem Möbelhaus zum anderen zogen. Insgesamt arbeiteten an diesem Samstag im Möbelhaus vier Trainees. Sven und Teresa hatten ein Designer-Studium absolviert und sollten während ihrer Vorbereitungszeit Einblicke in das Alltagsgeschäft gewinnen. Sie mussten Ware verstauen und nachfüllen, Kunden bedienen und aufräumen. Auf den ersten Blick alles Tätigkeiten, die mit dem Designen von Möbeln wenig zu tun haben, doch mehr und mehr lernten die beiden die Philosophie des Hauses kennen. Sie erkannten den praktischen Nutzen von Gläsern, die man problemlos ineinander stapeln kann, ohne dass man befürchten muss, gleich das Kehrblech herausholen zu müssen, wenn man Gäste auf der Terrasse bedienen wollte. Was eindeutig nicht zum Ausbildungsplan gehörte, war die aktive Mitarbeit bei der Aufklärung eines Mordes. Und so blickten sie die Personalchefin mehr als verdutzt an, als die ihnen von der Aufforderung des Polizeikommissars berichtete, alle Mitarbeiter verhören zu wollen.

»Ich habe mit Andrew vielleicht einmal vier Sätze gewechselt«, maulte Sven, dessen Igelfrisur eine gewisse rebellische Ader verriet, die durch das Firmenshirt ein wenig konterkariert wurde. »Was soll ich dem Kommissar also sagen?«

»Einfach ehrlich seine Fragen beantworten«, erwiderte Jutta, die mit kreativen und akademisch gebildeten jungen Kerlen ihre Schwierigkeiten hatte.

»Das ist alles so schrecklich«, warf Teresa ein. Ihre füllige Statur erschauerte bei dem Gedanken an den Mord. Sie besaß einen südländischen Teint, dunkelbraune Augen und einen Kurzhaarschnitt. Auf den ersten Blick hätte man vermuten können, dass Teresa aus dem europäischen Süden stammte, doch Jutta wusste es besser.

»Wir sind alle sehr schockiert«, antwortete Jutta und freute sich innerlich, dem kleinen Sensibelchen einen kräftigen verbalen Schubs geben zu können. »Aber auch Sie, liebe Teresa, müssen dem Kommissar seine Fragen beantworten.«

»Wenn es denn sein muss«, murmelte Teresa niedergeschlagen.

»Es muss sein«, wiederholte Jutta. »Jan, wenn ich dich mal allein sprechen könnte?«

Jan sah die Personalchefin an und nickte. Er stand auf und zusammen gingen sie in eine Ecke des Pausenraums.

»Es stand dein Stapler neben Adams«, flüsterte sie.

Jan nickte.

»Du hast ihm also bei dieser Aktion geholfen«, zischte sie.

»Er hätte sonst nie allein ...« verteidigte sich Jan.

»Ich weiß«, unterbrach sie ihn. »Mir geht es nicht um die missachteten Sicherheitsvorschriften. Hast du etwas mit dem Mord zu schaffen?«

Jan starrte Jutta nachdenklich an.

»Wieso sollte ich?« fragte er leise und erwiderte kalt ihren Blick.

3

Miriam und Olofsson betraten gerade die Möbelausstellung, als die Lampen ein weiteres Mal bedrohlich flackerten. Das spärliche Licht warf bizarre Schatten in die Gänge, kleine Gegenstände wirkten bedrohlich groß, und harmlos wirkende Accessoires verschmolzen zu dämonenhaften Schattengesichtern. Miriam blieb instinktiv stehen.

»Das ist unheimlich«, sagte sie und trat einen Schritt näher an Olofsson heran.

»Wir sind es nicht mehr gewohnt«, antwortete Olofsson ruhig, »in einer Welt der Dunkelheit zu leben. Jeder Winkel in einer Stadt ist mit einer Laterne versehen. Und das, was wir heute als Dunkel empfinden, wird in Wahrheit immer noch mit etwas Licht aufgehellt. Dabei ist es noch gar nicht lange her, da lebten die meisten Menschen auf dem Land noch ohne elektrisches Licht.«

»Ich kann auf diese Erfahrung gerne verzichten«, meinte Miriam. »Ein schwerer Knüppel in meiner Hand würde mich jetzt eher beruhigen.«

»Keine Sorge«, lächelte Olofsson, »wilde Tiere werden zwischen diesen Möbeln nicht hausen.«

Miriam zog die Augenbrauen zusammen.

»Und als was würden Sie den Mörder bezeichnen?« fragte Miriam leise.

Darauf antwortete Olofsson nicht, doch als sie langsam weitergingen, stellte Miriam fest, dass seine Körperhaltung nichts mehr mit einem schlendernden Gang gemein hatte. Sein Jackett lag nun wie eine zweite Haut über dem Oberkörper.

Miriam entspannte sich.

Entweder kaufte Olofsson bei einem ausgezeichneten Schneider ein, oder aber, und das hoffte sie inständig, ihr Chef besaß neben seinem ausgezeichneten Intellekt auch unerwartete körperliche Fähigkeiten.

»Wo müssen wir entlang?« fragte er nach einigen Metern. »Hier sind wir wohl in der Bettenabteilung gelandet.«

Miriam sah sich um. Ihnen waren keine anderen Menschen begegnet. Selbst die Informationsschalter wirkten verwaist. Sie suchte nach einer Orientierung, als ein hoch gewachsener Mitarbeiter im Gang auftauchte. Er kam mit schnellen Schritten auf sie zu und fragte:

»Sind Sie Herr Olofsson?« Seine tiefe Stimme ließ den schlaksigen Mann älter wirken, als er zu sein schien. »Ich heiße Martin Kissing. Nennen Sie mich Martin. Der Kommissar sucht Sie. Er beginnt mit den Verhören, soll ich Ihnen sagen.«

»Danke«, antwortete Olofsson. »Wo finden die Verhöre statt?«

»Im Mitarbeiterraum, gleich hinter dem Restaurant.« Martin musterte Miriam, als wäre er im Feinkostladen an der Trüffeltheke. Keine Frau mag es, wenn sie unverhohlen wie ein Stück Ware taxiert wird. Martin war gut zwei Köpfe größer als Miriam und strahlte die narzisstische Arroganz eines Mannes aus, der in seinem Leben alles bekommen hatte, was er sich wünschte. Ob das auch für eine Karriere innerhalb des schwedischen Konzerns zutraf, war noch nicht entschieden. Doch das scherte den jungen Mann momentan wenig.

»Nette Mütze«, brummte er schließlich.

Miriam lächelte und zeigte ihre strahlend weißen Zähne, doch ihre Augen strahlten keineswegs. Sie funkelten wie Diamanten, hart und widerstandsfähig.

»Und, Martin, was ist deine Aufgabe? Ich meine, außer Kundinnen dumm anzumachen, was sicherlich nicht im Benimm-Handbuch steht«, antwortete sie, ohne ihr Lächeln aus dem Gesicht zu verlieren.

»Warum gleich so zickig«, wehrte er sich. »Ich bin Trainee, wenn du weißt, was das ist.«

Miriam wollte gerade antworten, da mischte sich Olofsson ein.

»Sagen Sie dem Kommissar, dass wir etwas später zu ihm kommen. Wir haben jetzt etwas anderes zu erledigen.« Er fixierte Martin und fügte hinzu: »Wo finden wir die Stuhlabteilung?«

Der Trainee nickte und antwortete: »Gleich hier um die Ecke.«

»Danke«, lächelte Olofsson und tippte Miriam an, »dann werden wir jetzt mal gehen.«

»Ich gebe dem Kommissar Bescheid«, sagte Martin und schritt den Gang in einer Haltung entlang, als wäre er der Erbe eines Imperiums.

Als er hinter einem Ausstellungszimmer verschwand, zischte Miriam:

»Ich hasse solche Typen.«

»Kann ich verstehen«, nickte Olofsson, »aber jetzt lassen Sie uns nach den Stühlen sehen.«

Sie gingen um die Ecke und fanden eine Reihe nebeneinander stehender Stühle.

»Wir suchen den Stuhl „Urban"«, sagte der Detektiv. Seine Stimme klang aufgeregt.

Es war erstaunlich, wie viele unterschiedliche Formen ein Möbel annehmen kann, das doch im Grunde nur aus vier Beinen, einer Sitzfläche und einer Rückenlehne bestand.

Miriam schritt die Stuhl-Phalanx ab, beugte sich hier und da nach den Preisschildern und las den Namen des Stuhls. Olofsson tat es ihr gleich. Als Miriam wieder einmal ihren Oberkörper tief zu einem Preisschild herabbeugte, hörte sie hinter sich jemanden sagen: »Hübsches Hinterteil!«

»Wie bitte?« zischte sie und drehte sich nach der Männerstimme um.

In diesem Augenblick glühten die Lampen ein letztes Mal in ihrer vollen Lichtstärke auf, dann wurde es dunkel.

»Ein solch theatralisches Ende der Hausbeleuchtung hätte sich kein Regisseur ausmalen können«, kommentierte Olofsson das Geschehen. »Und Sie, junger Mann«, sagte er scharf in die Dunkelheit, »sollten Ihrer plebiszitären Ausdrucksweise einen Schekel für Charon mitgeben, damit diese Einlass in den Hades findet.«

»Die was?« hörten sie eine nervöse Stimme antworten.

»Deine pöbelhafte Ausdrucksweise solltest du schnellstens im Klo herunterspülen«, übersetzte Miriam wütend.

Das Notstromaggregat sprang ein weiteres Mal an und versorgte jetzt, da es die gesamte Stromversorgung des Hauses übernehmen musste, die Möbelausstellung nur notdürftig mit Licht. Aus der Dunkelheit tauchte ein gut gebauter Mann Mitte zwanzig auf. Seine schwarzen Haare waren nach der neuesten Mode frisiert, was in diesem Falle durch den Einsatz größerer Mengen von Haargel erst möglich wurde. Er trug wie alle Mitarbeiter das Firmenshirt und blaue Jeans.

Verlegen blickte Fabian Schneider, zuständig für die Möbelausstellung, die beiden an.

»Es tut mir leid«, erklärte er, »es ist mir so herausgerutscht.«

Miriam spürte, dass er es ehrlich meinte und sagte versöhnlich, während sie auf ihren Hintern klopfte: »Hat mich eine Menge Training gekostet.«

Fabian lächelte erleichtert und nickte.

»Kann ich weiterhelfen?« fragte er schließlich.

»Wir suchen den Stuhl „Urban"«, antwortete sie.

»Der steht da hinten«, Fabian deutete auf einen grellen, orangefarbenen Stuhl.

Olofsson eilte dorthin. Miriam folgte ihm.

Zuerst sah er sich das Preisschild an, fand aber keinen Hinweis. Schließlich hob er ihn an und sah unter seinem Boden nach.

»Na bitte«, rief er und drehte den Stuhl auf den Kopf.

Dort klebte ein orangefarbenes Papier, das Olofsson vorsichtig abzog.

4

»Was ist das?« fragte Fabian und trat näher an Olofsson heran.

»Das ist ein Hinweis«, antwortete der Detektiv und untersuchte das Papier.

»Was für ein Hinweis?« fragte Fabian mit der naiven Unschuld eines Buben, der gerade die Welt kennenlernte. Dies weckte Miriams Interesse.

»Hast du noch nichts von dem Mord an einem deiner Kollegen gehört?« Sie beobachtete seine Reaktion.

»Was? Wer ist ermordet worden?« Fabian blickte sie ungläubig an, dann wandte er sich an Olofsson. »Ist das wahr?«

»Ja, junger Mann«, nickte der Detektiv. »Andrew Adam ist ermordet worden.«

»Du hast nichts davon mitbekommen?« wunderte sich Miriam.

»Nein, ich war heute Morgen die ganze Zeit unten in der Markthalle«, antwortete Fabian verwirrt. »Warum? Warum bringt man Andrew um?«

»Das versuchen wir herauszubekommen«, antwortete Olofsson und wandte seine Aufmerksamkeit wieder dem Papier zu.

»Das ist ja schrecklich«, flüsterte Fabian. Sein Gesicht war leichenblass geworden.

»Und man hat dir nicht Bescheid gegeben?« Miriam traute Fabian nicht.

»Nein, ich war die ganze Zeit mit Einräumen beschäftigt, und dann der erste Stromausfall.«

»Würden Sie so freundlich sein und Polizeikommissar Leopold herbeiholen? Er befindet sich im Mitarbeiterraum.«

»Die Polizei ist auch schon im Haus?« Fabian schüttelte ungläubig den Kopf.

Miriam fragte sich, ob es wirklich sein konnte, dass man ihm noch nicht Bescheid gegeben hatte.

»Wenn Sie jetzt gehen könnten«, wiederholte Olofsson seine Bitte. »Es ist wichtig, dass der Kommissar herbeigeholt wird.«

Fabian richtete sich auf und nickte, dann eilte er den Gang entlang in Richtung Mitarbeiterraum.

»Glauben Sie ihm?« fragte Miriam nachdenklich, als Fabian außer Hörweite war.

»Warum sollte er lügen?« antwortete Olofsson, während er vorsichtig das orangefarbene Papier auseinanderfaltete.

»Vielleicht hat er etwas mit dem Mord zu schaffen«, meinte Miriam lakonisch.

»Vielleicht?« wiederholte Olofsson, dann lächelte er zufrieden und sagte: »*Credo ut intellegam**«.

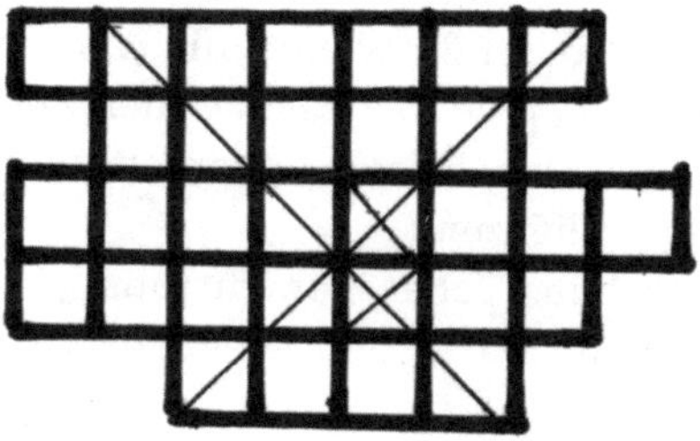

Er zeigte Miriam das Blatt Papier.

Ein Gitter aus vielen Rechtecken war darauf gezeichnet. Durch das Gitter verliefen diagonale Linien. Es glich einem Kreuzworträtsel.

»Was ist das?« staunte Miriam.

»Ich vermute, unsere Schatzkarte«, antwortete Olofsson.

Dann fiel ihr Blick auf einen Notizzettel, der unter der Gitterstruktur klebte. Dort stand mit feiner, sauberer Handschrift geschrieben: *War kein Freund der Christen. Gedenke des Königs.*

»Ein weiteres Rätsel?« seufzte sie. »Sie hatten mit Ihrer Vermutung recht.«

Lautes Stimmengewirr drang über den Gang, als Polizeikommissar Leopold zusammen mit Fabian und der Personalchefin herbeieilten.

---

* Ich glaube, damit ich erkenne.

»Sie haben einen weiteren Hinweis gefunden?« knurrte der Kommissar und schnappte nach Luft.

»So ist es, in der Tat«, antwortete Olofsson und nahm das Papier von Miriam entgegen, um es an Leopold weiterzugeben. »Bitte, lesen Sie selbst.«

»Was ist das nun wieder für eine Teufelei«, schnaufte Leopold, nachdem er den Zettel gelesen hatte. »Was soll das?« Er wirbelte wütend mit dem Papier herum.

»Darf ich mal sehen?« fragte Jutta.

Leopold reichte ihr ohne weiter nachzudenken das Papier.

Olofssons Augen verengten sich für einen Sekundenbruchteil, dann erklärte er: »Ich vermute, dass uns Adam mit dem ersten Satz ein Lösungswort anbietet.«

»Und der zweite Hinweis?« Leopold fixierte den Detektiv.

»Darüber sollten wir unter vier Augen sprechen«, antwortete Olofsson.

Jutta blickte ihn kurz an, dann reichte sie den Zettel an Leopold zurück.

»Trauen Sie uns nicht, Herr Olofsson?« Ihre Stimme klang weich und angenehm, doch Olofsson entging nicht, wie sich ihre linke Hand zur Faust ballte.

»Es ist für alle Beteiligten besser so«, antwortete der Detektiv. »Schließlich läuft hier ein Mörder frei herum.«

»Wenn er nicht schon längst das Weite gesucht hat«, kommentierte Leopold.

»Das glaube ich jetzt nicht mehr«, erwiderte Olofsson gelassen.

»Wie Sie meinen«, nickte der Polizist. »Wenn Sie uns dann allein lassen würden, Frau Luchtenberg und Herr Schneider.«

»Was ist mit Ihrer Assistentin?« fragte Jutta.

»Sie würde sich gerne die persönlichen Sachen von Andrew Adam ansehen«, antwortete Olofsson, »wenn Sie, Herr Leopold, nichts dagegen haben.«

»Keineswegs«, nickte der Kommissar. »Sie kann das zusammen mit meiner Kollegin tun.«

Miriam sah ihren Chef ungläubig an, doch dann verstand sie, dass Olofsson keine Zeit verlieren wollte, um weitere Hinweise zu finden. Und noch etwas wurde ihr klar. Es bestand die Gefahr, dass der Mörder versuchte, weitere Hinweise zu zerstören.

5

Die Kassen funktionierten wieder. Lydias Methode, sie nacheinander umzustellen, war ein voller Erfolg geworden. Die befürchteten Menschentrauben hinter den Kassen waren ausgeblieben. Die meisten Kunden hatten sich nach dem ersten Stromausfall beeilt, das Haus zu verlassen, was zwar zu einem schlechten Tagesumsatz geführt hatte, die Abrechnung für den Tag aber erträglicher machte. Als dann der Strom endgültig ausfiel, waren alle Kassencomputer geschützt, so dass sie problemlos arbeiteten. Nur gab es im Moment nichts zu arbeiten. Ein Phänomen, das Lydia in ihrer Zeit beim Möbelhaus noch nicht erlebt hatte.

»Es muss draußen mörderisch zugehen«, sagte sie zu ihrer Kollegin am Nebenplatz. »Kaum Menschen da«.

»Ich frage mich, wie wir nach Hause kommen?« antwortete die Kollegin besorgt.

»So wie es aussieht, wissen das die Kunden auch noch nicht«, erwiderte Lydia und deutete auf eine kleine Armada von Einkaufswagen, die herrenlos vor den Kassen abgestellt waren.

»Wohin sind die alle?« fragte sich die Kollegin.

»Ich schätze mal, ins Restaurant«, meinte Lydia, blickte nochmals die Kassenreihen entlang und sagte schließlich: »Ich mache Pause.«

Ihre Kollegin nickte ihr zu.

Lydia meldete ihre Kasse vom Hausrechner ab, nahm die Kassenbox und machte sich auf den Weg in das gesicherte Kassenbüro, das eine Etage höher in der Nähe der Verwaltung lag. Der Raum war wie eine Bank gesichert. Eine Kamera vor dem Eingang, Panzerglas und Wände aus speziellem Material sollten einen Überfall unmöglich machen.

Lydia drückte einen Knopf, und kurz darauf öffnete sich die Tür. Sie trat ein.

An einem Schreibtisch vor dem Computer saß Nicole Pellegrino, die Verkaufsleiterin. Im Hintergrund lief ein Radio, aus dem leise Popmusik dudelte.

»Hallo, Nicole«, begrüßte Lydia ihre Chefin.

»Hallo«, wiederholte Nicole, die damit beschäftigt war, die aktuellen Umsatzzahlen des Tages zu kontrollieren.

Lydia blickte kurz auf den Bildschirm des Computers und sagte: »Sieht nicht gut aus, was?«

»Das kannst du laut sagen«, erwiderte die Verkaufsleiterin.

Nicoles italienische Herkunft war nicht zu verleugnen: lange schwarze Haare, eine olivenfarbene Haut und ein Gesicht, das jeder Bildhauer der Renaissance mit Entzücken als Modell genommen hätte.

»So etwas habe ich auch noch nicht erlebt«, sagte Lydia und reichte Nicole ihre Kassenbox. »Was ist da draußen eigentlich los?«

»Eine Katastrophe«, antwortete Nicole. »Wir hängen jetzt nur noch am Notstromaggregat. Die Straßen sind nicht befahrbar, weshalb wir hier festsitzen. Und unsere Kunden auch.«

»Dann werden wir einen ruhigen Samstagnachmittag erleben«, antwortete Lydia aufheiternd.

»Das glaube ich nicht«, Nicole sah Lydia ernst an. »Andrew Adam ist ermordet worden.«

Lydias Gehirn brauchte einen Moment, um den Worten Sinn zu verleihen.

»Was?« stotterte sie.

Dann erklärte ihr Nicole, was sich seit dem ersten Stromausfall ereignet hatte.

»Edward steht unter Druck«, beendete sie ihre Ausführungen. »Zwei Polizisten haben es noch ins Haus geschafft, aber die Spurensicherung und was die sonst noch so brauchen, nicht mehr. Adam haben sie im Kühlraum gelagert.«

»Das ist ja schrecklich«, stöhnte Lydia.

»Viel schlimmer ist, dass der Mörder noch da draußen rumläuft«, entgegnete Nicole. »Momentan ist das hier ein sehr guter Ort.«

»Willst du damit sagen, dass es noch weitere Morde geben könnte?« Lydia sah ihre Chefin ungläubig an.

»Liest du keine Krimis?« antwortete Nicole kalt. »Adam wurde nicht ausgeraubt. Da steckt etwas dahinter, das uns noch gar nicht bewusst ist. Und der Mörder ist noch hier. Aber vielleicht weißt du ja mehr.«

»Wieso?« staunte Lydia.

»Nun ja«, grinste Nicole, »hattest du nicht etwas mit Adam?«

Lydia lief es eiskalt den Rücken herunter. Sie hatte ihre Beziehung mit Adam geheim gehalten. Woher wusste also Nicole davon?

»Schau nicht so überrascht«, meinte Nicole, ohne den Blick von ihr zu lassen. »Andrew war nicht so diskret wie du. Er hat mit dir angegeben.«

»Was?« Lydia wurde übel.

»Bist du wirklich so naiv?« Nicole tat Lydia in diesem Moment leid, aber es war besser, ihr die Wahrheit zu sagen. »Er hat es auch bei Teresa versucht und sogar bei Jutta.«

»Woher willst du das wissen?« fauchte Lydia.

»Weil er so mies war und damit bei den Jungs angab«, antwortete die Einkaufschefin angeekelt. »Fabian hat es mir erzählt.«

Das war zu viel für Lydia, sie musste aus dem engen Kassenraum heraus. Sie brauchte frische Luft.

6

»Also, was haben Sie mir zu sagen, Herr Olofsson?« knurrte Leopold.

Olofsson rückte sein Jackett zurecht und ging auf den schwergewichtigen Polizeikommissar zu.

»Darf ich?« Er deutete auf das orangefarbene Blatt, das Leopold noch in seiner Hand hielt.

»Bitte!« Der Polizist reichte es ihm.

»Dieses Gitter hier ist ein Wegweiser«, erklärte der Detektiv. »Bereits im Mittelalter wurde mit verschlüsselten Informationen gearbeitet. Leonardo da Vinci und andere große Künstler wie Gian Lorenzo Bernini, den ich besonders verehre, haben in ihren Kunstwerken verschlüsselte Botschaften hinterlassen.«

»Ich habe Dan Brown gelesen«, murrte Leopold.

»Das ist Fiktion«, antwortete Olofsson hart, »ich rede hier von wissenschaftlichen Tatsachen und nicht von Konstrukten eines neuronal hervorragend funktionierenden Gehirns.«

»Was immer Sie damit ausdrücken wollen«, seufzte Leopold, dem ansatzweise klar wurde, dass Olofsson einen Vergleich mit Brown ablehnte.

»Jedenfalls sind Verschlüsselungen eine bewährte Methode, Geheimnisse zu bewahren. Das Fatale an solchen Verschlüsselungen ist jedoch, dass man die Botschaft ohne Code nicht verstehen kann.«

»Das haben Verschlüsselungen so an sich«, stöhnte Leopold, der sich bei Olofssons Ausführung langsam langweilte.

»Kompliziert wird es, wenn die Botschaft codiert ist und der richtige Code entziffert werden muss. Da hilft dann nur noch Hermeneutik.«

»Sie werfen hier aber ganz schön mit Fremdwörtern herum«, maulte Leopold. »Ich hoffe, Sie kommen jetzt langsam zur Sache.«

»Hermeneutik ist aus dem Griechischen abgeleitet und meint, verständlich ausgedrückt, die Kunst der Interpretation von Texten, Kunstwerken oder historischen Zusammenhängen. Im weitesten Sinne das Verstehen von Zusammenhängen aller Art.«

»Kaffeesatz lesen gehört auch dazu?« höhnte Leopold.

»Bitte bewahren Sie Ihre *Contenance*, ich meine *Haltung*«, verbesserte Olofsson sich schnell. »Dieser Andrew Adam war bestimmt kein gewöhnlicher Mitarbeiter. Er hat uns eine Spur gelegt, die auf einem tief greifenden hermeneutischen Wissen basiert.«

»Und, was sagt uns nun dieses Blatt Papier?«

»Es sagt uns, dass Adam das Risiko einging, dass der Mörder die Rätsel ebenfalls lösen könnte.«

»Vorausgesetzt, er beherrscht diese, wie hieß das noch, Hermeneutik«, warf Leopold ein.

»Richtig«, nickte Olofsson. »Und deshalb halte ich es für angebracht, weitere Enthüllungen vertraulich zu behandeln.«

»Das hätten Sie doch gleich sagen können«, stöhnte Leopold und setzte sich auf einen Ausstellungsstuhl. »Aber deshalb haben Sie doch nicht die Bande vorgeschickt?«

»Welche Bande?« stutzte nun Olofsson.

Leopold verdrehte die Augen.

»Frau Luchtenberg und die anderen«, erklärte Leopold.

»Ach so! Unter anderem schon. Ich vermute, dass Adam weitere Hinweise im gleichen Stil wie diesen hier hinterlegt hat. Das Gitter bildet dabei den Schlüssel, der am ehesten mit einem Kreuzworträtsel zu vergleichen ist.«

Er setzte sich neben Leopold und deutete auf die diagonalen Linien.

»Er hat die Kästchen durch diese Linien hervorgehoben. So wie es aussieht, werden Lösungsbuchstaben gesucht. Die erste Botschaft bildet das Wort, die zweite Botschaft sollte uns zu dem nächsten Hinweis führen.«

Leopold las die Botschaft: »*War kein Freund der Christen. Gedenke des Königs*. Also, wenn ich Sie richtig verstanden habe, dann sagt uns der erste Satz, welches Wort in das Kreuzworträtsel eingesetzt werden muss, und der zweite, wo wir die nächste Botschaft finden.«

»Sie haben es verstanden«, lobte ihn Olofsson.

»Wenn wir das erste Wort kennen«, Leopold sah auf den Zettel, »wo, bitte schön, muss es eingesetzt werden?«

»Das wird uns die Anzahl der Buchstaben des Lösungswortes verraten«, antwortete Olofsson.

»Dann schlage ich vor«, Leopold stand auf und streckte sich, was seinen Bauch bedrohlich aussehen ließ, »dass Sie dieses verdammte Rätsel lösen.«

7

Polizeihauptmeisterin von Hohenlohe gefiel es nicht, Anweisungen von Fremden entgegenzunehmen, besonders dann nicht, wenn sie von Assistentinnen formuliert wurden.

Genauso wenig zeigte sich Miriam begeistert, mit der Polizistin zusammenarbeiten zu müssen. Die beiden verhielten sich wie elektrische Ladungen, die dummerweise die gleiche Polung hatten, was beim Zusammentreffen zu einem funkenspritzenden Kurzschluss führte.

Die geschulte Personalchefin spürte dies gleich bei den ersten Reaktionen der beiden jungen Frauen. Ein Umstand, den sich Jutta zunutze machen wollte. Ihr war es ganz recht, wenn die Ermittlungen etwas an Fahrt verlieren würden.

»Meine Damen«, sagte sie in einem freundschaftlich klingenden Ton, »ich zeige Ihnen jetzt erst einmal, wo sich Adams persönliche Dinge befinden.«

Es schadete nichts, grinste Jutta, die beiden Pole näher aneinander zu bringen. Andrew Adams Spind schien der geeignete Ort dafür zu sein.

Jutta führte die beiden aus dem Mitarbeiterraum hinaus in einen engen Korridor. Eine einzelne schwache Glühbirne kämpfte gegen die Schwärze des umbauten Ganges an. Vorsichtig folgten Miriam und Cat ihrer Führerin durch den Gang. Am Ende des engen Korridors versperrte eine dicke, feuerfeste Stahltür den Weg zum Personalbereich. Jutta zauberte einen elektronischen Chip aus ihrem Kostüm und hielt ihn an ein kleines graues Kästchen. Das Schloss summte und entriegelte die Tür. Mit einem Ruck öffnete Jutta die schwere Stahltür und sie betraten den Personalbereich.

Miriam verfolgte, wie die Tür langsam ins Schloss fiel.

»Werden alle Türen so geöffnet?« fragte sie nachdenklich und deutete auf Juttas Chip.

»Ja«, bestätigte die Personalchefin, »eine überaus bequeme Art, die Zugänge den einzelnen Kompetenzen der Mitarbeiter anzupassen. Eine lästige Schlüsselwirtschaft wird so überflüssig.«

»Sie funktionieren mit Strom«, erwiderte Miriam selbstbewusst.

»Wie scharfsinnig von Ihnen«, antwortete Jutta mit einem leicht sarkastischen Unterton.

Die Polizeihauptmeisterin sah Miriam an und verstand, worauf sie hinweisen wollte.

»Leider ist Strom im Moment genau das«, erklärte Cat, »was wir am wenigsten haben.«

Jutta blieb stehen.

»Sollte der Strom gänzlich ausfallen«, erklärte Miriam, »dann sitzen wir fest.«

»Das könnte ein echtes Problem werden«, überlegte Cat.

»Noch haben wir Strom«, wiegelte Jutta ab. »Das Notstromaggregat wird seinen Dienst nicht so schnell aufgeben. Und darüber hinaus sollten Sie sich keine Sorgen machen! Die Techniker, die dies konstruiert haben, werden diesen Notfall sicherlich bedacht haben.«

»Wir sollten das dennoch im Blick behalten«, mahnte Cat.

»Natürlich«, nickte Jutta und vergaß den Hinweis bereits beim nächsten Satz. »Kommen Sie, Adams Spind ist gleich dort drüben.«

Der Personalraum war mit einem graublauen Teppichboden ausgelegt. In der Mitte stand ein Tisch mit Stühlen. An einer Wand befand sich eine Reihe von Spinden. Jutta ging auf ein Spind zu.

»Leider kenne ich die Kombination nicht«, sagte sie gelangweilt. »Sie müssen es wohl aufbrechen.«

»Ist das erlaubt?« fragte Miriam und sah Cat dabei herausfordernd an.

»In diesem Fall würde ich sagen, ja«, antwortete die Polizistin. »Aber wie wollen wir es öffnen?«

Miriam grinste und kramte ein Multifunktionswerkzeug aus ihrer Jacke.

Die beiden Frauen sahen sie verwundert an, als sie es aufklappte.

»Ich fahre ein altes Auto«, erklärte sie, »da ist so ein Ding Gold wert.«

»Ich wusste gar nicht«, sagte Cat bewundernd, »dass es die auch für die Handtasche gibt.«

»Wie heißt es so schön: Selbst ist die Frau.« Miriam grinste und trat an das Spind. »Darf ich?«

Die Polizistin nickte.

Miriam sah sich das Schloss an und wählte einen Dorn als passendes Werkzeug, dann setzte sie ihn an.

»Sie scheinen eine Menge Talente zu besitzen«, kommentierte Cat Miriams Vorgehen, und ihre Stimme ließ keinen Zweifel daran, dass dies nicht als Kompliment gemeint war.

»Man lernt, sich selbst zu helfen«, murmelte Miriam, während sie den Dorn hin und her drehte. Schließlich klickte es und die Spindtür sprang auf.

»Das haben Sie nicht zum ersten Mal gemacht«, meinte Jutta vorsichtig.

Miriam sah sie kurz an und öffnete das Spind.

»Bitte, Frau Polizeihauptmeisterin, das ist jetzt wohl Ihr Job«, grinste Miriam.

Cat blinzelte sie wütend an und trat schließlich an das Spind. Vorsichtig schob sie ein Hemd und eine Hose, die jeweils an einem Kleiderbügel hingen, zur Seite. Dann untersuchte sie den Boden des Spinds, wo ein paar Schuhe standen.

»Der Mann hatte Geschmack«, bemerkte Cat.

»Einen sehr teuren«, ergänzte Miriam. »Die Schuhe stammen aus Florenz. Sehen Sie die Firmenbezeichnung „parkerson".«

»Klingt eher englisch«, nörgelte Jutta.

»Das ist eine kleine Manufaktur in der Nähe des Doms Santa Maria del Fiore in Florenz. Die Schuhe sind handgemacht«, schloss Miriam.

»Was verdient man denn so im Durchschnitt hier«, meinte Cat und stellte die Schuhe zurück, »dass man sich so etwas leisten kann?«

»Wir zahlen nach Tarif«, antwortete Jutta und wandte sich Miriam zu, während Cat den oberen Teil des Spindes untersuchte. »Darüber hinaus belohnen wir das persönliche Engagement der Mitarbeiter. Es ist durchaus möglich, dass Andrew sich diese Schuhe erspart hat.«

»Die Schuhe vielleicht«, sagte Cat scharf, »aber diese Uhr hier, die hat er sich wohl kaum vom Munde abgespart.«

Die Polizistin hielt ein vergoldetes Kleinod in die Luft.

»Das ist eine Patek Philippe«, erklärte Cat.

Die beiden Frauen sah sie verdutzt an.

»Und?« zischte Jutta.

Cat zeigte ihre Uhr, die erstaunlicherweise aus der gleichen Manufaktur stammte. Dann deutete sie wieder auf die Männeruhr. »Dieses Schätzchen hier kostet gut und gerne 20.000 Euro.«

Das verschlug den Damen den Atem.

»Was auch immer Andrew Adam hier gemacht hat«, stellte Cat fest, »es war ganz sicher nicht sein Hauptjob.«

»20.000 Euro«, flüsterte Miriam, »damit wären meine Sorgen wie weggeblasen.«

Jutta blickte gierig auf Cats Handgelenk und fragte neugierig: »Ist Ihre auch so viel wert?«

Cat mochte solche Fragen nicht. Sie erinnerten die junge Polizistin daran, aus welchem Elternhaus sie stammte.

»Frau Luchtenberg, das geht Sie nichts an«, fauchte Cat und ärgerte sich augenblicklich über ihr Verhalten.

»Entschuldigung.« Jutta hob theatralisch beide Hände. »Jetzt weiß ich wenigstens, wofür ich so viel Steuern zahle.«

8

»Das sind eine Menge Neuigkeiten«, sagte Olofsson, als Miriam ihm im Restaurant die Ergebnisse der Spinduntersuchung mitteilte.

Die beiden saßen in einer ruhigen Ecke des Restaurants, das mittlerweile zum Aufenthaltsort der verbleibenden Besucher geworden war. Draußen schneite es mit gleich bleibender Intensität, und die einsetzende Dämmerung versprach nichts Gutes.

In Miriams Gedanken tobte die immense Summe, die diese Uhr gekostet hatte, wie ein Tornado über Kansas. Sämtliche Überlegungen wurden herumgewirbelt, drehten sich um die Achse des Ziffernblattes, das wenig größer als ein Zwei-Euro-Stück und dennoch das Tausendfache wert war. Miriam hatte Schulden, was sie ihrem Chef noch nicht gesagt hatte. Eigentlich, so stellte sie jetzt fest, hatte sie mit Olofsson noch nie über persönliche Dinge gesprochen.

»Was beschäftigt Sie?« fragte ihr Gegenüber plötzlich, dem nicht entgangen war, dass Miriam irgendwie nicht bei der Sache war.

Miriam sah in Olofssons freundlich blickende Augen und sagte: »Sie wissen nicht viel über mich.«

Der Detektiv nickte.

Sie verstand diese Geste als Aufforderung, weiterzusprechen.

»Ich habe mein Studium der Kunstgeschichte abgebrochen«, fuhr sie traurig fort, »um zu arbeiten. Wissen Sie, meine Eltern können mich nicht unterstützen, und das bisschen BAföG reichte nicht mal für die Miete. So habe ich mich nach und nach verschuldet, bis mir die Bank den Hahn zugedreht hat. Diese Uhr, dieses kleine Scheißding, ist so viel wert, dass ich damit meine Schulden loswürde und weiter studieren könnte. Der tote Kerl da hinten im Tiefkühlraum trug an seinem Handgelenk das Fundament für meine Zukunft. Ich finde, das ist nicht fair.«

»Betrachten Sie es mal aus einer anderen Perspektive«, antwortete Olofsson nachdenklich. »Was auch immer er für eine Charade gespielt hat, Sie leben und er ist tot. Und womit auch immer er sein Geld verdient hat, irgendetwas bei diesem Job ist maßgeblich dafür verantwortlich, dass er jetzt dort hinten liegt. Ich denke, Sie sind bei weitem besser dran als er. Und zudem«, ein breites Grinsen huschte über Olofssons Gesicht, »machen Sie sich wegen Ihrer Schulden mal keine Sorgen. Da finden wir schon einen Weg.«

»Zum Beispiel eine Gehaltserhöhung?« sagte Miriam und lächelte.

»Zum Beispiel«, wiederholte der Detektiv. »Aber vorher müssen wir noch dieses Rätsel lösen.«

Vor ihm auf dem Tisch lag das orangefarbene Papier.

»Was denken Sie?« fragte Olofsson und las das Rätsel nochmals vor: »*War kein Freund der Christen.*«

»Osama bin Laden?« antwortete Miriam.

»Zu viele Wörter«, antwortete der Detektiv. »Außerdem glaube ich nicht, dass er uns Lösungen aus der Gegenwart anbietet.«

»Was lässt Sie dies vermuten?« Miriams Magen gab in diesem Moment ein knurrendes Geräusch von sich.

»Wann haben Sie das letzte Mal etwas gegessen?« hakte Olofsson nach und sah sie betroffen an.

»Heute Morgen«, antwortete sie und fügte schnell hinzu: »Ich habe genug Geld, um mir etwas zu essen zu kaufen. Aber wir sind schon seit elf Uhr hier drin und haben noch keine Ruhe gefunden, etwas zu essen.«

»Sie haben recht«, stellte der Detektiv fest. »Ich komme gut ohne eine Mahlzeit über den Tag.

Muss an meiner Ausbildung liegen. Ich schlage vor, wir essen jetzt erst einmal und nehmen uns dieses Rätsel anschließend vor.«

Sie standen auf und schlenderten zur Büfett-Theke. Dort stellten sie sich ein Menü zusammen und setzten sich mit ihren vollen Tabletts zurück an den Tisch. Miriam griff hungrig zu. Auch Olofsson ließ es sich schmecken. Für die kommende halbe Stunde ließen sie die Mörderjagd in ihrem Gespräch außen vor. Miriam erzählte von ihrem Studium der Kunstgeschichte und gestand, dass sie in Latein gar nicht so schlecht war, wie sie bis jetzt vorgegeben hatte. Olofsson nickte anerkennend und gab zu, sie wegen ihrer *flotten Kleidung* unterschätzt zu haben. Dies würde ihm in Zukunft nicht mehr passieren. Auf Miriams Drängen berichtete er ihr von einigen Einsätzen und gestand, dass er weit mehr war als bloß ein einfacher Sicherheitsmann. Er hatte ebenfalls studiert, sprach fließend mehrere Sprachen und hatte ein großes Faible für das England des 19. Jahrhunderts.

»Deshalb diese Klamotten«, grinste Miriam und verschlang den Rest einer Süßspeise.

»Es hat Vorteile, wie ein Gentleman herumzulaufen«, antwortete er. »Die Menschen trauen einem solchen Herrn nicht zu, dass er auch zuschlagen kann.«

»So?« Miriam musterte ihren Chef.

»Ja, Frau van Heyden. Irgendetwas in unserem Unterbewusstsein lässt uns auf eine Lederjacke aggressiver reagieren als auf ein gewebtes Jackett. Das bedeutet im Ernstfall, dass ein Gegenüber nicht gleich mit der Pistole feuert. Wenigstens funktioniert es in den meisten Fällen«, meinte er gelassen. »Einen echten Profi kann man allerdings mit dem teuren Gewand nicht täuschen.«

Sie gönnten sich zum Abschluss noch einen Espresso, dann machten sie sich wieder an die Arbeit.

Miriam betrachtete erneut das Papier und knüpfte mit ihrer Frage an das Gespräch vor dem Essen an: »Was lässt Sie also vermuten, dass Adam uns keine Hinweise aus der Gegenwart liefert?«

»Es ist die Art, wie er uns seinen ersten Hinweis mitgeteilt hat«, erklärte er.

Miriam verstand.

»Dann müssen wir in der Vergangenheit suchen«, sagte sie.

»Ja, und da kommt meiner Meinung nach nur einer in Frage, der den Christen nicht wohlgesonnen war.«

»*Nero*«, schoss es Miriam durch den Kopf.

»An diesen römischen Kaiser habe ich auch gedacht«, nickte Olofsson und legte sich das Papier mit den Kästchen zurecht.

Miriam zählte die erste Kastenreihe.

»Das sind sieben Felder«, sagte sie enttäuscht.

»Die letzte Kastenreihe besteht aus vier Kästchen, dort würde der Name *Nero* hineinpassen«, überlegte Olofsson. Seine Augen fixierten das

Blatt, als wollte er es daran hindern davon zu schweben. Schließlich fasste er einen Entschluss. »Das Rätsel beginnt in der umgekehrten Reihenfolge.«

»Wie können Sie da sicher sein?« zweifelte Miriam.

»Die diagonalen Linien«, begann Olofsson zu erklären, »weisen den Weg. Sehen Sie hier«, er deutete auf die erste Linie, die von links oben nach rechts unten lief. »Psychologen haben herausgefunden, dass solche Darstellungen im menschlichen Unterbewusstsein eine negative Empfindung hervorrufen. Aber eine Linie, die von links unten nach rechts oben geht, wirkt im menschlichen Unterbewusstsein positiv. Meine Intuition sagt mir, dass dies der richtige Ansatz ist. Adam schien ein bemerkenswerter Mensch gewesen zu sein.«

»Sind Sie sich sicher?« hakte Miriam nach.

»Ja«, nickte er entschlossen.

Olofsson zückte aus seinem Jackett einen edlen Bleistift und schrieb in die letzte Reihe das Wort *Nero*.

»Na, dann wollen wir hoffen, dass Sie sich nicht täuschen«, lächelte Miriam. »Und was bedeutet: *Gedenke des Königs?*«

»Wenn man den ersten Hinweis, also den lateinischen Spruch, als Wegweiser nimmt«, erklärte Olofsson, »dann findet man die Lösung.«

»Sie hatten sie schon die ganze Zeit vor Augen«, stellte Miriam ernüchtert fest.

»Ja«, nickte Olofsson, aber er wirkte nicht glücklich. »Es ist König Gustav Adolf, der Widersacher Urbans. Leider komme ich mit diesem Hinweis nicht weiter.«

Miriam ließ sich die Fakten durch den Kopf gehen. Dann grinste sie verwegen, stand auf und verließ das Restaurant.

Olofsson sah ihr verdutzt nach und wartete, bis sie mit einem Möbelhauskatalog zurückkam.

»Wissen Sie«, erklärte sie, als sie wieder Platz nahm, »wenn ich eines von Männern gelernt habe, dann ist es ihr Drang, die Dinge zu vereinfachen.«

Sie begann in dem Katalog zu blättern.

»Wenn Adam uns das erste Versteck mithilfe eines Möbelstückes mitteilte, dann wird er das auch bei dem zweiten Hinweis versuchen.«

Olofsson dachte über diesen Gedanken noch nach, als Miriam plötzlich rief: »Bingo!«

Der Detektiv sah sie mit großen Augen an, als sie ihm den aufgeschlagenen Katalog überreichte.

»Männer!« schnaufte sie zufrieden.

»Das ist ja phänomenal!« Olofsson betrachtete einen Schreibtisch, den der Möbelkonzern mit dem Männernamen „Gustav“ bezeichnete.

»Lassen Sie uns nachsehen«, Miriam sprang auf.

Olofsson folgte ihr.

»Wir behalten das noch für uns«, mahnte er. »Ich möchte kein Aufsehen.«

9

Das Paar bemerkte nicht, dass es von Martin Kissing beobachtet wurde. Der schlaksige Trainee stand zusammen mit Jan Müller etwas abseits des Restauranteingangs.

»Die haben etwas herausbekommen«, sagte er zu Jan und deutete zu dem Paar.

»Meinst du?« Jan plagten immer noch Schuldgefühle. Zudem fühlte er sich in Martins Gegenwart unwohl. Der Typ passte einfach nicht ins Team.

»Ich denke schon«, antwortete Martin scharf. »Sieh mal, wie die Kleine grinst.«

»Dann sollten wir das der Polizei sagen«, meinte Jan.

»Bist du verrückt«, fuhr Martin ihn an, »den Bullen helfen, wo sind wir denn?«

»Dann sollten wir es Edward sagen«, beharrte Jan.

»Meinetwegen«, nickte Martin. »Geh und sag es ihm. Ich folge der Kleinen mit dem scharfen Hintern und dem alten Mann, mal sehen, wohin die wollen.«

»Weit können sie ja nicht kommen«, merkte Jan sarkastisch an.

Martin schüttelte verächtlich den Kopf und folgte dem Detektivteam. Er hielt sich dezent im Hintergrund, was bei der immer schwächer werdenden Beleuchtung gar nicht so schwierig war. Das Paar schritt schnell durch die Möbelausstellung. Martin vermutete, dass sie ein Ziel hatten. Nach einigen Metern blieben die Beschatteten stehen. Die ›Kleine mit dem scharfen Hintern‹ verschwand zwischen aufgestellten Schreibtischen. Der ›alte Mann‹ legte sein Jackett ab und eine Weste kam zum Vorschein. Ihr Rückenteil schimmerte goldfarben.

Martin schüttelte den Kopf und fragte sich, welcher Trottel heute noch so etwas trug.

Langsam war es an der Zeit, aus der Deckung zu kommen.

»Kann ich Ihnen weiterhelfen?« rief er dieses Mal in gebührendem Abstand.

Olofsson drehte sich nach der tiefen Männerstimme um und lächelte.

»Sie sind der Trainee«, grüßte der Detektiv freundlich.

Martin nickte. »Suchen Sie etwas Besonderes?«

»Ja«, nickte Olofsson.

Martin starrte Miriam an, die ihn nicht beachtete.

»Und was, wenn ich fragen darf?« Er ließ die junge Frau nicht aus den Augen.

»Oh, ich denke, fragen dürfen Sie«, antwortete Olofsson gelassen, »aber da es sich um eine vertrauliche Angelegenheit handelt, werde ich auf eine Antwort verzichten.«

Martin spürte Zorn aufkommen. Er wandte sich dem Mann zu, der deutlich kleiner war als er. Schon seit seiner Pubertät fühlte er sich zu Höherem berufen, und Abkanzlungen hatte er noch nie wegstecken können. Dieser ›alte Mann‹

wusste wohl nicht, wie man mit einem aufgehenden Managerstern umzugehen hatte.

»Wissen Sie«, sagte er mit zitternder Stimme, »ich bin kein Angestellter, der hier seine kleinen Brötchen verdienen muss. Ich bin freiwillig hier, um die Niederungen des Verkaufs kennenzulernen.«

»Schön für Sie«, erwiderte Olofsson, der sich langsam belästigt fühlte. »Dann sollten Sie ja gelernt haben, dass man der Kundschaft jeden Wunsch erfüllt. Meiner wäre es, in Ruhe gelassen zu werden.«

Darauf hatte der junge Mann keine Antwort. Unschlüssig trat er von einem Fuß auf den anderen. Glücklicherweise eilte in diesem Moment der Niederlassungsleiter zusammen mit Polizeikommissar Leopold herbei. Ein paar Schritte hinter den beiden blieb Jan stehen.

»Sie haben einen zweiten Hinweis gefunden?« rief Edward aufgeregt.

Olofsson betrachtete die Herren mit einem Blick, der die Mutter aller Pokerfaces hätte sein können. Dann lächelte er und gab Miriam ein Zeichen, die Suche zu unterbrechen.

»Ich muss Sie enttäuschen«, antwortete der Detektiv, »aber wir haben bis jetzt keinen zweiten Hinweis gefunden.«

»Sie sind kurz davor«, sagte Edward entschieden. »Hat Adam hier irgendwo einen zweiten Zettel versteckt? Martin und Jan, helft suchen!«

»Das ist nicht nötig«, warf Olofsson ein, dem das schiefe Grinsen des Trainees nicht entgangen war. Doch Martin drängte sich bereits zwischen die Schreibtische. »Herr Fromm, Ihre Mitarbeiter sollten sich um die Kunden im Restaurant kümmern. Wir kommen hier gut allein klar.«

»Nun, wenn wir jetzt schon hier sind«, lächelte Edward und breitete seine Arme aus, »dann können wir doch helfen? Los, Jan! Wonach suchen wir?«

Olofsson stieß einen lauten Seufzer aus und sah zu Miriam. Die zuckte mit den Schultern und sorgte dafür, genügend Abstand von Martin zu halten, der schleichend auf sie zu rückte.

»Nun denn«, stöhnte der Detektiv, »wir suchen nach einem Umschlag oder einem Zettel. Er sollte in einem der Schreibtische versteckt sein.«

»Das sind aber eine Menge Schubladen und Tische«, rief Leopold, »zudem sind die viel zu eng nebeneinander gestellt. Ich schlage vor, dass ich mich an der Suche nicht beteilige.«

»Wie Sie wünschen, Herr Kommissar«, antwortete Edward und zwängte sich in das Schreibtisch-Labyrinth.

Miriam spürte, wie ihr Martin auf die Pelle rückte, und entschied, die Suche aufzugeben.

»Kommissar«, rief sie Leopold zu, während sie geschickt der kleinen Suchmannschaft auswich und zurück auf den Gang eilte, »hat Ihre Kollegin etwas über Adam herausgefunden?«

»Das kann man wohl sagen«, lächelte der Polizist stolz. »Cat hat über Funk die Zentrale angerufen und ein paar interessante Daten bekommen.«

Olofsson zeigte sich über Miriams Aufgabe verstimmt. Er brummte: »*Causa finita*«.*

Als Antwort zwinkerte Miriam ihm keck zu und wandte sich demonstrativ an den Polizisten.

»Und was hat die Zentrale herausgefunden?« hauchte Miriam, die dem gewichtigen Mann jene weibliche Aufmerksamkeit schenkte, die für Leopolds Selbstwertgefühl so etwas wie Quellwasser für einen ausgedorrten Acker war.

»Es ist verrückt«, sprudelte es aus ihm heraus, »aber dieser Adam hat seinen Hauptwohnsitz in London. Er ist Engländer, stellen Sie sich das mal vor?!«

Edward hielt in seiner Suche inne und blickte den Polizisten überrascht an.

»Das glaube ich nicht«, rief er selbstgefällig. »Wir haben eine ganz andere Information aus unserer Zentrale.«

»So?« knurrte Leopold, und ein leichtes Zittern seiner Wangenmuskeln setzte ein.

Eigentlich hätte Edward wissen müssen, dass man vor einer interessanten Frau niemals über einen Artgenossen schlecht spricht. Es gibt nämlich ein männliches Naturgesetz, das diese Art des Umgangs verbietet. Schließlich käme ein gesunder Mann ja auch nicht auf die Idee, aus dem fünften Stock eines Hauses zu springen, nur um mal eben Newtons Gravitationsgesetz zu missachten. Die Folgen wären fatal. Edward stand, bildlich gesprochen, bereits im Fensterrahmen,

---

* Die Angelegenheit ist entschieden.

als er, ohne Furcht, aber mit Tadel, seine Position verteidigte.

»Meine Personalchefin«, dozierte er, »hat Andrew Adam persönlich eingestellt. Sie hat nie über einen Wohnsitz in London oder von einer ausländischen Staatsbürgerschaft gesprochen. Wie gesagt, das hätte mir bereits die Zentrale mitgeteilt.«

»Sie behaupten also tatsächlich, dass meine Kollegen lügen?« Leopolds Stimme wuchs zu einem zornigen Jetzt-stelle-ich-mal-etwas-klar-Ton an. »Wenn die Polizei sagt, dass dieser Kerl ein Engländer war, dann können Sie das, mein lieber Herr, glauben!«

»Jetzt regen Sie sich doch nicht gleich so auf«, beruhigte Edward. »Ich schlage vor, dass wir das mit Jutta klären.«

»Wir müssen gar nichts klären, Herr Fromm«, dröhnte Leopold, dessen Unterbewusstsein ein Ventil für die angestaute Frustration des Tages gefunden hatte. »Vielleicht sollte ich Sie davon in Kenntnis setzen, dass jeder in diesem Möbelhaus ein Tatverdächtiger ist. Ich erwarte deshalb Ihre volle Kooperationsbereitschaft und keinen Aufstand.«

Während Edward Leopolds Wutausbruch über sich ergehen ließ, zuckte Martin zwischen den Schreibtischen bei jedem Wort des Kommissars zusammen.

»Meine Herren, bitte«, mischte sich Olofsson ein. »Das bringt uns in der Sache nicht weiter. Herr Polizeikommissar. Vielleicht wurde Herr Fromm absichtlich getäuscht?«

Leopold schnappte nach Luft und wollte gerade eine weitere Zorntirade loswerden, als ihn Miriam sanft am Arm berührte.

»Mir scheint es auch sehr verdächtig«, sagte Miriam mit einem Lächeln, »dass Herr Fromm von seiner Mitarbeiterin nicht richtig informiert wurde.«

»Hm«, schnaufte der Kommissar, »vielleicht haben Sie Recht.«

»Es wäre in jedem Fall angebracht«, sagte Olofsson, »dass dieser Umstand genauer untersucht wird.«

»Ja, das denke ich auch«, zischte Edward, der plötzlich ein unangenehmes Gefühl in der Magengegend verspürte, als ihm klar wurde, dass Jutta ihm womöglich wirklich nicht die Wahrheit gesagt hatte.

»Nun denn«, lächelte Olofsson, »dann sollten Sie das gleich klären.«

»Und was ist mit Ihrer Suche nach dem Hinweis?« fragte Martin, der wieder sein aufgesetztes Selbstbewusstsein zur Schau stellte.

»Das kann warten«, antwortete Miriam, ohne ihn anzusehen.

»Das finde ich auch«, brummte Leopold und damit war die Sache entschieden. »Sie!« Er deutete auf Martin, »suchen Sie Frau Luchtenberg und sagen Sie ihr, dass wir sie sprechen müssen.«

»Jan, sieh du ebenfalls nach ihr, ihr findet uns in meinem Büro«, befahl Edward. »Nun, worauf wartet ihr noch!«

Die beiden Mitarbeiter setzten sich widerwillig in Bewegung.

»Wenn Sie mir bitte folgen würden, Herr Kommissar«, bat Edward freundlich.

Zurück blieben Olofsson und Miriam.

»Ich mag solche Situationen nicht«, stöhnte Olofsson und zog sich sein Jackett über. »Lassen Sie uns weitersuchen.«

»Nicht nötig«, grinste Miriam triumphierend und zog ein visitenkartengroßes Kärtchen aus ihrer Hose.

»Wie?« fragte Olofsson und staunte, dass sie noch Platz zwischen Bauchnabel und Hosenbund fand.

»Das habe ich entdeckt, als dieser Martin mir auf die Pelle rückte«, erklärte sie. »Wenn Sie nicht gesehen haben, wie ich den Fund versteckte, dann haben die anderen auch nichts bemerkt.«

»Jetzt verstehe ich Ihr Zwinkern«, nickte Olofsson und mahnte: »Wir müssen an unserer Kommunikation arbeiten, sonst gibt es noch Missverständnisse.«

Sie reichte ihm den Zettel.

»Oh nein, dieses Mal haben Sie die Ehre«, sagte er, ganz Gentleman. »Bitte lesen Sie.«

Miriam las: »*Auf heiligem Boden, dem Göttlichen zugewandt. Mächtig ist die Feder.*«

3. Edward starrte entsetzt ...

Samstagabend

Edward starrte entsetzt in das Gesicht von Nicole Pellegrino. Sie reichte ihm ein Blatt Papier, auf dem sie einige Zahlen notiert hatte. Eine dieser Zahlen war rot markiert.

»So viel ist noch im Tank«, sagte sie ohne weitere Erklärung.

»Nur so wenig!« stöhnte er.

»Ja, ich habe es zweimal überprüft«, bestätigte die Einkaufschefin. »Wenn wir Glück haben, reicht der Diesel noch für einige Stunden, nicht länger.«

Edward ließ sich müde in seinen Bürostuhl fallen.

Nicole wandte sich dem Polizeikommissar zu.

»Nicole Pellegrino«, stellte sie sich vor. »Tut mir leid, dass ich weitere schlechte Nachrichten überbringen musste.«

Leopold nahm ihre Hand entgegen.

»Polizeikommissar Leopold«, antwortete er. Sein Gehirn begriff die Lage nicht vollständig, da der größte Teil seiner Neuronen damit beschäftigt war, irgendetwas Sinnvolles aus dem Informationssalat, der ständig über ihn ausgekippt wurde, zu filtern.

Nicole erklärte den Männern, dass sie die Zeit genutzt hatte, um die Dieselreserven zu überprüfen. So wie es aussah, würde das Notstromaggregat bei maximaler Laufzeit gerade mal bis in die Abendstunden funktionieren.

»Wir müssen den Stromverbrauch reduzieren, und zwar schnell«, mahnte sie eindringlich, »sonst sitzen wir hier bald im Dunklen.«

»Du hast recht«, nickte Edward. »Schnapp dir Jan und Fabian, die kennen sich bestens aus. Findet heraus, was wir als Erstes abschalten können.«

»Das werde ich.« Nicole nickte und wandte sich der Bürotür zu. »Da wäre noch etwas«, sagte sie mit einer Hand am Türgriff, »du solltest Lydia Donner mal nach Andrew Adam befragen.«

Sie lächelte Leopold kurz zu und verließ das Büro.

»Wer ist Lydia Donner?« fragte Leopold.

Der Kommissar setzte sich in einen bequemen Sessel vor Edwards Schreibtisch.

»Eine Mitarbeiterin«, antwortete Edward gereizt, »aber eins nach dem anderen. Jetzt will ich erst wissen, was Jutta mir verschwiegen hat. Wo die nur bleibt!«

Wütend griff er zu seinem Telefon. Hastig tippte er eine Nummer, dann bellte er in die Hörermuschel: »Ruf Jutta Luchtenberg aus. Ich will sie in meinem Büro sprechen. Es ist dringend!«

Er knallte den Hörer zurück in die Gabel.

»Das ist alles sehr verwirrend«, seufzte er.

Dem konnte Leopold nur zustimmen.

»Wo ist eigentlich Ihre Kollegin?« fragte Edward leise. Ihm fehlte der anregende Blick der reizvollen Polizistin.

»Sie wollte eine Kleinigkeit essen«, antwortete Leopold. »Ich könnte ebenfalls etwas vertragen«, fügte er mahnend hinzu. Sein Blutzuckerspiegel sank momentan mit der Geschwindigkeit eines abstürzenden Flugzeuges.

Edward nickte, aber eigentlich hatte er überhaupt nicht zugehört.

»Äh, darf ich Ihnen etwas zu trinken anbieten?« Er stand auf und ging zu einem Wandschrank.

»Gerne«, antwortete Leopold in der Hoffnung, etwas Hochprozentiges angeboten zu bekommen.

Edward öffnete die Schranktür, dahinter standen ein paar Wasserflaschen und Gläser. Er untersuchte zwei, drei Flaschen, dann fand er eine volle.

»Leider kann ich Ihnen nur Wasser anbieten«, sagte Edward und nahm zwei Gläser und eine Flasche aus dem Schrank. »Kein Problem«, schnaufte der Kommissar freundlich, obwohl sich sein Verstand langsam nach einem dicken Strick umsah.

Edward schenkte dem Polizisten und sich selbst ein. Dann setzte er sich wieder hinter den Schreibtisch.

»Sie müssen mir glauben«, begann er nachdenklich, »dass ich von Adams zweiter Identität nichts wusste. Ich kann mir nicht vorstellen, was er hier bei uns suchte.«

»Wenn wir das wüssten«, meinte Leopold und rutschte tiefer in den Sessel, »dann wären wir dem Mordmotiv einen Schritt näher.«

Er verschwieg, dass er dem Niederlassungsleiter nicht über den Weg traute.

2

Miriam zuckte zusammen, als über ihr aus einem Lautsprecher eine energische Frauenstimme die Personalchefin ausrief. Olofsson saß nicht weit von ihr entfernt auf einem bequemen Sofa. Die beiden hatten beschlossen, vorerst von der Bildfläche zu verschwinden, und aus diesem Grund in der Möbelausstellung ein Zimmer gesucht, das nicht gleich von allen Seiten einsehbar war. Ein Jugendzimmer schien dafür der geeignete Ort zu sein. Die Ausstatter hatten eine Schrankwand um eine Zimmertür befestigt, einen modernen Schreibtisch unter ein Hochbett platziert und einen Couchtisch vor ein Sofa gestellt. Das alles war mit einem bunten Teppich unterlegt. Leider war der Sofadesigner von einem jugendlichen Benutzer ausgegangen und hatte das Sofa mit einem Kuschelfaktor versehen, der es zwei erwachsenen Menschen unmöglich machte, einen Anstandsabstand zu bewahren. Aus diesem Grund hatte sich Miriam in ein Hochbett zurückgezogen, wo sie entspannt alle Viere von sich streckte und geradewegs auf den Lautsprecher starrte.

»Diese Luchtenberg hat etwas zu verbergen«, sagte sie und rückte das Kopfkissen zurecht. »Oder warum wohl hat sie sonst den Umstand der Staatsangehörigkeit verschwiegen?«

Olofsson hielt ein kleines Notizbuch in der Hand, in dem er, seit sie sich niedergelassen hatten, einige Fakten und Daten notiert hatte. Er sah zu Miriam auf.

»Es kann Hunderte von Gründen geben, weshalb Frau Luchtenberg diese Tatsache verheimlicht hat«, antwortete er.

»Ja, zum Beispiel ein schönes Sümmchen Schmiergeld«, höhnte Miriam.

»Sie mögen diese Frau wohl nicht«, bemerkte Olofsson mit einem Lächeln.

»Sie ist mir eigentlich egal«, antwortete Miriam langsam, als müsste sie den Sinn ihrer Worte nochmals überdenken. »Nein, das stimmt nicht. Sie regt mich auf. Ich habe etwas gegen diese Karrierefrauen.«

»Karrierefrauen?« wiederholte Olofsson. »Zählt dazu auch Polizeihauptmeisterin Catharina von Hohenlohe?«

»Oh«, zischte Miriam, »die ganz sicher! Haben Sie bemerkt, wie Ihresgleichen – ich meine die Männer – diese Puppe anstarren?«

»Ich starre niemanden an«, wehrte sich Olofsson. »Sagt Ihnen eigentlich ihr Nachname irgendetwas?«

Miriam richtete sich auf und fixierte Olofsson, als wollte sie ihn ins Visier nehmen.

»Sollte er mir etwas sagen?« Ihre Augen blinzelten, was Olofsson mittlerweile nicht mehr als Eigenart abtat.

Mit Bedacht wählte er die folgenden Worte: »Ich gehe wohl recht in der Annahme, dass Sie

Zeitschriften, die zu der Gruppe „Yellow-press“ gehören, nicht konsumieren.«

»Aber hallo, davon können Sie ausgehen«, antwortete Miriam ernst.

»Manchmal kann Ignoranz ein Fehler sein«, bemerkte Olofsson und fügte schnell hinzu: »Die Familie von Hohenlohe gehört zwar nicht zum Hochadel, dennoch zählt sie zu den reichen Adelsfamilien, die nur selten in der Öffentlichkeit auftreten. Ihr Stammsitz befindet sich in London. Catharina von Hohenlohe hätte es nicht nötig, als Beamtin ihr Geld zu verdienen.«

»Und woher wollen Sie das wissen?« antwortete Miriam. »Vielleicht ist sie gar nicht mit dieser Familie verwandt.«

»Da muss ich Ihnen widersprechen«, sagte Olofsson und blickte wieder in sein Notizbuch. »Sie ist ganz sicher mit dieser Familie verwandt. Ich kenne Ihren Vater.«

»Dieses Püppchen ist also stinkreich«, schnaufte Miriam, und damit war auch geklärt, wie sie zu dieser teuren Uhr gelangt war. »Wieso macht sie das?«

»Das sollten Sie sie selbst fragen«, meinte Olofsson.

»Wissen Sie«, grinste Miriam freundlich, »jetzt mag ich sie noch weniger. Solche Menschen zerstören Vorurteile.«

»Sie meinen wohl eher Ihre Vorurteile«, antwortete Olofsson, ebenfalls mit einem Grinsen.

»Ob dieser Polizeikommissar das auch weiß?« fragte sie sich.

»Wohl kaum«, antwortete der Detektiv, »sie wird es keinem gesagt haben. Und ich bitte Sie, es ebenfalls gegenüber Dritten nicht zu erwähnen. Catharina wird ihre Gründe haben und die sollten wir respektieren.«

»Hm«, nickte Miriam und ließ sich zurück ins Kopfkissen fallen. »Was haben Sie notiert?«

»Namen, Fakten und Kommentare.« Olofsson legte das Notizbuch zur Seite und nahm die kleine Karte in die Hand. »*Auf heiligem Boden, dem Göttlichen zugewandt*«, murmelte er.

»Haben Sie eine Ahnung, was dieser Hinweis bedeuten könnte?« fragte Miriam.

»Es ist eine Metapher«, überlegte Olofsson.

»Schön, und was bedeutet sie?« stöhnte Miriam.

»Sie beschreibt einen Gegenstand, der „auf heiligem Boden" etwas „Göttlichem" zugewandt ist«, erklärte Olofsson. »Im Mittelalter wurde der Begriff „heiliger Boden" sehr oft in Zusammenhang mit dem Heiligen Land gleichgesetzt.«

»Das heutige Israel«, kommentierte Miriam.

»Ja, aber wenn man *heilig* als Synonym versteht, dann könnte es auch „auf *gesegnetem* Boden dem Göttlichen zugewandt" bedeuten. Sie müssen wissen, dass Kirchen und Friedhöfe auf gesegnetem Boden erbaut werden. Und mit *göttlich* könnte eine Christusfigur gemeint sein.«

»Wie viele Buchstaben hat das gesuchte Wort?« fragte Miriam.

Olofsson zog das Blatt mit dem Kästchen aus seinem Jackett und zählte.

»Sieben«, antwortete er.

»Also suchen wir einen Gegenstand mit sieben Buchstaben, der in irgendeiner Kirche einem Kreuz oder einer Christusfigur an einem Kreuz zugewandt ist«, stöhnte Miriam. »Davon gibt es wohl eine Menge.«

»Vielleicht«, schränkte Olofsson ein, und ein verschmitztes Lächeln formte sich in seinem Gesicht.

3

Lydia ging es nicht gut.

Nachdem Nicole ihr schonungslos die Wahrheit über ihren toten Freund gesagt hatte, war sie an einen Ort geflüchtet, der, zwischen Notstromaggregat und Feuerlöschanlage versteckt, nur von außen zugänglich war.

Für Lydia war es ein besonderer Ort.

Hier hatte sie Andrew zum ersten Mal geliebt. In diesem kahlen Raum, mit seinem aschgrauen Betonboden und den blauen Profilwänden, an deren Verstrebungen sie sich damals entrückt festgehalten hatte.

Alles nur Täuschung, der Gedanke jagte ihr durch den Kopf.

Verletzt und enttäuscht lehnte sie sich an die Wand und schrie. Das Brummen des Notstromaggregates war deutlich durch die dünne Stahlwand zu vernehmen und übertönte Lydias Schrei. Dann flossen die Tränen und für einen Augenblick verharrte sie an der Stahlwand.

Schließlich wurde es kalt. Sie straffte ihren Körper und wischte sich die Tränen mit dem Ärmel ab.

Sie schniefte nochmals laut und rieb sich dann mit beiden Händen übers Gesicht.

»Ich sehe bestimmt schrecklich aus«, murmelte sie und ging zur Tür. Vorsichtig öffnete sie die Stahltür des kleinen Raumes.

Eisiger Wind wehte ihr sogleich entgegen. Der Schneefall hatte in den letzten Stunden an Intensität zugenommen. Mittlerweile bedeckte eine meterhohe Schneedecke den Parkplatz. Selbst unter die überdachten Bereiche des Gebäudes hatte der Wind langsam, aber stetig die Schneemassen geweht.

In Halbschuhen mühte sich Lydia entlang des Gebäudes bis zum Personaleingang.

Um sie herum versank die Welt langsam in Dunkelheit. Keine Straßenlampe funktionierte, die Lampen auf dem Parkplatz und die Gebäudeaußenbeleuchtung waren bereits mit dem Einsatz des Notstromaggregats ausgeschaltet worden. Die benachbarte Industriestraße war nicht mehr als Straße wahrzunehmen.

Lydia erkannte, dass ein Fortkommen unmöglich geworden war. Sie und alle anderen würden die Nacht im Möbelhaus verbringen müssen. Keine angenehme Vorstellung für die junge Angestellte.

Mit Mühe erreichte sie den Personaleingang und versuchte die Gebäudetür mit ihrer Chipkarte zu öffnen.

Der Sensor reagierte nicht.

Sie versuchte es erneut, doch auch dieses Mal gab das Schloss die Tür nicht frei. Sie wiederholte den Vorgang, bis sie schließlich aufgab.

»Scheiße«, fluchte sie und entschied, den Haupteingang zu benutzen.

Weitere fünfzig Meter kämpfte sie sich durch die Kälte zum Haupteingang. Mit einem flauen Gefühl im Magen näherte sie sich den beiden Schiebetüren und hoffte, dass der Türsensor noch funktionierte. Doch die beiden Schiebetüren verharrten in ihrer Position. Sie wedelte mit den Armen, ging einige Schritte zurück und wieder vor, bis plötzlich ein kaum hörbares Summen den Öffnungsmechanismus in Gang setzte und die beiden Türhälften langsam auseinanderfuhren. Schnell schlüpfte Lydia durch den Türspalt, bevor er sich hinter ihr mit einem knirschenden Geräusch wieder schloss.

»Das ist nicht gut«, flüsterte sie und lief geradewegs Jan in die Arme, der sie überrascht anstarrte.

»Wo kommst du denn her?«

»Von draußen«, zitterte Lydia und fügte erregt hinzu: »Die Türen öffnen sich nicht mehr.«

Jan nickte, als hätte er dies bereits geahnt, und ging zum Eingang. Die Schiebetür bewegte sich nicht.

»Es fängt an«, sagte er. »Wir müssen den anderen Bescheid geben, bevor sich noch jemand einschließt.«

»Jan, was geht hier vor?« fragte Lydia ängstlich.

»Keine Ahnung.« Er zuckte mit den Schultern. »Normalerweise müsste das System die Türen offen halten. Die Schlösser werden von einem Computer gesteuert und nur mit wenig Strom betrieben. Man könnte die Schlösser mit einer kleinen Batterie öffnen. Wenn wir jetzt schon Schwierigkeiten bekommen, dann stimmt etwas mit dem Steuerungsprogramm nicht. Wir müssen die anderen warnen.«

Sie eilten die Treppe hinauf, die zur Möbelausstellung führte. Ungeachtet des für Kunden ausgeschilderten Weges durchquerten die beiden die Möbelausstellung und benutzten Durchgänge, die für Besucher als solche nicht zu erkennen waren. So auch Zimmertüren, von denen man glaubte, sie seien Dekoration. So platzten sie überraschend in das Jugendzimmer, in das sich Olofsson und Miriam zurückgezogen hatten.

»Was machen Sie denn hier?« rief Jan erschrocken.

Miriam blickte ihn verblüfft aus dem Hochbett an.

»Wo kommt ihr denn her?« fragte sie neugierig.

»Die Tür ist echt«, bemerkte Olofsson verblüfft und stand auf.

Lydia schob sich schüchtern an Jan vorbei.

»Jan, wer sind die beiden?« fragte sie leise.

»Oh, das sind Herr Olofsson und seine Assistentin Miriam ...« Jan stockte und überlegte, wie ihr Nachname lautete.

»... van Heyden«, ergänzte Miriam schnell und kletterte aus dem Hochbett.

»Das ist Lydia Donner«, stellte Jan seine Kollegin vor.

Olofsson lächelte Lydia zu und begrüßte sie in einer Art, die jeder Prinzessin würdig gewesen wäre.

Miriam verdrehte bei so viel Getue ein wenig ihre Augen und reichte ihr nach Olofssons kleiner Show die Hand.

»Hi, nenn mich Miriam«, grinste sie.

Lydia nickte und fragte: »Und was macht ihr hier?«

»Oh, eine kleine *Soiree*«, antwortete der Detektiv.

»Bitte?« staunte Lydia und musterte Miriams Kleidung. Ihr Blick konnte sich nicht zwischen Be- und Verwunderung entscheiden.

»Er meint,« erklärte Miriam verlegen, »wir haben uns zum Nachdenken zurückgezogen.«

»Die beiden ermitteln«, fügte Jan hinzu. »Herr Olofsson ist Privatdetektiv.«

»Ja«, beeilte sich Miriam zu sagen.

»So?« stieß Lydia aus.

Olofsson sah man an, dass er mit der neuen Berufsbezeichnung noch seine Schwierigkeiten hatte, aber dann strahlte er über das ganze Gesicht und sagte: »Eine schreckliche Tat, aber wir sind sicher, den Mörder dingfest machen zu können.«

»Das ist gut«, meinte Lydia.

»Kannten Sie das Opfer?« hakte Olofsson nach.

»Ja«, nickte Lydia, und ihre Augen wurden schon wieder feucht. »Wir waren zusammen«, ergänzte sie leise.

»Ah, verstehe. Es tut mir leid.« Olofsson berührte sanft ihren Arm und wechselte dann das Thema. »Warum die Hast, mit der Sie durch diese Türe traten?«

»Wir haben es eilig«, antwortete Jan und erklärte, was mit den elektronischen Türschlössern geschah.

»Das ist beunruhigend«, meinte Olofsson nachdenklich, »und sehr gefährlich.«

»Deshalb die Eile«, Jan wirkte unruhig. »Es sind noch viele Gäste im Haus und die kennen sich nicht aus. Wenn einer sich aus Neugier oder Versehen verläuft, dann kann das gefährlich werden.«

»Wieso?« fragte Miriam. »Verhungern wird er ja wohl nicht.«

»Nein«, antwortete Jan, »aber wir haben nicht mehr genügend Diesel in den Tanks, um das Stromaggregat die Nacht über durchlaufen zu lassen. Wir werden die Lüftung und damit die Wärmezufuhr reduzieren müssen. Bei der Kälte da draußen kühlen die nicht mehr beheizten Räume schnell aus.«

»Verstehe«, sagte Miriam. »Das ist ein Problem.«

»Nicole ...«

»Wer?« hakte Olofsson nach.

»Oh, Nicole Pellegrino, die haben Sie noch nicht kennengelernt. Sie ist unsere Einkaufschefin. Jedenfalls haben wir einen Plan erstellt, nach dem wir die Stromzufuhr reduzieren, um für die Hauptbereiche genügend Energie zu erhalten.«

»Gut«, lobte Olofsson.

»Leider scheint das Türenproblem ein Systemfehler zu sein«, sagte Jan, »das hat nichts mit der Stromzufuhr zu tun.«

»Hm«, brummte Olofsson, »sehr merkwürdig.«

4

Nicht weit entfernt vom Eingang in einem Steuerungsraum startete Jan den Zentralcomputer, der die gesamte Hauselektronik steuerte. Zahlreiche Schaltschränke, in denen Dutzende von Kabeln zusammenliefen, hingen an den Wänden. Zwei moderne Flachbildschirme standen auf einem Schreibtisch, an dem Jan nun Platz genommen hatte. Olofsson stand neben ihm und beobachtete, wie auf dem Bildschirm langsam ein Menü hochgefahren wurde. Jan betätigte die Maus und öffnete mit einem Klick ein Steuerungsprogramm. Auf dem Bildschirm erschien eine schematische Darstellung. Sie zeigte den Grundriss des Möbelhauses.

»Das ist das Erdgeschoss«, erklärte Jan. »Sehen Sie hier«, er deutete auf farbig markierte Bereiche, »das sind die Türen. Die grüne Farbe bedeutet, dass die Türen online sind, die rot markierten Türen bedeuten, dass sie offline sind. Die grün markierten lassen sich mit dem Chip öffnen, die roten nicht mehr.«

Auf dem Bildschirm verfolgten die beiden, wie sich die grün markierten Stellen langsam in rote verwandelten.

»Können Sie das beenden?« fragte Olofsson besorgt.

Immer mehr Türen wurden durch das Programm verriegelt.

Jan schüttelte den Kopf.

»Wissen Sie, ich bin kein ausgebildeter Programmierer«, erklärte er, »eher ein engagierter Computerfan. Das Einzige, was ich versuchen kann, ist, die Türen wieder manuell zu öffnen.«

Olofsson nickte. »Versuchen Sie es.«

Jan klickte mit dem Mauspfeil auf eine rote Markierung und ein Pull-up-Fenster öffnete sich. In dem Fenster wählte er den Befehl „manuell öffnen“ und schloss es wieder. Die rote Markierung verschwand.

»Es funktioniert«, rief er begeistert.

Doch einen Augenblick später verwandelte sich die grüne Farbe wieder in Rot.

»Mist!« fluchte er nun enttäuscht.

Olofsson richtete sich auf.

»Jedenfalls können wir die Türen für einen Moment öffnen«, sagte er nachdenklich und ging ein paar Schritte durch das Büro. »Das dürfte reichen, um Keile zwischen Türrahmen und Türblatt zu legen. Damit können wir die wichtigsten Zugänge offen halten. Haben Sie Funkgeräte im Haus?«

»Funkgeräte?« Jan sah den Detektiv fragend an. »Wofür brauchen Sie die?«

»Jemand muss dort hinaus, um die Keile anzubringen. Das funktioniert aber nur, wenn er von hier aus unterstützt wird.«

»Verstehe«, nickte Jan, »ich glaube, wir haben einen Satz da.«

»Gut«, sagte Olofsson, »dann holen Sie die Funkgeräte. Wir wollen gleich damit beginnen.«

Jan stand auf und ging zur Tür. Dort blieb er stehen, drehte sich zu Olofsson um und sagte: »Wir können doch Handys benutzen.«

Der Detektiv blickte ihn freundlich an und fragte: »Haben Sie in den letzten Stunden Ihr Handy benutzt?«

»Nein«, antwortete Jan und nestelte sein Handy aus der Hosentasche.

»Versuchen Sie jemanden anzurufen«, forderte Olofsson ihn auf.

Jan tippte schnell einige Tasten und hielt das Handy ans Ohr.

Nach einer halben Minute nahm er es ab.

»Keine Verbindung, meldet eine Stimme«, murmelte er ungläubig.

»Das liegt an dem Wetter da draußen«, erklärte Olofsson. »Die Menschen im Umkreis der Stadt dürften Angst haben und versuchen Informationen zu erhalten. Sie greifen zu ihren Handys, aber das macht das Funknetz nicht mit.

Verlassen Sie sich bei einer Ausnahmesituation nie auf das Handy, dann sind Sie verlassen.«

»Verstehe«, sagte Jan. »Ich hole die Funkgeräte.«

Olofsson blieb in dem Steuerungsraum zurück. Er setzte sich an den Schreibtisch und begutachtete den Computer. Er besaß kein Laufwerk, nichts, woran man einen externen Datenträger hätte anschließen können. Wer immer das Programm manipuliert hatte, dies wurde Olofsson klar, wusste mit Computern umzugehen.

5

Polizeikommissar Leopold schnaufte wie ein Walross, als er Miriam zuhörte. Sie erklärte, so gut sie es verstanden hatte, was mit den elektronisch gesteuerten Türen passierte. Lydia hielt sich zurück und musterte Leopold, dessen mächtiger Bauch aufgeregt hoch und runter wippte und unter Wasser einen Tsunami ausgelöst hätte.

»Jan und Olofsson kümmern sich um das Problem«, endete Miriam.

»Jetzt auch noch die Türen«, bemerkte Edward entnervt und fügte nachdenklich hinzu: »Das erklärt vielleicht auch, warum Jutta immer noch nicht aufgetaucht ist.«

»Wir haben sie auf dem Weg hierher nicht getroffen«, sagte Miriam.

»Das ist alles sehr unbefriedigend«, brummte Leopold und fixierte Miriam mit seinen Augen. »Sie haben keine weiteren Hinweise gefunden, das stimmt doch?«

Miriam nickte.

»Darüber hinaus wissen wir immer noch nicht mehr über den Toten und jetzt versagt auch noch die Haustechnik.« Schwerfällig schälte sich Leopold aus dem Sessel, den er seit gut einer Stunde nicht verlassen hatte. »Mann, was für ein Scheißtag!«

Lydia blickte verstört zu Miriam und dann zu Edward. Schließlich fasste sie Mut und sprach den Niederlassungsleiter an: »Edward, zu Andrew kann ich etwas sagen.«

Abrupt hielt Leopold in seinen Bewegungen inne. Der gewichtige Polizeikommissar wandte seine zermürbte Aufmerksamkeit der zierlichen Angestellten zu.

»Ich hoffe, Sie können uns etwas mehr sagen, als wir schon wissen«, polterte es aus seinem Mund.

»Nicht so barsch, Herr Leopold«, mahnte Edward. »Also, Lydia, was hast du zu sagen?«

Sie erzählte ihnen, wie es zu der Beziehung zwischen ihr und Adam gekommen war, dass sie glücklich mit ihm die Tage verbracht hatte.

»Nun, das ist eine hübsche Liebesgeschichte«, knurrte Leopold. »Mehr haben Sie nicht beizutragen?«

Edward schien ebenfalls enttäuscht zu sein, zeigte es aber nicht so deutlich wie der Polizist. Lydia ließ sich nicht aus ihrem Erzählfluss bringen.

»Das erste Mal überraschte er mich, als wir zusammen nach London fuhren«, sagte sie, in Erinnerungen schwelgend. »Es war an einem langen Wochenende. Andrew hatte alles organisiert und ehe ich mich versah, stand ich vor Big Ben. Wir übernachteten in einem teuren Hotel, und Andrew führte mich zu „Harrison". Er las mir jeden Wunsch von den Lippen ab und verwöhnte mich.«

»Das ist Ihnen nicht sonderbar vorgekommen?« hakte Leopold nach.

»Beim ersten Mal nicht«, antwortete sie.

»Ihr seid mehrmals nach London geflogen?« staunte Edward.

»Ja, einmal sogar mit einem kleinen Jet«, erinnerte sich Lydia.

»Mit einem Jet!« Leopold schüttelte den Kopf.

»Er hatte für alles eine plausible Erklärung«, wehrte sich Lydia.

»Wie hat er das denn erklärt?« knurrte Leopold.

»Er sagte, er habe diesen Trip bei einem Preisausschreiben gewonnen«, lächelte Lydia.

»Und Sie haben alles geglaubt«, brummte der Polizist.

»Es gab keinen Grund, es nicht zu glauben«, erwiderte Lydia.

»Gab es sonst noch eine außergewöhnliche Überraschung, ich meine außer dem Jet?« wollte Edward wissen.

Lydia blickte zu Boden, schien einen Augenblick mit sich zu hadern, dann sagte sie: »Bei unserem letzten Besuch in London, vor einigen Wochen, trafen wir zufällig den deutschen Botschafter in einem Restaurant.«

»Sie haben den Botschafter gesehen?« fragte Leopold abfällig.

»Wenn man ihn trifft, dann sieht man ihn auch«, erwiderte Lydia. »Wir haben zusammen gegessen.«

»Adam kannte den deutschen Botschafter?« Edward starrte Lydia mit offenem Mund an.

Lydia nickte.

»Ich glaube das alles nicht!« giftete Leopold. »Was ist hier los?«

»Das wüsste ich auch gerne«, flüsterte Miriam und sagte laut: »Das sollte Olofsson erfahren.«

»Über was habt ihr euch mit dem Botschafter unterhalten?« fragte Edward, der plötzlich sehr verschlossen wirkte.

»Über alles Mögliche«, antwortete Lydia. »Er fragte sogar, ob ich mir vorstellen könne, in London zu leben.«

»Warum wollte er das wissen?« mischte sich Miriam ein.

»Keine Ahnung«, Lydia versuchte sich zu erinnern. »Es ging in dem Gespräch um die Schönheiten der Stadt und um Tradition. Ach, ich weiß nicht mehr genau, was alles besprochen wurde.«

6

Jutta ahnte nichts Gutes, als ihr Name zum zweiten Mal über die Lautsprecher ausgerufen wurde.

Vielleicht, dachte sie, bin ich bei den beiden Mädchen einen Schritt zu weit gegangen.

Der Versuch, die beiden gegeneinander aufzuhetzen, war völlig danebengegangen. Viel schlimmer noch, sie hatte nicht damit gerechnet, dass Adam so blöd war, Beweise seiner wahren Herkunft im Spind aufzubewahren.

Allerdings, überlegte sie, war die Wahrscheinlichkeit, dass jemand den wahren Wert seiner Uhr erkannt hätte, äußerst gering.

Jetzt würden die Fragen gestellt werden, die sie seit Adams Einstellung zu verhindern gesucht hatte. Das war ihre Aufgabe, und dafür hatte sie ein großzügiges Salär erhalten. Adam war tot. Geld würde jetzt nicht mehr fließen. Jutta war schlau genug, um zu wissen, dass es an der Zeit war, Dinge zu klären.

Sie straffte ihr Shirt.

»Nun denn«, flüsterte sie und verließ einen kleinen Büroraum.

Das kleine Büro befand sich am Ende der großen Halle, in der die Hochregale mit den Möbeln standen. Keine fünf Regale weiter hatte Adam den Tod gefunden.

Das Büro benutzten Jan und Andrew, um den Warenbestand über den Computer zu kontrollieren. Sie hatte diesen Raum aufgesucht, um nach weiteren verdächtigen Hinweisen zu suchen, die Andrews Herkunft erklären konnten. Sie war nicht fündig geworden, was ihr bei der nun anstehenden Beichte vor ihrem Chef und der Polizei einen gewissen Interpretationsspielraum verschaffte.

Sie durchquerte einen Teil der Halle und schwenkte dann auf eine Tür zu, die ausschließlich für das Personal gedacht war. Sie führte zum Marktbereich, gleich neben den ausgelegten Teppichen. Jutta benutzte ihren Türchip, und nach mehrmaligen Versuchen öffnete sich der angrenzende Raum.

Sie erinnerte sich an Miriams Bemerkung und war sich nun nicht mehr sicher, ob man der Technik vertrauen konnte. Doch weitere Gedanken verschwendete sie nicht an diese Sache. Sie ging weiter. Ihre Aufmerksamkeit wurde von der ungewohnten Umgebung vollständig beansprucht. Die spärliche Beleuchtung verwandelte den ansonsten mit farbenfrohen Teppichen ausgestatteten Marktbereich in einen grau-schwarzen Raum, der unheimlich wirkte. Ein beunruhigendes Gefühl breitete sich in ihr aus, das durch eine bedrohliche Stille verstärkt wurde. Die Personalchefin hätte sich in einem knorrigen dunklen Wald nicht anders gefühlt. Sie begann schneller zu gehen.

Plötzlich hielt sie inne. Irgendjemand beobachtete sie.

»Ist da jemand?« rief sie und sah sich um.

Doch niemand antwortete.

Ein kalter Schauer lief ihr den Rücken hinunter und sie beeilte sich, die Markthalle zu verlassen. Mit schnellen Schritten eilte sie an einer Pyramide von Gläsern vorbei, durch den Haushaltswarenstand bis zu den Büroartikeln, als sie erneut stehen blieb.

Hinter sich hörte sie jetzt deutlich Schritte.

»Das finde ich nicht komisch«, rief sie, doch ihre Stimme zitterte und verfehlte damit den erwünschten selbstbewussten Klang.

Die Schritte kamen näher und Jutta entschied, nicht auf die Person zu warten. Sie begann zu laufen. Als sie den Kassenbereich erreichte, atmete sie auf. Das Treppenhaus zu den Büros lag nur noch ein paar Meter von ihr entfernt. Sie sah sich um und bemerkte, dass alle Kassen leer waren. Empörung stieg in ihr auf und sie blickte noch einmal zurück.

Dann schrie sie auf.

7

Im Steuerungsraum wartete Olofsson ungeduldig auf Jan. Mittlerweile waren fast alle Türen im Erdgeschoss verriegelt. Wenn sich Jan nicht beeilte, würde der junge Mann selbst Opfer des Systemfehlers werden. Ein leichtes Kribbeln an den Ohrläppchen verriet dem Detektiv, dass etwas nicht stimmte. Beunruhigt sah er auf den Monitor.

»Beim Olymp!« rief er erschreckt und eilte zur Tür.

Er hörte ein leises Summen und schaffte es gerade noch, die Tür zu öffnen, bevor auch diese vom System verriegelt wurde.

»Da wäre ich fast selbst ein Gefangener geworden«, sagte er zu sich und klopfte sein Jackett nach der kleinen Taschenlampe ab. Die Tür hielt er mit einem Fuß offen. Als er die Taschenlampe gefunden hatte, legte er sie vorsichtig zwischen Türblatt und Rahmen. Dann eilte er zurück in den Raum und fand Büropapier, das er zu einem

Keil zusammenfaltete, um ihn anschließend unter die Tür zu klemmen.

Als er einen erneuten Blick auf den Bildschirm warf, zeigte das Programm an, dass jetzt alle Türen verschlossen waren. Was im Erdgeschoss begonnen hatte, setzte sich im ersten Stock fort.

Jan musste aufgehalten worden sein, überlegte der Detektiv und entschied, nicht länger auf den Mann zu warten.

Olofsson hinterließ eine Nachricht und verließ den Steuerungsraum. Er hatte auf dem Grundriss einen Weg gefunden, der ihn in die Markthalle führte, ohne durch Türen versperrt zu sein. Von der Markthalle würde er über die Eingangstreppe hinauf in die Möbelausstellung gelangen und von dort ins Restaurant, wo er Hilfe finden würde.

Mit schnellen Schritten eilte er los und erreichte nach einigen Minuten die Markthalle. Die fahle Notbeleuchtung machte es ihm schwer, sich zu orientieren, und so lief er bei dem Versuch, eine Abkürzung zu finden, in eine Sackgasse.

Ärgerlich über den Zeitverlust folgte er nun den Markierungen auf dem Boden und gelangte schließlich in den Kassenbereich.

Wieder begannen seine Ohrläppchen zu jucken.

Vorsichtig näherte er sich der Kassenreihe und blickte irritiert in sein stumpfes Spiegelbild.

Olofsson blieb stehen. Dann lächelte er, als er die großen Glasfenster erkannte, die den Kassenbereich abtrennten. Draußen war es finstere

Nacht geworden. Die Dunkelheit verwandelte die Scheiben in Spiegel. Das Kribbeln in seinen Ohrläppchen hielt an und so bewegte er sich leise und vorsichtig zwischen zwei Kassen hindurch. Er bog schließlich nach links in Richtung Treppe, als seine Schuhe in etwas Flüssiges traten.

Erschreckt blickte er zu Boden.

Juttas aufgerissene Augen starrten ihn an. In ihrer Brust steckte ein breites Küchenmesser.

»Oh mein Gott«, flüsterte der Detektiv und beugte sich über die Leiche.

Jede Hilfe kam zu spät. Der Mörder hatte ganze Arbeit geleistet und ihr mitten ins Herz gestochen. Olofsson griff zu seiner Taschenlampe und knipste sie an. Er untersuchte Juttas Hände nach Kampfspuren und trat schließlich einen Schritt zurück.

Plötzlich traf ihn ein heller Lichtkegel.

»Da sind Sie ja«, rief Jan hinter ihm, »ich habe die Funkgeräte und eine große Taschenlampe.«

Er wedelte mit der Lampe umher und leuchtete auf den Boden.

»Was ist das?« fragte er schockiert, dann erkannte er Jutta.

Die Nachricht von einem weiteren Mord schlug in Leopolds Gehirn wie eine Splitterbombe ein. Edward erging es nicht besser.

Olofsson war mit Jans Hilfe direkt zu den Büroräumen geeilt. Jede Tür, die sich noch mit einem Chip öffnen ließ, hatten die beiden anschließend entweder mit einem Keil oder mit Klebeband, das sie über das Schloss streiften, gesichert. Die Idee mit dem Klebeband stammte von Jan. Weil er nicht gleich das Richtige gefunden hatte, hatte er es erst suchen müssen. Das war der Grund für sein langes Ausbleiben gewesen, so jedenfalls erklärte er es Olofsson.

Schockiert standen sie nun in Edwards Büro. Lydia reagierte auf die Nachricht mit Zittern. Miriam kümmerte sich um sie und wurde so von ihrer eigenen Angst abgelenkt.

»Wer macht so etwas?« fragte Lydia bekümmert. »Jutta hat niemandem etwas getan.«

»Wahrscheinlich wusste sie zu viel«, meinte Leopold. »Sie haben wirklich nichts Stärkeres in Ihrer Bar?«

Edward schüttelte den Kopf.

»Wir sind mit einem Mörder eingesperrt«, bemerkte Edward. »Das ist ein sehr unangenehmes Gefühl.«

»Wir sollten die Leiche nicht dort unten liegen lassen«, sagte Olofsson. »Und wenn es sich vermeiden lässt, sollten keine weiteren Personen davon in Kenntnis gesetzt werden.«

»Sie haben Recht«, nickte Leopold, »ich hole Cat.«

Der Polizeikommissar schnaufte und verließ das Büro.

»Dann müssen wir Jutta entfernen?« fragte Edward entsetzt.

»Herr Leopold und ich«, antwortete Olofsson, »werden das allein schaffen. Gehen Sie zu den anderen und teilen Sie ihnen mit, dass die Türen mit Bedacht zu schließen sind.«

»Es wird auffallen, dass Jutta fehlt«, merkte Jan an.

»Wir lassen uns eine Erklärung einfallen«, meinte Edward und blickte Olofsson eindringlich an. »Finden Sie diesen Mörder, schnell.«

»Kommen Sie klar?« fragte Olofsson Miriam.

»Wir kommen klar«, nickte Miriam und sah Lydia an.

»Es wird gehen«, nickte Lydia. »Ich werde niemandem etwas sagen.«

»Gut, dann lassen Sie uns gehen.« Olofsson verließ das Büro zusammen mit den anderen.

Der Detektiv wartete auf die Polizisten am Rand der Treppe. Die beiden Beamten kamen mit zwei starken Taschenlampen zurück.

»Die hat uns Jan besorgt«, erklärte Cat.

»Gut«, nickte Olofsson.

Sie gingen die Treppe hinunter zu der Leiche.

»Sie wurde überrascht«, erklärte der Detektiv, als sie am Tatort eintrafen. »Es gibt keinerlei Anzeichen eines Kampfes.«

»Er muss sich von hinten an sie herangeschlichen haben«, meinte Cat. »Hier ist es so dunkel, da hatte der Killer leichtes Spiel.«

Leopold förderte ein Paar Latexhandschuhe aus seiner Uniform und zog dann vorsichtig die Tatwaffe aus Juttas Körper. »Das Messer hat er wohl aus der Küchenabteilung genommen.«

Olofsson sah sich die Mordwaffe kurz an und nickte.

Der Polizist wickelte sie in einen Einkaufsbeutel, den er von einer der Kassen genommen hatte.

»Wohin mit ihr?« fragte Cat.

Sie entschieden sich für eine halbwegs pietätvolle Lösung und trugen den Leichnam ins Foyer. Dort bedeckten sie ihn mit einem Tuch, das Cat aus der Markthalle besorgt hatte. Die Blutlache wischten sie ebenfalls mit einem Tuch, so gut es ging, fort.

»Das Messer verstaue ich im Dienstwagen«, sagte Leopold schwer atmend, »zudem informiere ich die Zentrale.«

»Wissen Sie, wie man die Schiebetüren öffnet?« fragte Olofsson.

»Den Riegel oberhalb der Tür zurückschieben?« antwortete Leopold.

»Richtig«, sagte Olofsson. »Aber stellen Sie vorsichtshalber etwas zwischen die Schiebetüren. Wir brauchen Sie hier drinnen.«

Der Polizeikommissar lächelte müde und schlurfte zum Ausgang. Er hatte sich den Wochenenddienst anders vorgestellt.

»Haben Ihre Verhöre etwas Neues gebracht?« fragte Olofsson.

»Nein«, antwortete Cat. »Niemand hat etwas gesehen oder kann sich vorstellen, weshalb man Adam umbringen sollte.«

»Wir haben also nichts Neues«, murmelte Olofsson und verschwieg den Fund eines zweiten Hinweises.

»Abgesehen von einer weiteren Leiche, nein«, erwiderte sie niedergeschlagen.

8

Miriam grübelte. Sie saß etwas abseits im Restaurant und schrieb den zweiten Hinweis auf eine Serviette. Sie kannte zwar die Worte *„Auf heiligem Boden, dem Göttlichen zugewandt"*, konnte aber in dem Satz keinen Sinn erkennen. Müde blickte sie sich nach Lydia um.

Die junge Mitarbeiterin unterhielt sich inzwischen mit Teresa, einer der Trainees. Sie standen, zusammen mit anderen Kollegen, in einer kleinen Gruppe mitten im Restaurant. Um die Gruppe herum liefen ein paar Kinder und spielten Fangen. Die Eltern verfolgten das Treiben ihrer Kinder und blickten immer wieder besorgt durch die großen Panoramafenster nach draußen. Dort schneite es immer noch ununterbrochen. Eine weitere Gruppe von Mitarbeitern saß um Nicole Pellegrino und schien mit der Einkaufschefin heftig zu diskutieren. In dieser Gruppe befand sich auch Martin, der zweite Trainee. Er beteiligte sich gestenreich an der Diskussion.

Miriam gefiel das nicht. Sie wartete darauf, dass Jan und Edward den Eingeschlossenen einen Lagebericht gaben. Die beiden standen am Eingang und schienen sich nochmals abzustimmen, wie sie den Leuten das Türen-Problem möglichst verharmlosend mitteilen sollten.

Schließlich nickte Edward und trat ins Restaurant.

»Ich bitte um Aufmerksamkeit«, rief er laut in den Saal. »Ein wenig Ruhe, bitte!«

Die Mitarbeiter drehten sich neugierig zu ihrem Chef um. Die spielenden Kinder interessierten sich nicht für den „alten“ Mann und jagten weiter durch das Restaurant. Erst als Edward erneut um Ruhe bat, riefen die Eltern ihre Kinder zur Ordnung.

»Wir haben Ihnen allen etwas mitzuteilen«, rief Edward. Ruhig und mit verständlichen Worten erklärte er, was momentan mit den elektronischen Türen geschah. »Das braucht unsere Gäste nicht zu beunruhigen, die Bereiche des Restaurants und auch die Toiletten sind offen. Es kann sich niemand einschließen, wenn er im öffentlichen Teil des Hauses bleibt. Sollten Sie sich dennoch in den Personalbereich verlaufen, dann achten Sie auf die Türen.«

Ein aufgeregtes Murmeln breitete sich in dem Saal aus.

Edward machte eine Pause, bis es wieder ruhig wurde.

»So, wie es aussieht«, begann der Niederlassungsleiter mit kräftiger Stimme, »werden wir die Nacht hier verbringen müssen. Die Straßen sind weiterhin nicht befahrbar und draußen gibt es keinen Strom. Unser Notstromaggregat funktioniert, wir werden Strom haben, allerdings nicht im ganzen Haus. Jan Müller«, er deutete auf den Mann an seiner Seite, »hat einen Plan erstellt, nach dem wir gewisse Bereiche im Haus von der Stromversorgung abklemmen.

Die Toiletten werden nicht betroffen sein, im Restaurant werden wir nur einige Lampen herausdrehen und einige Kühlgeräte ausschalten. Ansonsten werden wir allerdings im ganzen Haus das Licht sowie andere elektronische und elektrische Geräte abschalten. Wir werden Kerzenlampen aus dem Marktbereich holen und in der Möbelausstellung aufstellen. Das dürfte für eine ausreichende Beleuchtung sorgen. Da wir hier übernachten werden, bitte ich die Familien, sich als Erstes ein Nachtlager in der Möbelausstellung zu suchen. Wir werden für genügend Decken und Kissen sorgen, so dass niemand frieren muss. Die Lüftung werden wir im Laufe des Abends langsam zurückfahren, um Strom zu sparen.

Die Heizung werden wir nicht abstellen, da aber die Lüftungsanlage auch die Wärme transportiert, könnte es in den Bereichen, in denen wir die Lüftung heruntergefahren haben, sehr kalt werden. Bleiben Sie in der Möbelausstellung, dort heizen wir weiter. Wenn Sie etwas benötigen, dann fragen Sie meine Mitarbeiter. Sie werden Ihnen helfen. Betrachten Sie die kommende Nacht als ein kleines Abenteuer. Für heute Nacht sind wir eine große Familie in einer Mittsommernacht nahe des Polarkreises – fühlen Sie sich bitte wie zu Hause.«

Als die Kinder begriffen, dass sie eine Nacht im Möbelhaus verbringen sollten, wurden sie ganz aufgeregt und drängten ihre Eltern, ein passendes Nachtlager zu suchen. Die Erwachsenen fanden die Tatsache, eine Nacht in einer Möbelausstellung mit so vielen Fremden zu verbringen, alles andere als aufregend. Sie waren jedoch alle so vernünftig, dazubleiben und nicht in das Schneetreiben hineinzulaufen.

Olofsson, Cat und Leopold betraten das Restaurant, als die ersten Kinder in die Möbelausstellung jagten.

Cat blickte Olofsson plötzlich erschreckt an und fragte: »Sehen Sie irgendwo Blut an meiner Uniform?«

Der Detektiv kontrollierte, so gut es bei dem fahlen Licht ging, ihre Uniform und verneinte ihre Frage. Unterdessen hatte Leopold ebenfalls nach verräterischen Spuren an seiner Dienstkleidung gefahndet, aber auch nichts gefunden. Für Olofsson schien das kein Problem zu sein. Er wusste, dass er sich nicht beschmutzt hatte.

»Das wäre geklärt«, sagte Edward erleichtert zu den dreien, als er sie am Restauranteingang entdeckte. »Sie haben es gut aufgenommen.«

»Was haben sie gut aufgenommen?« fragte Cat.

Leopold klärte sie über das neueste technische Problem auf.

»Wir müssen im Personalbereich vorsichtig sein«, endete Leopold.

»Na klasse«, zischte die Polizeihauptmeisterin. »Ich sehe mir den Computer einmal genau an.«

»Kennen Sie sich mit so etwas aus?« fragte Edward, als wäre es gar nicht wichtig.

»Mal sehen«, meinte sie und blinzelte dem Niederlassungsleiter zu, was in diesem Moment eine Vielzahl von möglichen Interpretationen seitens ihres Vorgesetzten hervorrief.

Olofsson zog sich freundlich zurück und suchte Miriam. Die hatte ihn bereits am Eingang entdeckt und wartete auf ihn.

»Und?« fragte sie, als er sie erreichte, »war es schlimm?«

»Ich hoffe, dass diese Ereignisse keineswegs *en vogue* werden«, antwortete er langsam. »Wir haben die Leiche im Foyer an die Seite gelegt. Sie liegt dort im Moment in Frieden. Keine Gefahr, dass die lieben Kleinen diesen Frieden stören werden.«

»Gut«, nickte Miriam und wechselte das Thema. »Die Menschen haben Fromms Ankündigung gut aufgenommen.« Sie blickte in Edwards Richtung und lobte ihn: »Er war großartig!«

»Dann wollen wir hoffen, dass der Mörder sein Geheimnis ebenfalls für sich behält«, meinte Olofsson und entdeckte die beschriftete Serviette. »Oh, Sie haben sich wieder an die Arbeit gemacht.«

»Ich habe es versucht«, stöhnte Miriam. »Aber einen vernünftigen Ansatz habe ich noch nicht gefunden.«

»Darf ich«, störte sie plötzlich Martin, der mit einer Leiter neben ihrem Tisch aufgetaucht war. »Ich will die Birne aus der Lampe schrauben.«

Weitere Mitarbeiter verteilten sich mit kleinen Trittleitern im Restaurant und schraubten jede zweite Glühbirne aus den Lampenfassungen.

»Bitte«, forderte Olofsson den Trainee auf.

Miriam bedeckte mit ihrer Hand die Serviette.

Martin stieg auf seine Leiter und schielte anzüglich zu ihr hinab.

»Wissen Sie schon, wo Sie schlafen werden?« fragte er, während er die Birne aus der Fassung schraubte.

»Nein, darüber haben wir uns noch keine Gedanken gemacht«, antwortete Miriam.

»In der Möbelausstellung dürfte es voll werden«, meinte Martin. »Einige von uns wollen es sich in der Teppichabteilung bequem machen«, grinste er vielsagend. »Sie sind herzlich willkommen.«

»Danke, wir werden es uns überlegen«, erwiderte Miriam kalt.

»So, erledigt.« Martin kletterte die Leiter hinunter und hielt demonstrativ die herausgeschraubte Birne in der Hand. »Bis später dann.«

»Der ist von sich eingenommen«, zischte Miriam, als Martin außer Hörweite war.

»Nun«, begann Olofsson mit einem schelmischen Lächeln, »wenn ich zwei Dekaden jünger wäre, würde ich die Gelegenheit ebenfalls nützen.«

Miriam sah ihn mit großen Augen an und rief: »Raphael Olofsson, Sie können ja Komplimente verteilen!«

»Und dabei habe ich kein Fremdwort benutzt«, fügte er stolz hinzu. »Ist Ihnen das aufgefallen?«

Miriam nickte und fügte schnell hinzu: »Lassen Sie uns das Rätsel lösen, bevor Sie noch auf andere Gedanken kommen.«

»Nun gut«, seufzte er. »Wie ich bereits erwähnte, bezeichnete man im Mittelalter das heutige Israel als das Heilige Land. Aber das hat Adam nicht gemeint. Er wird einen Ort damit umschrieben haben, der in seinem Umfang kleiner, genauer ausgedrückt: in seiner Fläche begrenzter sein dürfte.«

»Sie erwähnten Kirchen«, erinnerte Miriam, »eine Heiligenfigur oder etwas Ähnliches.«

»Die vielen Möglichkeiten machen es schwer«, stöhnte Olofsson und zog die kleine Karte aus seinem Jackett.

»Vielleicht hilft uns der erste Hinweis weiter«, sagte Miriam. »Ich meine den Papst Urban.«

Olofsson lehnte sich zurück und überlegte.

»Vielleicht ist das ein guter Ansatz«, murmelte er. »Urban VIII. war nicht nur in einen Religionskrieg verstrickt, unter seinem Pontifikat wurde auch der Prozess gegen Galilei geführt. Und Galilei richtete seine Aufmerksamkeit zu den Sternen. Also zum Himmel, wo bekanntlich das Göttliche zu finden ist.«

»Wo fand der Prozess statt?« fragte Miriam. »Wir suchen doch einen Ort?«

»Galilei war Florentiner. Der Prozess fand aber vor der Inquisition in Rom statt.«

»Rom, dann muss der Vatikan mit *heiliger Boden* gemeint sein«, sagte Miriam.

»Vielleicht«, merkte Olofsson an, »aber der Prozess fand nicht im Vatikan statt, sondern in der Basilika Santa Maria sopra Minerva.«

»So?« staunte Miriam. »Woher wissen Sie das alles?«

»Ich erwähnte es bereits gegenüber Polizeikommissar Leopold. Ich bin ein großer Bewunderer von Lorenzo Bernini, und der hat vor dieser Kirche eine seiner schönsten Skulpturen aufgestellt. Berninis Marmorelefant mit einem ägyptischen Obelisken. Mich interessierte daher die Geschichte der Basilika.«

»Dann sind wir also nicht weitergekommen«, seufzte Miriam.

»Nicht unbedingt.« Olofsson schien eine Idee zu haben.

Er zog aus der Innentasche des Jacketts das Blatt, auf dem das Kreuzworträtsel gezeichnet war.

»Wir suchen ein Wort mit sieben Buchstaben«, sagte er und buchstabierte: »E L E F A N T«.

»Das sind sieben Buchstaben.« Miriam sah man die Freude an.

»Nicht so schnell«, bremste der Detektiv und buchstabierte: »O B E L I S K«.

»Mist«, schnaufte sie, »das sind ebenfalls sieben Buchstaben.«

Olofsson runzelte die Stirn.

»Vielleicht lagen Sie mit dem Vatikan gar nicht daneben«, sagte er und seine Augen verrieten, dass er das Wort gefunden hatte. »Es ist das Wort OBELISK.«

Miriam sparte sich die Frage nach einer Erklärung.

Olofsson schob sie gleich nach.

»*Auf heiligem Boden, dem Göttlichen zugewandt*«, sagte er. »Berninis Elefant steht vor der Kirche, also nicht auf heiligem Boden. Aber was sehen Sie vor Ihrem inneren Auge, wenn Sie an den Vatikan denken?«

Miriam schloss kurz ihre Augen und antwortete: »Den Petersdom und den Platz davor.«

»Richtig, die meisten Bilder vom Vatikan zeigen die Piazza San Pietro mit Blick auf die Fassade des Doms. Und was steht in der Mitte der Piazza San Pietro?«

»Ein riesiger Obelisk«, antwortete Miriam.

»Ja, er steht auf *heiligem Boden* und ist dem *Göttlichen zugewandt*.«

Olofsson trug das Wort in die Kästchen ein.

»Die Piazza San Pietro wurde übrigens auch von Bernini gestaltet«, ergänzte er mit wissendem Lächeln.

»Muss wohl ein Superstar gewesen sein, dieser Bernini«, meinte Miriam.

»Zu seiner Zeit, ja«, antwortete Olofsson.

»Wie lautete der zweite Satz?«

Olofsson warf einen Blick auf die Karte und las: »*Mächtig wie die Feder*.«

»Nun, das kann ja wohl nicht so schwer werden«, grinste Miriam, ganz sicher, dieses Wortspiel allein lösen zu können. »Wir suchen einen Schriftsteller.«

»Er beschreibt nicht«, warf Olofsson ein, »er macht einen Vergleich.«

»Wie?« Miriam sah ihren Chef verdutzt an.

»*Wie*«, betonte er, »*wie* die Feder. Wir suchen etwas, das so mächtig ist *wie* die Feder.«

»Oh, nein«, erwiderte Miriam. »Sie wollen mich nur verunsichern. Adam meinte ganz sicher das Sprichwort „Die Feder ist mächtiger als das Schwert". Davon lasse ich mich nicht abbringen.«

»Da stimme ich Ihnen zu«, sagte Olofsson, »aber wir suchen etwas, das so mächtig ist wie die Feder. Oder anders ausgedrückt, wenn die Feder als Handwerksgerät eines Dichters gemeint ist, dann suchen wir ein Handwerksgerät, das genauso mächtig ist wie die Schreib-Feder.«

»Heute schreibt keiner mehr mit einer Schreib-Feder«, sagte Miriam abfällig, »wir benutzen Computer.« Sie hing diesem Gedanken einen Augenblick nach, dann wusste sie, was Adam mitteilen wollte. »Ich weiß die Lösung.«

Ihre Stimme klang selbstbewusst, als sie Olofsson die Lösung erklärte.

»Basierend auf dem Sprichwort „Die Feder ist mächtiger als das Schwert" suchen wir – hier hatten Sie Recht – einen Gegenstand, der heute die Schreib-Feder ersetzt. Das ist der Computer. Und wenn man jetzt im Hinterkopf behält, dass das geschriebene Wort mächtiger sein kann als das Schwert, oder anders ausgedrückt ein Schriftsteller mächtiger sein kann als ein Soldat, dann passt es wieder. Da Adam aber bestimmt einen Begriff verschlüsselt hat, der nicht so allgemein sein kann wie „Schriftsteller" und das Wort „Feder" eher dem Schriftsteller zugeordnet werden kann, meint er eine andere schreibende Berufsgruppe und das sind die „Journalisten". Und ich wette, dass es ein Produkt gibt, das diesen Namen trägt. Ich gehe einen Katalog holen.«

Miriam stand auf.

9

Anton Leopold spürte die Ereignisse des Tages in jedem seiner Knochen. Sein Magen hatte nichts Herzhaftes zu essen bekommen und die gewohnte Mittagsruhe war ihm auch verwehrt geblieben. Erschöpft saß er zusammen mit seiner Kollegin in einer ruhigen Ecke des Ausstellungsraums auf einer Couch.

»Was für ein Tag«, stöhnte er. »Den hatte ich mir anders vorgestellt.«

»Das können Sie laut sagen«, erwiderte Cat. »Und es ist frustrierend, dass wir keine Unterstützung haben. Keine Forensiker und keine Datenbanken. Wir sind auf uns allein gestellt, wie zu Anfang der Kriminalgeschichte.«

»Da hilft das ganze schöne Wissen, das Sie auf der Polizeischule gelernt haben, rein gar nichts«, ergänzte Leopold, was nicht gerade die Stimmung hob.

»Wenn wir nicht aufpassen, dann entwischt uns der Mörder«, sagte Cat müde. »Wenn wir wenigstens ein Motiv hätten.«

»Um das zu finden, müssten wir wissen, wer dieser Andrew Adam wirklich war.« Leopold streckte sich. »Ich könnte 'ne Mütze Schlaf gebrauchen.«

Cat schielte zu ihrem Vorgesetzten hinüber und lächelte. Man hatte sie vor dem alten Brummbär gewarnt, ihn als Schwätzer mit der Intelligenz einer Küchenschabe verurteilt.

Dafür hielt er sich ganz gut.

»Ruhen Sie sich eine Weile aus«, sagte Cat freundschaftlich. »Ich gehe zum Wagen und versuche mithilfe der Zentrale etwas Brauchbares herauszubekommen.«

»Ziehen Sie sich etwas über«, sorgte sich Leopold, »da draußen muss es jetzt tierisch kalt sein.«

»Werde ich«, lächelte sie. »Ich habe noch einen Pullover im Auto.«

Sie stand auf, schnappte sich eine Taschenlampe, die Jan den Polizisten überlassen hatte, und ließ ihren Kollegen zurück.

Wie angekündigt, hatte Edward die Deckenbeleuchtung in der Möbelausstellung ausgeschaltet. Hunderte von Kerzenlampen verteilten sich nun in den Interieurs und ersetzten das elektrische Licht durch traditionellen Kerzenschein. Der große Raum wirkte wie ein riesiges Pilgerlager aus einer Zeit, in der Elektrizität als Zauberei verurteilt worden wäre. Auf erstaunliche Weise beruhigte das warme Kerzenlicht die Menschen und vertrieb auf ein paar Metern die bedrohliche Dunkelheit. Die flackernden Flammen tanzten wie Glühwürmchen inmitten eines Hains und faszinierten Jung wie Alt. Kinder lagen entspannt in den Armen ihrer Eltern und hier und da schmusten frisch Verliebte.

Es war ruhig geworden im Möbelhaus und Cat bewegte sich leise, aber bestimmt durch den Raum. Sie verzichtete auf das Licht der Taschenlampe. Sie wollte die anheimelnde Stimmung nicht durch einen Lichtkegel zerstören. Als sie die Treppe zum Eingang erreichte, schaltete sie die Taschenlampe an. Mit schnellen Schritten eilte sie die Treppe hinunter, durchquerte das Foyer, sah kurz zu der abgedeckten Leiche und öffnete schließlich manuell die äußere Schiebetür.

Ein eisiger Wind wehte ihr entgegen, als sie das Gebäude verließ. Der Schnee war mittlerweile einen halben Meter hoch unter die Überdachung geweht worden. Mit Mühe erreichte sie ihr völlig zugeschneites Polizeiauto. Sie brauchte eine Viertelstunde, um die Beifahrertür vom Schnee zu befreien. Als sie endlich die Schlüssel-Fernbedienung benutzen konnte, stellte sie fest, dass die Tür angefroren war.

»So ein Mist«, fluchte sie und zog mit aller Kraft am Türgriff.

Sie war so mit der Tür beschäftigt, dass sie nicht bemerkte, wie jemand von hinten an sie heranschlich. Die Gestalt hielt etwas Schweres in der Hand und schlug zu.

10

Miriam kam mit einer Kerzenlampe und einem Katalog zurück. Olofsson hatte die Zeit genutzt und sich ein wenig entspannt. Er lag ausgestreckt auf einer Sitzbank und schien zu schlafen. Fein säuberlich lag sein Jackett über einem Stuhl.

»Schlafen Sie?« fragte Miriam verblüfft.

»Keineswegs«, antwortete er, ohne die Augen zu öffnen. »Ich meditiere.«

»Im Liegen?« staunte Miriam. »Ich dachte, man müsse sitzen.«

»Es gibt viele Möglichkeiten, den Geist zu schärfen«, erklärte er, ohne seine Position zu verändern.

»Interessant«, meinte Miriam und setzte sich, »wollen Sie so liegen bleiben?«

»Ich vermute«, hörte Miriam ihren Chef sagen, »dass Sie die Seiten im Katalog allein umblättern können.«

»Wie Sie meinen«, murmelte sie und begann im Katalog nach einem Produkt zu suchen, das wenigstens annähernd etwas mit „Journalismus" zu tun hatte.

»Ein Produktindex wäre jetzt nicht schlecht«, sagte sie, während sie eine Seite nach der anderen betrachtete. »Dann ginge das hier schneller.«

Olofsson ließ sie reden. Er konzentrierte sich auf das Nichts, wie er es in seiner Ausbildung gelernt hatte, und befreite seinen Geist. Langsam spürte er, wie seine Glieder sich entspannten und ein wohliges Gefühl sich breitmachte. Er war zwar für sein Alter gut trainiert, dennoch gingen die Strapazen des vergehenden Tages nicht spurlos an ihm vorbei. Wenn der Mörder alles daran setzen würde, die Ermittlungen zu stören, dann würde er in dieser Nacht Weiteres unternehmen, und darauf musste er vorbereitet sein.

Unerwartet führte seine Intuition ihn zu einer Frage, die er sich noch nicht gestellt hatte.

Warum schlug der Mörder gerade heute zu?

Spielte vielleicht das Unwetter eine Rolle oder war es für den Mörder ebenso unerwartet gekommen wie für alle anderen auch? Der Schneefall war zwar vorhergesagt worden, aber den plötzlichen Stromausfall hatte keiner kommen sehen. Wenn das Wetter für die heutige Tat keine Rolle spielte, warum dennoch heute?

Olofssons graue Zellen begannen zu arbeiten und bildeten einen zerbrechlichen Gedanken, der durch Miriams plötzlichen Frustschrei zerstört wurde.

»So ein Mist«, stöhnte sie. »Es gibt kein Produkt, das passen könnte.«

Sie schob den Katalog über den Tisch.

Langsam erhob sich Olofsson, während seine grauen Zellen versuchten, die Bruchstücke des sich auflösenden Gedankens festzuhalten.

»Musste das sein«, sagte er barsch, während er langsam seine Umgebung wieder wahrnahm.

»Was?« Miriam verstand seinen mürrischen Ausdruck nicht. »Wir liegen falsch!«

»So!« Er sammelte seine Gedanken und konzentrierte sich auf das Problem. »Ihre Erklärung klang logisch. Adam wollte uns sicher auf die schreibende Zunft aufmerksam machen. Aber was ist, wenn er das Schema plötzlich geändert und es ein wenig schwieriger gemacht hat?«

»Ich verstehe nicht«, grollte Miriam.

»Denken Sie einen Schritt weiter«, forderte er sie auf.

»In welche Richtung?« zischte sie.

»Nun, was hängt mit Journalismus noch zusammen?« fragte er und begann in dem Katalog zu blättern.

»Texte, Zeitungen, Zeitschriften, meinen Sie so etwas?«

»Da liegen Sie genau richtig«, nickte Olofsson und schob ihr lächelnd den Katalog zu. »Sehen Sie mal!«

»Oh Mann, Sie haben Recht, Zusatzteile«, stöhnte Miriam.

Sie blickte auf eine Liste, in der etliche Zusatzteile für ein Regal angeboten wurden. Darunter befanden sich Zeitschriftenhalter und Zeitschriftenböden.

»Übrigens«, lächelte Olofsson, »haben wir nicht genau nach diesen Teilen für unseren Laden gesucht?«

»Lassen Sie uns losgehen«, drängelte Miriam, »und nachsehen, ob wir richtig liegen.«

Olofsson stand auf, zog sein Jackett über, streifte es glatt und sagte: »Wir sollten die beiden Polizisten an der Suche beteiligen.«

»Muss das sein«, stöhnte Miriam, die ungern mit Cat zusammentraf.

»Ja, mit vier Personen geht es schneller«, beharrte Olofsson, »außerdem ist es bei diesem schlechten Licht gut möglich, dass wir etwas übersehen.«

Olofsson hatte Recht, das wusste Miriam, und so nickte sie, auch wenn sie die Suche liebend gerne allein begonnen hätte.

Sie sahen sich im Restaurant nach den Polizisten um und trafen auf eine Gruppe Mitarbeiter, die erschöpft etwas zu sich nahmen.

»Wir suchen die Polizisten«, erklärte Miriam der Einkaufschefin Nicole Pellegrino.

»Keine Ahnung, wo die sich rumtreiben«, antwortete sie. »Hat jemand von euch die beiden gesehen?«

»Nein, keine Ahnung«, antwortete Lydia. »Kann ich euch bei der Suche helfen?«

»Nein, danke«, lehnte Olofsson freundlich ab, »ruhen Sie sich aus. Es könnte noch eine anstrengende Nacht werden.«

»Das wollen wir nicht hoffen«, stöhnte Nicole. »Es ist schon aufregend genug gewesen.«

»Wo ist Herr Fromm?« fragte Miriam.

»Der versucht zusammen mit Jan, etwas an diesem Steuerungsprogramm zu basteln«, erklärte Nicole und fügte abfällig hinzu: »Hoffentlich machen sie nicht noch mehr kaputt.«

In diesem Augenblick traten Fabian Schneider und Teresa zur Gruppe.

»Nur gut, dass ich am Montag dieses Haus verlasse«, brummte Teresa und setzte sich neben Lydia.

»Habt ihr die beiden Polizisten gesehen?« fragte Nicole die Ankömmlinge.

»Die sitzen im Besprechungszimmer Stockholm«, antwortete Fabian gelangweilt. »Habt ihr noch was übrig gelassen?« Er griff zu einer Packung Kekse.

»Wo finden wir dieses Besprechungszimmer?« erkundigte sich Olofsson.

»Gleich hinter den Küchen«, erklärte Teresa. »Ist nicht zu verfehlen.«

Das Detektivteam bedankte sich und ging los.

»Wenn wir keine zwei Leichen in diesem Haus hätten«, sagte Miriam, als sie die Möbelausstellung betraten, »dann sähe das hier ganz heimelig aus.«

Olofsson teilte diese Meinung nicht. Für ihn gab es viel zu viele dunkle Ecken, die für Hinterhalte wie geschaffen schienen. Dennoch spürte auch er so etwas wie eine romantische Stimmung, die von den vielen Kerzenlampen ausging. Leise machten sie sich auf die Suche nach den Polizisten.

Sie fanden Kommissar Leopold schnarchend auf der Couch liegen.

»Das ist aber nett«, grinste Miriam und staunte über Leopolds Bauch, der sich auf und ab bewegte. »Dass der Gürtel das aushält?«

»Wir müssen ihn wecken«, meinte Olofsson.

»Bitte, tun Sie sich keinen Zwang an«, sagte Miriam und trat demonstrativ einen Schritt zurück.

Der Detektiv tippte den Polizisten an. Leopold reagierte nicht.

»Der schläft aber fest«, bemerkte Miriam.

Olofsson tippte ihn härter an, dieses Mal reagierte der Kommissar.

Verschlafen starrte Leopold den Detektiv an.

»Ach, Sie sind es«, gähnte er. Dann schüttelte er seinen Kopf, was die dicken Backen hin und her fliegen ließ und meinte: »Muss wohl eingeschlafen sein.«

Er sah sich nach seiner Kollegin um.

»Wo ist Cat?« schwerfällig stand er auf.

»Wissen wir nicht«, antwortete Miriam.

»So?« Leopold sah sich nach ihr um. »Sie wollte zum Auto, um mit der Zentrale zu reden.«

»Wann war das?« fragte Olofsson besorgt.

Leopold sah auf seine Armbanduhr. »Vor einer guten Stunde.«

Olofssons Ohrläppchen begannen wieder zu kribbeln.

»Wir sollten nach ihr sehen«, sagte er, und sein Ton verriet, dass sie sich beeilen sollten.

Dieses Mal nahmen sie keine Rücksicht auf die schlafenden Gäste in der Möbelausstellung. Mit schnellen Schritten eilten sie zur Treppe. Olofsson zückte seine Taschenlampe und leuchtete auf den Weg. Als sie an die Treppe kamen, wehte ihnen ein kalter Wind entgegen.

»Die Schiebetür ist noch offen«, bemerkte Leopold und rannte die Treppe hinunter. Er erreichte die Tür als Erster und drängte sich ins Freie.

Für einen dicken Mann bewegte er sich plötzlich besonders schnell.

»Cat!« rief er voller Angst. Dann sah er den fast zugeschneiten Körper seiner Kollegin vor dem Auto liegen.

»Ist sie tot?« fragte Miriam besorgt, während Olofsson und Leopold den Körper vom Schnee befreiten.

Leopold fühlte ihren Puls.

»Nein. Sie lebt noch«, antwortete Leopold ein wenig erleichtert, »aber sie hat kaum noch Puls.«

»Wir müssen sie ins Warme bringen, schnell!« befahl Olofsson.

Miriam griff sich Cats Taschenlampe, die im Schnee lag. Die beiden Männer trugen die Polizistin zurück in das Gebäude. Dort legten sie Cat sanft auf den Boden, während Miriam in die Markthalle eilte, um Decken zu holen.

»Jemand hat ihr von hinten auf den Kopf geschlagen«, stellte Olofsson fest und fügte schnell hinzu: »Sie muss aus der nassen Kleidung heraus.«

Sie begannen, ihr die durchnässte Jacke auszuziehen, dann entfernten sie Schuhe, Hose und Pullover.

»Weiter wollen Sie doch wohl nicht gehen«, mischte sich Miriam ein und legte einen Stapel Decken neben die bewusstlose Frau.

»Nein, das dürfte erst einmal genügen«, sagte Olofsson, »wickeln wir sie ein.«

Nachdem die Polizistin wie eine Mumie verpackt war, trugen die Männer sie vom Eingang weg in die Markthalle. Dort legten sie sie auf eine Bank.

Miriam schloss die Schiebetür, dann schnappte sie sich Jacke, Hose und Schuhe und folgte den Männern.

Leopold fühlte nochmals Cats Puls und atmete erleichtert auf.

»Ihr Puls wird stärker.«

»Jungs«, sagte Miriam, während sie die Kleidung neben der Bank auf den Boden legte. »Wir haben ein neues Problem. Jemand hat Cats Pistole gestohlen.«

In ihren zitternden Händen hielt sie das leere Pistolenholster.

4. Die Lage verschlechterte sich …

Mitternacht

Die Lage verschlechterte sich rasant. Olofsson war zu lange im Abwehrgeschäft des Geheimdienstes gewesen, um dies jetzt zu übersehen. Er hatte nicht vor, die verschlechterte Situation zu ignorieren. Das Gebot der Stunde musste lauten, den Tatsachen mit offenen Augen entgegenzutreten. Der Mörder besaß jetzt eine Waffe. Olofsson ging davon aus, dass der Killer die Waffe auch benutzen würde, wenn er die Gelegenheit dazu bekäme. Deshalb war er nochmals hinaus zum Polizeiauto gegangen in der Hoffnung, Fußspuren oder einen anderen Hinweis zu finden. Doch der heftige Schneefall sowie die hektische Rettung der Polizistin durch ihr kleines Team hatten alle brauchbaren Spuren vernichtet. Selbst der Versuch, die Türen des Polizeiwagens zu öffnen, misslang.

Nachdenklich kehrte er in die Markthalle zurück, wo er Miriam, Leopold und die bewusstlose Cat zurückgelassen hatte.

»Ich bin's«, rief er den Dreien zu, als er durch die Dunkelheit an den geschlossenen Kassen vorbei zurückging.

»Und?« fragte Leopold, der neben Cat auf der Bank saß, »haben Sie noch etwas entdecken können?«

»Es ist ein *Aporem*«, antwortete Olofsson gedankenverloren.

Miriam seufzte laut. Sie hatte sich mit einem Kissen auf dem Boden niedergelassen.

Leopold starrte den Detektiv ungläubig an.

Olofsson kniete sich zu Miriam hinunter.

»Chef«, erinnerte Miriam, »warum sagen Sie nicht einfach *Nein.*«

»Nun, weil es ein einfaches *Nein* nicht gibt«, antwortete er gelassen. »Es handelt sich um die Unlösbarkeit eines Problems, das heißt in diesem Fall des Problems, die wenigen, sichtbaren Fußspuren *einer* Person zuzuordnen. Allerdings benutzt man den Begriff *Aporem* häufiger im Zusammenhang eines logischen Problems.«

»Ach so«, nickte Leopold und seine Gesichtsmuskeln versuchten so etwas wie einen intelligenten Ausdruck zu schaffen. »Nun ja, da wäre mir der Begriff auch viel geläufiger gewesen.«

Miriam grinste. Wenigstens hatten sie ihren Humor nicht verloren.

»Was ist passiert?« fragte plötzlich Cat.

»Gott sei Dank«, stieß der Polizeikommissar aus und wandte sich seiner Kollegin zu. »Sie sind wieder wach.«

Cat befreite sich langsam von den Decken und stellte fest, dass sie halb nackt war.

»Wo sind meine Kleider?« Sie sah erschrocken zu ihrem Vorgesetzten.

»Wir mussten Sie aus den nassen Sachen befreien«, erklärte Miriam. »Ich habe aufgepasst, das nichts Unschickliches geschah.«

»Sie lagen bewusstlos vor dem Wagen im Schnee«, erklärte Leopold leise. »Jemand hat Ihnen böse mitgespielt.«

Cat tastete vorsichtig ihren Kopf ab. Eine dicke Beule hatte sich auf ihrem Hinterkopf gebildet.

»Sie hatten Glück, dass der Schlag keine Platzwunde verursacht hat«, sagte Olofsson. »Die Kopfschmerzen werden Sie allerdings noch eine Weile behalten.«

»Ich kann mich nur noch daran erinnern, dass die verdammte Beifahrertür nicht auf ging«, stöhnte Cat. »Wo sind meine Sachen? Ich würde gerne eine Hose tragen.«

»Bleiben Sie noch eine Weile liegen«, mahnte Olofsson. »Die Hose dürfte noch nicht trocken sein.«

Leopold sah seine Kollegin ernst an.

»Was ist sonst noch passiert?« fragte diese besorgt.

»Man hat Ihre Waffe gestohlen«, antwortete Leopold und es war ihm anzusehen, dass er beunruhigt war.

Cat starrte zuerst ihren Vorgesetzten an, dann blickte sie zu dem leeren Pistolenholster, das neben der Bank lag.

»So eine Scheiße«, stieß sie aus.

Miriam gefiel dieser ehrliche Ausbruch. »Wir werden sie wiederfinden«, sagte sie deshalb und versuchte entschlossen zu wirken.

»Hoffentlich mit allen Patronen«, antwortete Cat. Dann begriff sie, was der Verlust der Pistole für die eingeschlossenen Menschen im Möbelhaus bedeuten könnte.

»Vielleicht baut es Sie auf, zu hören, dass wir einen weiteren Hinweis gefunden und entschlüsselt haben«, grinste Miriam aufmunternd.

»Sie sagten doch… «, entrüstete sich Leopold und schüttelte den Kopf. »Ach was!«

»Betrachten Sie unsere Aussage als überholt«, erklärte Olofsson. »Wir haben genügend Gründe, vorsichtig zu sein.«

»Es beruhigt mich keineswegs«, brummte der Kommissar, »dass Sie Ihre eigenen Regeln aufstellen. Aber dies sei jetzt einmal dahingestellt.« Er blickte zu Cat, die angeschlagen neben ihm lag, dann wandte er sich wieder Olofsson zu. »Was haben Sie herausbekommen?«

»Wir haben ein zweites Lösungswort gefunden«, erklärte Olofsson. »Adam ging nach dem gleichen Prinzip vor wie bei dem ersten Hinweis. Das Wort lautet „Obelisk".«

»Obelisk? Was soll das?« Seine Stimme sollte aufgebracht wirken, doch Leopold war viel zu müde, um sich gegen diesen Wahnsinn zu wehren, der eine ordentliche Polizeiarbeit schlicht unmöglich machte.

Olofsson sah Leopold ruhig an.

»Wir dürfen nicht nachlassen, Herr Leopold. Ich weiß, es ist schon nach Mitternacht, aber wenn wir *jetzt* nicht aufpassen, kann uns der Mörder doch noch entkommen. Adam hat uns einen Hinweis für das Versteck des dritten Lösungswortes gegeben. Wir wissen, wo wir suchen müssen.«

»Ich verstehe«, sagte der Polizeikommissar. Dann sah er zu Cat und Miriam. »Sie haben Recht, wir werden jetzt nicht aufgeben. Niemand greift ungestraft meine Partnerin an, dafür werde ich sorgen.« Langsam erhob sich der gewichtige Polizist und mit jedem Zentimeter, den er emporstieg, wuchs sein Wille, sich von diesem Fall nicht bezwingen zu lassen. »Also gut«, schnaufte er wie ein Schlachtross vor der Schlacht, »spielen wir diese verdammte Schnitzeljagd und gewinnen wir sie! – Wo befindet sich der nächste Hinweis?«

»Na, endlich einmal ein Polizist mit Eiern in der Hose«, stieß Miriam aus und erntete einen entsetzten Blick von ihrem Chef. »Sorry, aber das musste mal gesagt werden.«

»Ich habe zwar keine Eier in der Hose«, mischte sich Cat mit schwacher Stimme ein, während sie sich mühevoll aufrichtete, »aber wir Mädchen brauchen die auch gar nicht.«

Dabei sah sie Miriam mit jenem Blick an, der seit Menschengedenken den Frauen eigen war und jedem Mann intuitiv zu verstehen gab, dass sie zwar die Mammuts jagten, die Quelle des Lebens aber dem Frauenschoß entsprang.

»Na, dann sind wir uns ja einig«, antwortete Miriam und sie hatte das Gefühl, eine Freundin fürs Leben gefunden zu haben, obwohl sie Cat eigentlich immer noch nicht mochte.

»Wie gehen wir vor?« fragte Leopold.

»Zuerst besorgen wir trockene Kleidung für Frau von Hohenlohe«, schlug Olofsson vor. »Irgendwo dürfte wohl ein Overall zu finden sein. Dann werden wir nach dem dritten Hinweis sehen.«

»Gut, das übernehme ich«, sagte Miriam.

»Es wird sich herumsprechen, dass ich überfallen worden bin«, merkte Cat an.

»Ich lasse mir eine Ausrede einfallen«, grinste Miriam, »da draußen liegt meterhoch der Schnee, da wird keiner weitere dumme Fragen stellen.«

Olofsson nickte. »Passen Sie auf und sprechen Sie ausschließlich mit dem Niederlassungsleiter.«

»Werde ich!« Miriam stand auf.

»Wir warten hier, beeilen Sie sich«, sagte Olofsson.

»Ich trage Größe 34«, gab Cat ihr mit auf den Weg.

»Wohl nur unten rum«, erwiderte Miriam mit einem breiten Grinsen.

2

Edward Fromm musste sich entscheiden, das Nachtlager in seinem Büro oder im Gemeinschaftsraum aufzuschlagen. Anders ausgedrückt: Entweder er wählte Ruhe und Kälte oder diverse Schnarchgeräusche, gepaart mit unbeabsichtigten Gasentweichungen seiner lieben und geschätzten Mitarbeiter. Andererseits bestand die vage Hoffnung, bei Nicole oder Teresa unter die Decke zu kriechen. Und dieser Gedanke war keineswegs anrüchig zu verstehen, denn nachdem alle Besucher ein Nachtquartier gefunden hatten, waren sozusagen alle Betten belegt. Für die Möbelhauscrew blieben jetzt ein paar Teppiche sowie das gesamte Matratzenprogramm übrig.

Da Edward trotz der angespannten Lage immer noch Leiter des Möbelhauses war, kam ihm der Gedanke, die Matratzen aus der Markthalle zu entwenden, immer noch wie ein Sakrileg vor. Schließlich sind manche Menschen eigen, wenn es um ihr Bettzeug geht. Deshalb und mit Rücksprache aller Beteiligten hatten sie ausschließlich den Aufenthaltsraum mit Matratzen ausgelegt. So erhielten sie genügend Liegefläche bei minimaler Matratzenbenutzung. Die Matratzen wurden noch mit Decken und Bettlaken bezogen, und so entstand ein riesengroßes Bettenlager.

Die Dekorateure des Hauses hatten es sich nicht nehmen lassen, ein paar Stoffbahnen wie eine Zeltplane zu drapieren, und so wurde aus dem Aufenthaltsraum ein großes Beduinenzelt. Kerzenlampen und eine Menge von Kissen steigerten die bei vielen aufkommende Abenteuerstimmung.

Edward stand vor dem Nachtlager und grinste.

»Was hast du?« fragte Nicole, die die letzten Kissen auf das Matratzenlager warf.

»Wir Männer sind in der Minderheit«, antwortete Edward.

»So?« Nicole zählte rasch die Mannschaft durch. »Oh, ja.«

»Meinst du«, überlegte er weiter, »dass bei der Namensgebung der Matratzen die Verantwortlichen vor ihrem inneren Auge eine solche Kulisse gesehen haben?«

Nicole stutzte, dann rief sie sich den Namen der Matratzen ins Gedächtnis.

»Du Macho!« grinste sie. »Würdest wohl gerne bei uns den Sultan spielen, was?«

»Nun ja«, erwiderte Edward, »wir liegen ja schließlich auf Sultan-Matratzen. Und, wie gesagt, die Männer sind eindeutig in der Minderheit.«

»Sexuelle Belästigung am Arbeitsplatz kann verfolgt werden«, mahnte Nicole, aber irgendwie hörte sich das nicht so richtig überzeugend an, da sie ihre Aufmerksamkeit dem Trainee Martin widmete. Dann fiel ihr Blick auf die ausgezogenen Schuhe, die vor dem Matratzenlager wahllos herumlagen. »Wir sollten noch ein paar Duftkerzen aufstellen. Was meinst du?«

»Die romantische Stimmung könnte durch einige Gerüche wahrlich gestört werden«, antwortete Edward.

»Wir stellen sie auf«, entschied Nicole und rief nach Martin.

»Denk an deine Worte«, mahnte jetzt Edward schelmisch grinsend.

In diesem Moment traf Miriam ein.

»Wow, das sieht ja klasse aus«, staunte sie und betrachtete das Lager.

»Wenn man Körpernähe mag«, sagte Edward und hatte sich insgeheim für sein Büro entschieden. Das ist weniger kompliziert, dachte er.

»Kann ich Sie unter vier Augen sprechen?« fragte Miriam ernst.

»Sicher«, nickte Edward. »Gehen wir rüber in mein Büro.«

Sie verließen den Aufenthaltsraum.

In den Gängen wurde es spürbar kälter. Jan hatte es geschafft, den Energieverbrauch so zu drosseln, dass der verbleibende Diesel für das Notstromaggregat ausreichen würde. Wie vorhergesagt bedeutete dies, dass die meisten großen Räume sowie die gesamte Büroetage über Nacht auskühlen würden.

»Ich werde ein paar zusätzliche Decken benötigen«, sagte Edward, als sie sein Büro betraten.

Miriam verstand nicht gleich.

»Ich schlafe heute Nacht hier«, erklärte Edward. »Wer weiß, was da hinten im Beduinenzelt alles passiert. So gehe ich jeglichem Vorwurf aus dem Weg.«

Miriam sah ihn mit großen Augen an. »Sie glauben doch nicht, dass ...«

»Wer weiß«, erwiderte er. »Es ist eine besondere Situation. Ein wenig bedrohlich und kuschelig, da wird sich die eine oder andere eine starke Schulter suchen.«

Einen solchen Chauvispruch hätte Miriam unter normalen Umständen bissig kommentiert. Doch jetzt war nicht die Zeit dafür, und so berichtete sie dem Niederlassungsleiter, was in der letzten Stunde passiert war.

Edward hörte ihr versteinert zu.

»Ich benötige Klamotten für Cat«, sagte sie zum Schluss ihrer Ausführungen.

»Der Mörder hat jetzt eine Waffe?« Edward spürte in seiner Magengegend die Geburt eines Geschwürs. »Vielleicht sollte ich die Nacht doch besser bei den anderen verbringen.«

»Der Mörder ist nicht hinter Ihnen her«, meinte Miriam, »er will unsere Ermittlungen verhindern. Außerdem«, kam Miriam in den Sinn, »wenn alle beieinander schlafen, wird es auffallen, wenn einer fehlt.«

»Und wenn es dem Mörder dennoch gelingt, sich aus dem Aufenthaltsraum zu stehlen«, überlegte Edward, »dann werden alle schwören, beieinander geblieben zu sein. So könnte der Verdacht auf mich fallen. Ich habe keinen Zeugen, die ganze Nacht hier geblieben zu sein.«

»Da ist was dran«, nickte Miriam. »Ihnen bleibt also nichts anderes übrig, als dieses Risiko einzugehen, oder Sie helfen uns bei der Suche, was Sie allerdings von Ihrer Nachtruhe abhalten würde.«

»Das dürfte das geringere Übel sein.«

3

»Wissen Sie, Herr Leopold«, sagte Olofsson und streckte seine Beine aus, »mich beschäftigt seit einer Weile die Frage, warum der Mord gerade heute durchgeführt wurde.«

Der Detektiv saß in einem Korbsessel gegenüber der Bank, auf der Cat noch in Decken gehüllt lag. Leopolds massiger Körper quetschte sich ebenfalls in einen Korbsessel, der links der Bank stand.

Cat döste vor sich hin. Die Kopfschmerzen hatten noch nicht nachgelassen.

»Ich verstehe nicht«, antwortete Leopold, der die Korbfaser mit seinem Gewicht mehr als strapazierte. »Spielt es denn eine Rolle, wann der Mord geschah? Ich meine, das schreckliche Ergebnis bleibt das gleiche.«

»Nun«, Olofsson zupfte seine Weste zurecht, »wenn wir einmal nicht die These verfolgen, dass der Mord deshalb stattfand, weil die Gelegenheit besonders günstig war, dann könnte uns die Antwort dem Tatmotiv und damit dem Mörder näherbringen. Außerdem ahnte Andrew Adam etwas, sonst hätte er uns nicht diese Hinweise zurückgelassen.«

»Das habe ich sowieso nicht verstanden.« Leopold schüttelte den Kopf. »Warum hat er nicht einfach den Namen des Mörders auf den Karton geschrieben, dann wäre doch alles geklärt gewesen.«

»Das habe ich mich auch schon gefragt«, gestand Olofsson. »Die einzige plausible Erklärung ist, dass das, was Adam uns mitteilen wollte, für ihn weitaus wichtiger war als die Überführung des Mörders. Außerdem glaube ich, dass ihn schlicht die Lebenskraft zu früh verlassen hat.«

»Sie meinen, er hat zuerst diesen Spruch ...«

»*Idem aliusque*«, ergänzte Olofsson.

»... ja, eben, hingeschmiert und hätte uns auch noch den Namen mitgeteilt, wenn er die Kraft dazu gehabt hätte.«

»Ja«, nickte Olofsson. »Er starb zu früh.«

»Hätte uns eine Menge Arbeit erspart«, schnaufte Leopold.

»Und den Mord an Jutta Luchtenberg verhindert«, nuschelte Cat, die langsam wieder zu sich kam.

»Was ein weiteres Rätsel ist«, stöhnte Olofsson.

»Diese Luchtenberg hat etwas gewusst«, meinte Leopold. »Ihr Tod war sicherlich der klassische Folgemord. Wobei sich die Frage stellt, ob sie auch gestorben wäre, wenn dieser Schneesturm nicht über uns hereingebrochen wäre?«

»Gestorben wäre sie sicher«, erwiderte Olofsson mit einem Lächeln. »Aber, ob der Tod sie an diesem Wochenende auch dann geholt hätte, wenn wir hier nicht vom Schnee eingeschlossen wären, das ist die weitaus interessantere Frage.«

»So?« Leopold blickte zu Olofsson. Das schwache Kerzenlicht ließ den Polizisten älter aussehen, als er an Jahren wirklich zählte.

»Der Mörder wäre unter normalen Umständen sicherlich schon über alle Berge, wie es so schön heißt«, erklärte er. »Was wäre normalerweise passiert?«

»Sie meinen, wenn wir nicht in diesen Sturm geraten wären?« hakte Cat nach.

»Ja!« Olofsson zupfte erneut an seiner Weste herum.

Cat richtete sich auf und strich mit der Hand über ihren Kopf. Dort hatte sich eine dicke Beule gebildet. Sie versuchte sich zu konzentrieren und ignorierte den Schmerz.

»Wir hätten den gesamten Polizeiapparat in Bewegung gesetzt, angefangen bei der Spurensicherung bis hin zum Pathologen. Dann hätten wir mit der Befragung begonnen.«

»Die nicht viel an Informationen gebracht hätte und, wie wir wissen, auch nicht gebracht hat«, erinnerte Olofsson.

»Sie wären nie mit den Ermittlungen betraut worden«, ergänzte Leopold. »Und wir wären jetzt alle zu Hause.«

»Diese Entwicklung konnte keiner voraussehen«, sagte Cat.

»Nun«, überlegte Olofsson, »wie wären Sie mit dem lateinischen Hinweis verfahren?«

»Wir hätten einen Spezialisten hinzugezogen«, antwortete Leopold.

»Der vor Montag nicht mit der Arbeit begonnen hätte«, kommentierte Olofsson, dem die Trägheit des Beamtentums vertraut war.

»Ja, das wäre wohl so geschehen«, gestand der Polizeikommissar.

»Die Leiche wäre da schon längst beim Pathologen gelandet. Vielleicht hätte man anhand der Fotos noch Adams Armlage als Hinweis auf den

Stuhl rekonstruieren können, aber ich glaube kaum, dass Sie so weit gekommen wären.«

»Da ist was dran«, nickte Cat. »Aber das musste auch Andrew Adam gewusst haben, warum hat er dennoch diese Schnitzeljagd hinterlassen?«

»Zum einen beschäftigt sich momentan die halbe Welt mit dieser Art von Rätsel«, antwortete Olofsson, »und dann war Adam sicher so clever, sozusagen mit doppeltem Boden gearbeitet zu haben.«

»Was meinen Sie damit?« fragte Leopold. »Einen Brief in seiner Wohnung?«

»Ich vermute: eine automatische eMail an die Polizei. Seine Wohnung wäre vor dem Mörder nicht sicher gewesen, genauso wenig sein Spind, in dem Sie ja auch nichts gefunden haben«, antwortete der Detektiv.

»Eine automatische eMail?« Leopold hasste Computer und kannte sich deshalb damit nicht aus.

»Sie können einen Computer oder einen Internetdienst so einstellen, dass er zu einem bestimmten Zeitpunkt Nachrichten versendet«, erklärte Cat. »Aber das könnte bedeuten, dass er uns mit der eMail auch eine Erklärung oder die Auflösung geschickt hat.«

»Möglich, aber unwahrscheinlich«, sagte Olofsson, »eMails sind nicht sicher. Und vergessen Sie nicht, unser Mörder kennt sich mit Computern aus. Er hat das Steuerungsprogramm manipuliert, ohne dass jemand in diesem Haus etwas davon mitbekommen hat. Wenn er etwas schicken sollte, dann wahrscheinlich etwas Verschlüsseltes, vielleicht die gleichen Hinweise, die wir jetzt suchen.«

»Dann wären alle Verhinderungsversuche seitens des Mörders doch sinnlos«, antwortete Cat. »Wir würden früher oder später die Lösung finden.«

»Es sei denn«, Olofsson stand auf, »die gesuchte Information verliert ab einem bestimmten Zeitpunkt an Wert. Was den Mörder dazu motiviert, uns an der Auflösung zu hindern.«

»Wann könnte dieser Zeitpunkt eintreten?« fragte Leopold besorgt.

»Ich vermute, es wird der kommende Montag sein«, antwortete Olofsson. »Das würde erklären, warum er am Samstag zugeschlagen hat.«

Leopold schaute auf seine Armbanduhr.

»Wir haben bereits Sonntag«, sagte er. »Es ist eine Minute nach Mitternacht.«

4

Edward führte Miriam in einen Raum, den sie bisher noch nicht betreten hatte. Das schwache Taschenlampenlicht reichte nicht aus, um den ganzen Raum auszuleuchten.

»Hier lagern wir besondere Dekostoffe«, erklärte der Niederlassungsleiter und fuchtelte mit der Lampe hin und her. »Zudem haben wir hier irgendwo ein paar einfache Wegwerf-Overalls, die die Dekorateure überziehen, wenn sie in sensiblen Bereichen arbeiten.«

Miriam wollte gar nicht wissen, was er unter sensiblen Bereichen verstand. Sie drängte Edward, sich zu beeilen, was der Mann scheinbar nicht mochte. Immer wieder hob er einen Stoff auf und erzählte irgendeine Geschichte dazu.

»Wir sollten uns beeilen«, mahnte Miriam, »die anderen warten.«

»Keine Hektik«, antwortete Edward, »ich finde die Dinger schon.«

Wieder räumte er einen Ballen Stoff beiseite.

»Sehen Sie, da liegen sie«, freute er sich und nahm einen verpackten Overall aus einer Kiste. »Der müsste der Polizistin passen.«

»Na endlich«, stieß Miriam erleichtert aus. »Lassen Sie uns gehen.«

Sie eilten an den schlafenden Gästen vorbei in die Markthalle.

Edward erkundigte sich unterdessen auffällig uninteressiert nach dem Stand der Ermittlungen. Miriam spürte, dass Edward nicht mit offenen Karten spielte und antwortete deshalb so allgemein wie möglich auf seine Fragen.

Schließlich erreichten sie die Markthalle.

»Da sind sie«, sagte Leopold, als er die beiden die Treppe herabkommen sah.

»Wurde auch Zeit«, maulte Cat, die endlich die Decke loswerden wollte.

»Hier, der dürfte passen.« Miriam reichte Cat den verpackten Overall.

»Der ist weiß«, erwiderte Cat. »Damit sieht man mich meilenweit.«

»Ja«, antwortete Miriam. »aber besser als die nassen Klamotten.«

Cat seufzte. »Hältst du mal die Decke?«

»Gerne«, nickte Miriam. »Wir sollten bei dem Du bleiben.«

Die Polizistin war einverstanden und forderte, als Miriam die Decke hielt: »Ich will jetzt keine Kommentare hören.«

»Das ist doch *en vogue*«, rutschte es Olofsson heraus.

»Bitte!« mahnte Cat und zog den Overall über. Als sie ihn angezogen hatte, überprüfte sie den Sitz, dann sagte sie: »Wir sollten uns an die Arbeit machen!«

Miriam nickte und ging los. Die anderen folgten ihr.

»Sie haben also einen weiteren Hinweis gefunden?« fragte Edward und heftete sich an Olofssons Ferse.

»Ja, wir sind einen weiteren Schritt näher an die Auflösung des Falles herangekommen«, sagte der Detektiv.

»Und wohin gehen wir?« fragte Edward.

»Wir folgen Frau van Heyden«, antwortete Olofsson.

Miriam hatte das Gefühl, dass dieses Mal der Hinweis nicht in der Möbelausstellung zu finden sei. Sie kannte das Regal und das Zubehör. Wenn sie sich richtig erinnerte, dann hatte sie es heute bereits in mehreren Interieurs innerhalb der

Möbelausstellung gesehen. Langsam lernte sie Adams Vorgehensweise zu verstehen. Er hatte seine Hinweise an sicheren und zentralen Stellen versteckt. So konnte er sicherstellen, dass die Hinweise nicht verloren gingen, wenn die Ausstellungszimmer mal wieder umdekoriert wurden.

Da Miriam keine zentrale Ausstellung von Regalen gesehen hatte, gab es im ganzen Haus nur einen Ort, an dem das Zubehör ganz bestimmt zu finden war.

Und dorthin war sie jetzt unterwegs.

»Wohin gehen wir?« fragte Cat, die sich erst noch an ihren neuen Overall gewöhnen musste.

»Zur Möbel-SB«, antwortete Miriam.

Die drei Männer folgten den beiden Frauen dichtauf.

Je tiefer sie in die dunkle Lagerhalle vordrangen, desto kälter wurde es.

»Sie wissen, was Sie tun?« fragte Leopold und hatte plötzlich das Gefühl, beobachtet zu werden.

»Spüren Sie es auch?« fragte Olofsson leise. »Wir sind nicht allein.«

Leopold nickte, und feine Schweißperlen erblickten das fahle Taschenlampenlicht.

»Was sollen wir unternehmen?« flüsterte er und blickte immer mal wieder in die rabenschwarzen Gänge, die sich links und rechts vor ihnen auftaten.

»Nichts«, mahnte Olofsson. »Wir dürfen uns nur nicht trennen.«

Edward konzentrierte sich inzwischen auf das leuchtend weiße Hinterteil der Polizistin und grinste. Er hatte die richtige Größe ausgesucht.

Cat bemerkte Edwards aufdringlichen Blick und flüsterte Miriam zu: »Wenn der weiterhin auf meinen Hintern starrt, dann haue ich ihm eine runter.«

»Beruhige dich«, grinste Miriam. »Manche Frauen wären für diesen Blick dankbar.«

Sie blieb stehen, las die Regalnummer und meinte: »Hier sind wir richtig.«

Die kleine Gruppe verließ den Hauptgang.

»Suchen Sie nach dem Zubehör „Zeitschriftenhalter" für das Regal INREDA«, forderte sie die anderen auf.

Ein leises Brummen breitete sich plötzlich in der Halle aus.

»Was ist das?« fragte Edward und wandte zum ersten Mal den Blick von Cat.

Miriam und Cat hörten nicht auf die Frage, sie waren vom Jagdfieber gepackt.

»Hier ist es!« rief Cat und Miriam eilte zu ihr.

Jetzt hörten auch Leopold und Olofsson das merkwürdige Geräusch. Es schien näher zu kommen.

Miriam stand vor einem Stapel verpackter Halter und überlegte.

»Sollen wir jetzt jeden einzelnen Karton untersuchen?« fragte Cat.

»Nein, lass mich überlegen«, sie trat einen Schritt zurück und musterte das gesamte Regal. »Adam wird den Hinweis nicht in einem der Kartons versteckt haben. Die sind zum Verkauf da und ein Kunde könnte den Hinweis mitnehmen. Er hat ein Versteck gefunden, das nicht mitgenommen werden kann.«

Das Brummen veränderte sich zu einem hohen surrenden Geräusch.

Olofsson leuchtete in das gegenüberliegende Regal. Leopold tat es ihm gleich, aber beide konnten nichts Auffälliges erkennen.

Plötzlich wurde es still.

In diesem Moment rief Miriam: »Ich weiß, wo er ihn versteckt hat!«

Gleich darauf dröhnte ein deutlich erkennbares Motorengeräusch durch die Halle. Begleitet wurde es von einem knirschenden Geräusch, dessen Ursprung weit über den Köpfen der kleinen Gruppe lag.

»Weg da!« schrie Olofsson aufgeregt und riss den schwergewichtigen Polizeikommissar zur Seite.

Cat und Miriam hechteten aus der Gefahrenzone, während Edward überrascht von den plötzlichen Ereignissen nur in die Hocke ging.

Dann krachte ein Haufen schwergewichtiger Kartons in den Gang.

5

Die schweren Kartons lagen wie große Dominosteine in dem Gang und versperrten die Sicht zum anderen Ende.

»Ist jemandem etwas passiert?« rief Olofsson besorgt und rappelte sich vorsichtig auf.

»Alles okay«, antwortete Edward, der nicht weit entfernt von Olofsson auf dem Boden saß.

»Bei uns auch«, antwortete Miriam, die zusammen mit Cat hinter dem Kartonstapel langsam aufstand.

»Fast«, hörte Olofsson Cat fluchen, »der Overall ist hin! Ein großer Riss. «

»Sieht doch keiner«, hörte er Miriam beschwichtigen.

»Was ist mit Leopold?« fragte Edward und sah sich nach dem Polizeikommissar um.

Olofsson leuchtete mit seiner Lampe den Kartonstapel ab.

»Oh, Gott«, rief er, als er eines der Beine des Kommissars unter einem Karton hervorschauen sah. Mehrere der rechteckigen Verpackungseinheiten lagen auf dem Karton, unter dem Leopold lag. »Schnell, Edward, helfen Sie mir, den Karton hochzuheben.«

Miriam und Cat, die ihre Ersatzkleidung mit der Taschenlampe nach weiteren Rissen untersuchten, reagierten auf Olofssons plötzlichen Aufruf, als hätte man bei den Frauen einen Schalter umgelegt. Das äußerliche Erscheinungsbild wurde schlagartig zur Nebensache.

»Was ist los bei euch?« rief Cat aufgeregt.

»Leopold hat's erwischt«, antwortete Edward.

»Ich komme!« Cat eilte den Gang entlang, umrundete das Hochregal und lief den Parallelgang zurück.

Unterdessen hebelten die beiden Männer den schweren Karton zur Seite, der durch die anderen dreimal so schwer wog wie sein Eigengewicht.

»Was ist denn hier drin?« fluchte Edward und blinzelte auf das Etikettenschild. »Wusste gar nicht, dass der Schrank so schwer ist.«

»Ist er auch nicht«, stöhnte Olofsson, der all seine Kraft einsetzte, »die anderen machen es uns schwer. Heben Sie noch ein Stück höher.«

Es war unmöglich, erst die anderen Kartons beiseite zu räumen, deshalb versuchten sie, direkt den Karton hochzuheben, unter dem Leopold lag.

»Ich komme«, stieß Cat aus, als sie endlich die beiden Männer erreichte.

Olofsson und Edward hatten den Karton ein gutes Stück anheben können.

»Versuchen Sie ihn herauszuziehen«, befahl Olofsson.

Cat nickte und griff nach dem sichtbaren Bein.

»Er bewegt sich«, rief sie hoffnungsfroh.

Mit aller Kraft zog sie den Kommissar Stück für Stück unter dem Karton hervor.

Auf der anderen Seite behielt Miriam das obere Ende des Hochregals im Auge, während sie sich vorsichtig der Stelle näherte, an der sie den nächsten Hinweis vermutete. Der Lichtkegel ihrer Taschenlampe glitt über die Beschriftungsleiste des Regals und blieb schließlich über einem Etikett stehen.

»Da hab ich dich«, flüsterte sie.

Sie beugte sich näher an die Leiste und untersuchte das Etikett. Die Beschriftung befand sich hinter einem Plastikblättchen, das sich herausnehmen ließ. Vorsichtig löste sie dieses Plastikblättchen und anschließend auch das eigentliche Etikett.

»Bingo«, flüsterte sie, als ihr ein kleines weißes Kärtchen entgegenfiel.

Hastig nahm sie das Kärtchen auf, erkannte Adams Handschrift und steckte es ein. Dann befestigte sie das Etikett und das Plastikblättchen wieder.

»Bei euch alles in Ordnung?« rief sie schließlich.

»Leopold lebt«, antwortete Olofsson erleichtert.

»Ich komme«, erwiderte Miriam. Sie sah sich nochmals um und folgte dann dem gleichen Weg, den Cat zuvor zurückgelegt hatte.

Als sie bei den anderen ankam, blinzelte sie ein angeschlagener Polizeikommissar an.

»So leicht bin ich nicht umzubringen«, stöhnte der Kommissar.

»Sie hatten Glück, dass die Kartons sich verkeilt haben«, sagte Miriam.

»Liegt wohl eher an meiner Polsterung«, scherzte Leopold und klopfte sich auf den Bauch.

»Das war knapp«, bemerkte Edward. »Die Sache gerät immer mehr aus dem Ruder.«

»Solange der Mörder hier nicht rauskommt«, meinte Cat, »haben wir eine Chance.«

»Ja«, bestätigte Miriam. »Leider gilt das umgekehrt auch für den Killer.«

»Haben Sie den Hinweis gefunden?« fragte Olofsson und richtete seine Kleidung.

Miriam zog das Kärtchen aus ihrer Hosentasche.

»Gut, dann lassen Sie uns hier verschwinden«, mahnte der Detektiv.

»Wollen wir nicht nach dem Attentäter suchen?« staunte Edward.

»Wozu«, schnaufte Leopold und versuchte aufzustehen. »Der Kerl ist über alle Berge, und der Gabelstapler, mit dem er das Hochregal geleert hat, dürfte nichts Erhellendes zu unserer Lage beitragen.«

Edward sah Olofsson fragend an.

»Leopold hat recht«, nickte der Detektiv und griff dem Polizist unter die Arme. »Wird es gehen?«

»Ganz sicher«, schnaufte der Kommissar und wankte, gestützt von Olofsson, mit den anderen zurück in die Markthalle.

6

»Das ist wirklich großartig geworden«, sagte Lydia und schob sich ein Kissen zurecht.

Sie lag zusammen mit Nicole und Jan auf dem Matratzenlager.

»Ich bin todmüde«, stöhnte Jan und schmiegte sich an Lydia, »so einen Arbeitstag habe ich noch nicht erlebt.«

Lydia nahm Jans Geste freundschaftlich auf. Sie konnte ein wenig körperliche Nähe nach den schlimmen Ereignissen vertragen, und bei Jan wusste sie, dass er keine unlauteren Absichten verfolgte.

Für einen Moment genossen die drei die Stille.

Dann fragte Lydia: »Sind das hier eigentlich Überstunden?«

Jan grinste und meinte: »Das will ich doch hoffen.«

»Na, na«, antwortete Nicole und sah Jan strafend an. »Schmusen im Dienst wird auch dann nicht bezahlt, wenn draußen die Welt untergeht.«

»Nun ja«, meinte Lydia, »eine Frage war's ja wert.«

»Wo sind eigentlich die anderen?« Jan sah sich in dem leeren Schlafgemach um.

Nachdem vor einigen Minuten in dem umgebauten Aufenthaltsraum noch ein furchtbares Gewusel herrschte, schien er jetzt wie ausgestorben.

»Wen meinst du?« fragte Nicole und schien nun zu merken, dass sie allein waren.

»Zum Beispiel Martin und Sven«, antwortete Jan.

»Die wollten nach den Gästen sehen.« Nicole stand auf. »Ich vermute, die anderen machen dasselbe. Also sollten wir uns ihnen anschließen.«

»Muss das sein«, stöhnte Lydia, »es ist doch gerade so gemütlich.«

Jan begann wie ein Honigkuchenpferd zu lächeln und flüsterte: »Danke für das Kompliment.«

Lydia wirkte etwas verlegen, rang sich aber dennoch ein schüchternes Lächeln ab.

»Keine Widerrede«, befahl Nicole, »wir haben einen Notfall, da gilt es an der Stange zu bleiben.«

Jan rappelte sich auf und sagte: »Jawohl, Frau Feldwebel! Aber ich glaube, es heißt: bei der Stange zu bleiben.«

Nicole schüttelte den Kopf und schubste Jan vom Matratzenlager.

»Ihr jungen Burschen müsst wohl immer das letzte Wort haben.«

Die drei verließen den Aufenthaltsraum und gingen in die Möbelausstellung.

Wie Nicole richtig vermutete, gingen die Mitarbeiter von Lager zu Lager und erkundigten sich, ob sie noch irgendetwas zum Wohlbefinden der Gäste beitragen konnten. Jan sah sich nach den beiden Trainees um, konnte sie aber in der Möbelausstellung nicht finden. Schließlich wurde er von einer jungen Mutter angesprochen, die für ihr Kleinkind keine sichere Liegefläche fand. Der Vater lag zusammen mit einem zweiten älteren Kind bereits in einem Jugendbett, und wie Jan sehen konnte, hatte sich die Mutter ein ausklappbares Sofa für die Nacht hergerichtet. Jan begutachtete das Nachtlager der Familie und sagte: »Ich hole Ihnen ein Kinderbett, da drin kann die Kleine dann sicher schlafen.«

»Das wäre nett«, antwortete die Mutter erleichtert.

»Warten Sie einen Augenblick«, lächelte Jan, »ich komme sofort zurück.«

Er verließ die junge Familie und hoffte, dass die aufgebauten Kinderbetten noch nicht alle in Beschlag genommen waren. Ansonsten, so überlegte er, würde er eines aus der Möbel-SB holen.

Mit leisen, aber schnellen Schritten durchquerte er die Möbelausstellung und fand in der Kinderabteilung ein ungenutztes Kinderbett. Es war sogar voll ausgestattet, so dass er es nur noch zurückzutragen brauchte. Er packte gerade zu, als plötzlich durch einen versteckten Zugang Martin und Sven neben ihm auftauchten.

»Wo kommt ihr denn her?« fragte Jan überrascht.

Die beiden Trainees schienen von Jans Anwesenheit ebenfalls überrascht worden zu sein.

»Wir waren eine rauchen«, antwortete Martin abweisend und schob Sven an Jan vorbei. »Können wir helfen?«

»Ja, gerne«, sagte Jan. »Das Bett muss in die Möbelausstellung.«

Martin half Jan, während Sven den beiden schweigend folgte.

7

Der Polizeikommissar stöhnte erleichtert auf, als er sich in den Korbsessel fallen ließ, den er vor einer halben Stunde verlassen hatte.

»Und was haben Sie gefunden?« fragte er Miriam.

Die anderen ließen sich ebenfalls nieder, und so saßen sie wieder in ihrer provisorischen Einsatzzentrale.

Miriam hütete das Kärtchen, als wäre es ein bedeutender Schatz. Sie zog eine Kerzenlampe heran und las laut vor: *»Dem Schönen gewidmet, Heim großer Namen im Schoße der Wiedergeburt.«*

»Na klasse«, zischte Edward, »wieder so ein Kauderwelsch.«

»Was ist als zweiter Hinweis niedergeschrieben?« fragte Cat, die ihre Hose abtastete und leider feststellen musste, dass sie immer noch nass war.

»Hier steht: *Ehre sei Gott in der Höhe und Friede auf Erden und den Menschen ein Wohlgefallen.*« Miriam staunte und reichte Olofsson das Kärtchen. »Ist das ein Zitat aus der Bibel?«

»Ja«, nickte der Detektiv.

»Und ich wette«, schnaufte Leopold, »dass Sie auch noch die Bibelstelle kennen.«

»Nicht konkret«, antwortete Olofsson etwas verlegen, »aber es dürfte sich mit ziemlicher Sicherheit um einen Vers aus der Weihnachtsgeschichte handeln.«

»Wir haben Weihnachtsdekoration«, strahlte Edward, musste aber feststellen, dass diese Information nicht wirklich weiterhalf.

»Ich denke, so einfach wird es nicht sein«, meinte Miriam und Olofsson stimmte ihr zu.

»Also«, sagte Cat entschieden, »was jetzt?«

»Ich könnte etwas zu trinken gebrauchen«, warf Leopold ein. »Vielleicht einen starken Kaffee?«

Miriam lächelte. »Gute Idee.«

»Dann besorge ich mal welchen«, brummte Edward. »Ich denke, dass ich der Truppe damit wohl am besten weiterhelfen kann.«

»Danke«, sagte Olofsson und fügte höflich hinzu: »Wenn Sie auch noch die leckeren schwedischen Kekse mitbringen könnten?«

»Kein Problem«, erwiderte der Niederlassungsleiter und zog los.

Sie sahen, wie der Lichtschein von Edwards Taschenlampe langsam hinter den Regalen der Markthalle verlosch. Zurück blieb eine bedrohliche Schwärze, die allein durch die Kerzenlampen und einige Taschenlampen aus dem Kreis der vier ferngehalten wurde.

»Es wird kalt«, bemerkte Cat, die den Temperaturabfall durch den dünnen Overall als Erste spürte. »So trocknen meine Sachen nie.«

»Du siehst gut aus«, meinte Miriam aufmunternd.

»Aber das ist es nicht wert zu frieren«, erwiderte die Polizistin.

»Manchen Mädels wäre es das wert«, antwortete Miriam.

»Zu denen gehöre ich aber nicht«, kam es hart zurück.

»Ich könnte Ihnen meinen Mantel anbieten«, mischte sich Olofsson ein.

Cat sah den Detektiv mit großen Augen an. Zuerst dachte sie, der Mann wolle sie aufziehen, da sie den ganzen Tag über an ihm noch keinen Mantel gesehen hatte. Doch Cat hatte gelernt, dass Olofsson für diese Art von Humor in etwa so anfällig war wie der Papst auf Tabledance. Deshalb fragte sie: »Einen Mantel? Wo haben Sie den denn?«

»Den habe ich in einem Schließfach deponiert«, erklärte er und zog einen kleinen Schlüssel aus seiner Westentasche. »Gleich vorne am Eingang.«

Cat nahm den Schlüssel.

»Danke«, nickte sie und griff nach einer Taschenlampe, »dann geh ich ihn mal holen.«

»Sie sollten nicht allein gehen«, mahnte Leopold.

»Ich begleite dich«, sagte Miriam und stand auf.

»Passen Sie auf«, gab ihnen Olofsson noch mit auf den Weg, aber das hätte er sich auch sparen können.

Als die beiden Frauen nicht mehr zu sehen waren, fragte Leopold: »Und? Haben Sie eine Idee, was dieser Spruch bedeuten könnte?«

Olofsson zog sein Notizbuch heraus und mit ihm das Kreuzworträtsel.

»Zwei Begriffe haben wir gefunden«, sagte er und reichte den Zettel mit dem Rätsel an Leopold.

»Wie Sie sehen, bildet das nächste Wort die Mittelachse.«

»Es hat acht Buchstaben«, brummte Leopold. »Haben Sie mittlerweile eine Ahnung, was es mit den Diagonallinien auf sich hat?«

»Nein«, schüttelte Olofsson den Kopf, »aber ich bin sicher, dass sie sich erklären lassen, wenn wir das ganze Rätsel erst einmal gelöst haben.«

Leopold schnaufte und versuchte aufzustehen.

»Geht es Ihnen nicht gut?« fragte Olofsson besorgt.

»Alles in Ordnung«, wiegelte der Polizeikommissar ab. »Ich muss mir nur die Beine vertreten.«

Der Detektiv las den ersten Spruch nochmals. *»Dem Schönen gewidmet. Heim großer Namen im Schoße der Wiedergeburt.«*

»Wie kommt man nur auf einen solchen Gedanken?« nuschelte Leopold und ging ein paar Schritte.

»Fragen Sie sich lieber, was man dem Schönen widmet«, lächelte Olofsson.

»Blumen«, antwortete Leopold. »Ich schenke meiner Frau Blumen, weil ich sie liebe und sie schön ist.«

»Leider bilden Blumen schwerlich ein Heim für große Namen«, bemerkte Olofsson.

»Also suchen wir ein Gebäude oder ein Denkmal?«

»Vielleicht«, Olofsson ging in sich. »Ein Denkmal dient der Erinnerung. Wir suchen ein Heim, also ein Zuhause.«

»Große Namen«, brummte Leopold. »Könnten damit Schriftsteller, Philosophen und Künstler gemeint sein?«

»Gut möglich«, nickte Olofsson. »Kennen Sie den Begriff Belletristik?«

Leopold hatte eine vage Ahnung. »Den findet man als Hinweisschild in Buchhandlungen.«

»Richtig«, lächelte der Detektiv. »Er bedeutet schöngeistige Literatur, wird aber heute mehr im Sinne von Unterhaltungsliteratur benutzt, im Gegensatz zu wissenschaftlicher Literatur.«

»Dem Schönen gewidmet«, sagte Leopold nachdenklich und ihm kam ein Gedanke. »Dann könnte es mit der Literatur passen. Große Namen wie Goethe oder Schiller findet man gemeinhin in einer Bibliothek. Das ist ein Gebäude und könnte „als Heim" durchgehen.«

»Richtig erkannt«, lobte Olofsson, der jedoch fühlte, dass dies nicht ganz passend war. »Aber der Hinweis *im Schoße der Wiedergeburt* macht es komplizierter.«

»Sie Skeptiker«, schnaufte der Polizist und setzte sich wieder.

8

Es war unheimlich im Kassenbereich. Die großen Glasscheiben der Eingangshalle spiegelten verzerrt das Licht der Taschenlampe wider. Draußen tanzten Schneeflocken durch die Nacht und ab und zu wehte der Sturmwind sie unter die Überdachung, dann klatschten sie gegen die Scheiben und rutschten langsam zu Boden. So hatte sich der Schnee nach und nach bis zum Eingang vorgeschoben und drückte jetzt stetig gegen die Außenmauern des Gebäudes.

»So etwas habe ich noch nicht erlebt«, sagte Cat und leuchtete die Scheibe entlang. »Das muss ein halber Meter Schnee sein. Und das unter der Überdachung!«

»Euer Auto könnt ihr morgen ausgraben«, scherzte Miriam.

»Dienstfahrzeug«, verbesserte Cat. »Auch wenn ich aussehe wie ein Maler, ich bin doch noch Polizeihauptmeisterin.«

»Schöne Bezeichnung«, nickte Miriam, »und?«

»Und was?« Cat leuchtete Miriam an.

»Na, bist du zufrieden mit deinem Job?« fragte Miriam und betrachtete die schattenhaften Umrisse ihres Gegenüber.

»Weshalb fragst du?« erwiderte Cat.

»Ah«, stöhnte Miriam, »musst du mit einer Gegenfrage antworten? Ich will doch nur verstehen, warum eine Frau wie *du* bei der Polizei anheuert. Ich meine, du hättest *alles* werden können.«

»So?« antwortete Cat und senkte die Taschenlampe.

»Du weißt, dass du einen Körper hast, für den sogar *Göttinnen* töten würden«, bemerkte Miriam vorsichtig.

»Danke für das Kompliment«, nuschelte Cat und blieb stehen. »Wo müssen wir entlang?«

Miriam deutete in die richtige Richtung.

»Ich mag den Polizeidienst«, sagte Cat, während sie auf die Schließfächer zugingen. »Nächstes Jahr werde ich studieren und möchte Kommissarin werden.«

Miriam war von Natur aus ein Mensch, der sich für die Handlungsmotive anderer interessierte. Sie stand auf dem Standpunkt, dass man den anderen am besten kennenlernte, wenn man ihn direkt nach seinen Zielen und Wünschen im Leben befragte und diese dann mit der aktuellen Lebenssituation verglich. Dabei hatte sie festgestellt, dass es drei Typen gab. Der erste Typ starrte einen auf solche Fragen hin an, als hätte man mit ihm gerade chinesisch gesprochen. Das waren die „Trottel". Der zweite Typ nahm die Fragen dankend auf und begann ausschweifend von seinen Zielen und Wünschen zu erzählen, die bis hin zum Astronauten reichten, während er so gerade in der Lage war, seinen Namen richtig zu schreiben. Das waren die „Spinner". Und dann gab es den Typ, dessen Lebenslauf geradlinig oder auch chaotisch verlief, der aber trotz aller Schwierigkeiten versuchte, einen Schritt in die richtige Richtung zu gehen. Das waren die „Interessanten". Cat gehörte eindeutig zu den Typen der „Interessanten".

»Was sagen deine Eltern zu deinem Entschluss?« wagte Miriam zu fragen.

»Sie hassen es«, zischte sie.

»Oh!«

»Ich hätte was Richtiges studieren sollen.« Die Worte schossen durch den Raum, als suchten sie das kühle Nass des Schnees. »Sie wünschten, dass ich in der guten alten Familientradition mein Glück finden sollte.«

»Ihr habt eine Familientradition?« Miriam schämte sich fast wegen dieser scheinheiligen Frage, aber eben nur fast.

»Von Hohenlohe«, antwortete Cat. »Das ist unsere Familientradition.«

»Klingt für mich wie Weihnachten und Ostern zusammen«, sagte Miriam und erntete einen Blick, der Dämonen hätte bannen können.

»Ich werde Vater fragen, ob er dich adoptiert«, ätzte Cat.

»Sorry«, nuschelte Miriam. »Ich wollte dich nicht beleidigen. Aber mir fällt es schwer, jemanden zu verstehen, der ein sorgenfreies Leben ablehnt.«

»Sorgenfrei?« Cat schüttelte den Kopf. »Die Sorgen verschwinden nicht, nur weil du reich bist. Es fühlt sich nur besser an, wenn du dir um *richtige* Dinge Sorgen machen musst.«

»Nun«, meinte Miriam, »ich könnte darauf verzichten, mir Sorgen um die nächste Monatsmiete machen zu müssen.«

»Wäre es dir lieber, dass du dir Sorgen um dein Haar oder das richtige Kleid machen müsstest?«

»Ja!«

»Dann wärest du nicht der Mensch, der du heute bist. Du würdest wahrscheinlich zickig deinen Blackberry gegen die Wand werfen und nicht zusammen mit mir einen Mörder jagen.« Cat blieb vor einer Wand mit etlichen Schließfächern stehen. »Glaub mir, es höhlt die Menschen aus, wenn sie alles haben können. Ich wollte mein Leben nicht wegwerfen, um so ein dummes Huhn wie eine Paris Hilton zu werden.«

Miriam zog die Augenbrauen zusammen. So richtig überzeugt war sie noch nicht.

Cat sah auf die Schlüsselnummer und suchte das dazugehörige Schließfach.

Plötzlich hörten sie Schritte die nahe Treppe herunterkommen.

9

»Also, was bedeutet Wiedergeburt?« fragte Kommissar Leopold.

»Etwas Totes wird erneut lebendig«, antwortete Olofsson nachdenklich.

»Das meinte ich nicht«, brummte Leopold und rieb sich seinen Bauch. »Ich könnte jetzt echt etwas Herzhaftes zu essen vertragen.«

Olofsson starrte auf das Kärtchen und ließ seine Gedanken wandern, ohne auf Leopolds Bemerkung einzugehen.

»Wiedergeburt, Ehre sei Gott in der Höhe«, plapperte der, »jetzt wird unser Opfer auch noch religiös. Glauben Sie an einen Gott, Olofsson?«

Olofsson nickte.

»Oh«, staunte Leopold. »So richtig mit Rosenkranz und so?«

»Ich bin überzeugter und praktizierender Protestant«, antwortete Olofsson scharf. Es war schwer, sich zu konzentrieren, wenn ein schwergewichtiger Quassler ständig mit einem Haufen von Fragen, die wie ein tosender Wasserfall über seine Lippen stürzten, auf einen einredete.

»Was heißt bei einem Protestanten *praktizieren*?« staunte Leopold. »Ich dachte, das gäbe es nur bei uns Katholiken.«

»Das bedeutet in erster Linie«, seufzte der Detektiv und widmete seine Aufmerksamkeit dem Gegenüber, »dass man als Mensch seinen Kopf benutzt.«

»Interessante Vorstellung«, grinste Leopold. »Seit wann kann man in Glaubensdingen auf den Kopf hören?«

»Seit Martin Luther«, antwortete Olofsson. »Und im Übrigen ist mit Kopf der gesunde Menschenverstand gemeint.«

»Der würde angesichts der schrecklichen Taten, die in den letzten Stunden geschehen sind, sagen, dass es keinen Gott gibt«, meinte Leopold.

»Was hat Gott mit den Morden zu schaffen?« erwiderte Olofsson. »Das sind menschliche Taten.«

»Er hätte sie verhindern können«, antwortete der Kommissar ernst.

»Wenn Gott in unser Handeln eingreifen würde, dann bedeutet dies, dass unser freier Wille eine Mogelpackung wäre. Aber Christus starb für uns, weil wir die Wahl haben, uns für das Gute oder für das Böse zu entscheiden. Und wir müssen uns bei allen unseren Handlungen jedes Mal aufs Neue für den einen oder den anderen Weg entscheiden. Ein wenig Verstand kann da von Nutzen sein. Und glauben Sie mir, jeder Mensch weiß, was richtig oder falsch ist. Allerdings schalten manche Menschen viel zu oft den Verstand aus und folgen einem hasserfüllten Herzen.«

»Das klingt sehr kopflastig«, überlegte Leopold.

»Haben Sie schon mal etwas von emotionaler Intelligenz gehört?« Olofsson blickte wieder auf das Kärtchen.

»Irgend so eine Mischung aus Gefühl und Verstand«, erwiderte der Polizist.

»Fast richtig«, lächelte Olofsson. »Einfach ausgedrückt meint der Begriff die Fähigkeit, mit Gefühlen und Verstand in einer ausbalancierten Weise zu *agieren*.«

»Agieren?«

»*Handeln*«, erklärte Olofsson. »Glauben kann man nicht mit dem Kopf, das geht nur mit dem Herzen, anders ausgedrückt: mit einem Gefühl. Aber dieses Gefühl würde das Handeln unkontrollierbar in eine gute oder schädliche Richtung führen, wenn es nicht durch den Verstand gelenkt würde. Schließlich besteht die Bibel aus Wörtern und nicht aus Comiczeichnungen. Wir sollen unseren Kopf benutzen, denn ›im Anfang war das Wort und das Wort war bei Gott und Gott war das Wort‹.«

»Oh!«

»Ja, deshalb versuche ich meinen Verstand gut zu benutzen«, sagte Olofsson. »Und es wäre schön, wenn wir uns jetzt wieder diesen Worten widmeten.«

Er hielt demonstrativ das Kärtchen hoch.

»Also zurück zur Wiedergeburt«, stöhnte Leopold und setzte sich.

»Acht Buchstaben stehen zur Verfügung«, flüsterte Olofsson.

Dem Schönen gewidmet. Heim großer Namen im Schoße der Wiedergeburt. Adam hatte diesen Spruch mit einer feinen, sauberen Handschrift auf das kleine Kärtchen geschrieben. Die Handschrift verriet Olofsson, dass Adam ein sehr kontrolliert handelnder Mensch gewesen sein musste. Olofssons graue Zellen fingen diesen Gedanken auf und ließen ihn im warmen Neuronengewitter seines Gehirns treiben.

Alles, was sie bis jetzt herausbekommen hatten, dachte Olofsson, offenbarte Adam als einen gebildeten Mann. Die drei Hinweise waren nur zu lösen, wenn man sich in der christlichen, abendländischen Kunstgeschichte auskannte.

Warum, fragte sich der Detektiv, wählte er gerade Hinweise aus diesem kulturellen Bereich? Schließlich hätte er auch Hinweise aus der Pop-Musik oder dem umfangreichen Feld der Sportgeschichte finden können.

Da Adam nichts dem Zufall zu überlassen gewillt war, hatte er sich ganz bestimmt bei der Auswahl der Lösungswörter etwas gedacht. Die Frage war nur: was?

Die ersten drei Lösungswörter hingen mit der Ewigen Stadt „Rom“ zusammen. Sollte der vierte Begriff ebenfalls dort zu finden sein?

Olofsson schüttelte den Kopf. Adam formulierte *dem Schönen gewidmet*. Hinge der Begriff mit Rom zusammen, dann hätte er *dem Heiligen gewidmet* geschrieben. Denn fast jedes historische Gebäude in Rom pries, neben seiner weltlichen Funktion, die Herrlichkeit Gottes. Da machte man nicht mal Halt vor Brunnen. Außerdem passte *im Schoße der Wiedergeburt* ganz und gar nicht zu Rom. Denn die Ewige Stadt stand eher für den Erhalt des Status quo als für Wiedergeburt, die unweigerlich mit den bestehenden Verhältnissen aufgeräumt hätte.

»Haben Sie etwas gefunden?« fragte Leopold, der Olofssons Kopfschütteln bemerkt hatte.

»Nicht wirklich«, antwortete der Detektiv.

»Hm«, brummte Leopold und musterte Olofsson. »Diese Sache mit den Fremdwörtern, macht Ihnen das Spaß?«

»Ich verstehe die *Intention* Ihrer Frage nicht«, antwortete Olofsson.

»Das meine ich«, Leopold beugte sich zu ihm vor. »Diese Fremdwörter, wie *Intention*. Was heißt das eigentlich?«

»Das ist aus dem Lateinischen und bedeutet: *Absicht* oder *Vorhaben*«, erklärte Olofsson.

»Und macht es Ihnen Spaß, diese Wörter zu gebrauchen«, hakte der Polizist nach, »oder benutzen Sie diese Wörter nur, um sich gegenüber Ihren Mitmenschen als Schlaumeier hervorzutun?«

Olofsson hatte darüber noch keinen Gedanken verloren. Hätte ihn Miriam nicht bereits auf den kleinen Umstand aufmerksam gemacht, dass seine Umwelt auf diese Art von Wörtern befremdlich reagierte, er hätte mit Leopolds Frage so viel anfangen können wie ein Eskimo mit Badelatschen.

»Es ist mir eigentlich zuwider, mich in den Mittelpunkt zu stellen«, antwortete er nachdrücklich. »Es war mir nicht bewusst, dass meine Ausdrucksweise nicht immer verstanden wird.«

»In Ihrem früheren Leben«, grinste Leopold, »da hat man Sie verstanden?«

»Zumindest hat sich keiner gewundert«, lächelte Olofsson.

»So?« nickte der Kommissar und fügte neugierig hinzu: »Und können Sie das auch andersherum?«

»Was andersherum?« fragte Olofsson überrascht.

»Na, deutsche Wörter ins Lateinische übersetzen«, sagte Leopold.

Olofsson sah auf das Kärtchen, und dort zwinkerte ihm sozusagen im gleichen Augenblick das Wort *Wiedergeburt* zu.

»Aber natürlich!« rief er laut und erschreckte damit den Polizisten. »Warum ist mir das nicht gleich aufgefallen?«

»Was ist mit Ihnen?«

»Wiedergeburt«, antwortete Olofsson, »das ist die Bedeutung von *Renaissance*.«

»Klingt eher französisch«, meinte Leopold, ohne zu ahnen, dass die Franzosen diesen Begriff aus dem Lateinischen abgeleitet hatten.

Olofsson las laut: »*Dem Schönen gewidmet. Heim großer Namen im Schoße der Renaissance.*«

»Klingt nicht besser als vorher«, maulte Leopold.

Der Detektiv ließ sich nicht ablenken.

»Der Begriff *Renaissance* bezeichnet eine kulturgeschichtliche Epoche, in der man sich in Europa auf die Kunst und das Wissen der Antike besann. Sie brach das Denken und die Glaubenswelt des Mittelalters auf. Ihre Hochburg, wenn man das so ausdrücken darf, lag in Italien. Und dort tat sich eine Stadt besonders hervor, Firenze. Oder wie wir Deutschen sagen: Florenz.

In Florenz wurde der Humanismus wiedergeboren. Dort trafen sich unter der Herrschaft der Medici die größten Künstler, Bildhauer und Philosophen und schufen Kunstwerke von unschätzbarem Wert. Während Rom nach Macht strebte, strebte Florenz nach Wissen und Schönheit.«

»Und was hat das mit unserem Rätsel zu schaffen?« fragte Leopold, der den Ausführungen interessiert folgte.

»Ihre Idee mit der Bibliothek war gar nicht so verkehrt«, antwortete Olofsson, »es geht in diesem Rätsel aber nicht um Denker, sondern um Maler. Filippo Lippi, Sandro Botticelli, Raffael, Tizian, Leonardo da Vinci, Michelangelo, Dürer, Rubens und Rembrandt, um diese Großen geht es in dem Rätsel. Und es gibt nur einen Ort in Florenz, an dem sich die Genies versammeln, und das sind die *Uffizien*.«

Leopold begann mit den Fingern die Buchstaben zu zählen.

»Schreibt man Uffizien mit zwei f?« fragte er.

Olofsson nickte.

»Dann passt es!« rief Leopold triumphierend.

»Ja, es passt«, wiederholte der Detektiv und zog das Blatt mit dem Kreuzworträtsel hervor. Mit klaren Buchstaben füllte er die acht Kästchen aus.

10

Die Schritte kamen näher. Cat ballte ihre Faust und gab Miriam ein Zeichen. Die Assistentin nickte und starrte in den dunklen Raum, der sich hinter den Schließfächern ausbreitete.

»Geh da rüber zur Wand«, flüsterte Cat, »dann können wir ihn notfalls in die Zange nehmen.«

Miriam grinste verwegen und schlich leise an den Schließfächern vorbei ins Dunkle.

Mittlerweile waren die Schritte deutlich zu hören. Ein schwacher Lichtkegel zuckte die Treppenstufen herab. Noch konnten sie nicht erkennen, wer sich da so offensichtlich näherte.

»Ist da unten jemand?« rief eine Männerstimme.

Miriam traute der Frage nicht und blieb im Dunklen, während Cat in ihrem weißen Overall einen Schritt in Richtung Treppe ging.

»Hallo«, wiederholte die Männerstimme, »ist da jemand?«

Dann strahlte der Mann Cat direkt an. Der weiße Overall leuchtete auf.

»Wer sind Sie?« rief der Mann überrascht.

»Polizeihauptmeisterin von Hohenlohe«, antwortete Cat und ging auf das Licht zu. Nach ein paar Schritten erkannte sie den Trainee Martin.

»Sie sind das«, stöhnte Cat und entspannte sich.

»Was machen Sie in diesem Fummel?« grinste Martin. »Steht Ihnen gut, besonders der Riss dort an Ihrem Ar…«

»Danke«, zischte Cat. »Und? Was suchen Sie hier unten?«

»Ich habe Stimmen gehört und wollte nachsehen.« Das Grinsen in seinem Gesicht schien nicht weichen zu wollen. »Außerdem soll hier eine Tote liegen.«

»Sie sind ja widerlich«, stieß Cat aus und wandte sich wieder den Schließfächern zu.

Miriam, die erleichtert den kleinen Disput aus ihrem Versteck verfolgte, wollte sich gerade zu erkennen geben, da gab Cat ihr ein Zeichen. Anscheinend traute Cat dem Trainee nicht. Leise trat Miriam wieder einen Schritt zurück ins Dunkle.

»Was haben Sie?« stöhnte Martin und folgte der Polizistin. »Ich habe noch nie eine Leiche gesehen. Das ist doch ganz normal, dass man sich so was mal ansehen will.«

»Man stört die Toten nicht«, fauchte Cat und öffnete Olofssons Schließfach.

»Sie sind tot. Die merken nichts mehr«, antwortete Martin abfällig. »Was suchen Sie eigentlich da drin?« Er leuchtete auf die Schließfachtür.

Cat ignorierte ihn und zog Olofssons Chesterfield-Mantel heraus.

»Der gehört aber nicht Ihnen«, meinte Martin. »Was mich zu der Frage bewegt, was wohl mit Ihrer Uniform passiert ist?«

Cat zog den Mantel über und fühlte sich gleich besser.

»Das geht Sie gar nichts an«, sagte sie mit kalter Stimme.

»Na, meinetwegen«, brummte Martin beleidigt, »mir erzählt hier ja sowieso niemand etwas. Aber Montag bin ich verschwunden, dann können die mich hier alle mal.«

»Sie gehen?« fragte Cat.

»Der nächste Markt wartet«, erklärte Martin und lehnte sich an die Schließfächerwand. »Wissen Sie, wir wandern durch das ganze Unternehmen, das habe ich Ihnen doch schon mal erklärt, und ich kann Ihnen verraten, dass ich es gar nicht erwarten kann, hier fortzukommen.«

»So? Was oder wer ist denn hier so schlimm, dass Sie fliehen wollen?«

»Ich fliehe nicht!« Er sah sie an, als wäre er kurz davor, ihr den Fehdehandschuh vor die Füße zu werfen. »Es ist ein geregelter Abgang.«

»Ja, zur richtigen Zeit«, meinte Cat abfällig.

»Ja, zum richtigen Zeitpunkt«, antwortete er, ohne auf Cats Bemerkung einzugehen. »Übrigens, was Sie jetzt anhaben, sieht Scheiße aus.«

Cat blickte an sich herab. Der schwere Mantel reichte fast bis auf den Boden. Die Ärmel waren zu lang, und am Ende des Mantels lugten zwei weiße Hosenbeine hervor.

Cat zuckte mit den Schultern.

»Er hält warm«, antwortete sie, »das ist heute Nacht das Wichtigste.«

Sie krempelte die Ärmel um, dann sah sie den Trainee an.

Martin hatte das Gefühl, als betrachtete sie einen Hamster. Er mochte diese Frau nicht.

»So! Jetzt gehen Sie besser wieder zurück zu den anderen«, befahl sie. »Ich habe noch zu tun.«

Martin verzog sein Gesicht zu einem höhnischen Lächeln, während seine rechte Hand in die Hosentasche griff.

Miriam nutzte diesen Moment und trat aus ihrer Deckung.

»Ach, hier bist du«, sagte sie mit kräftiger Stimme und behielt Martins Hand im Auge.

Der Trainee zuckte vor Schreck zusammen und drehte sich nach der Stimme um.

»Wo kommen Sie denn her?« zischte er wütend.

»Lass uns gehen«, sagte Miriam, ohne auf den Trainee zu achten.

Cat nickte.

Martin wirkte plötzlich unsicher. Seine rechte Hand steckte immer noch in seiner Hosentasche. Für einen Augenblick sah es so aus, als wollte er die Hand herausziehen, doch dann hörten sie Edwards Stimme. Wenig später sahen sie ihn zusammen mit Jan die Treppe herunterkommen.

»Dann gehe ich mal«, knurrte der Trainee und wandte sich der Treppe zu.

Edward erkannte die drei und rief: »Martin, du wirst im Aufenthaltsraum gebraucht.«

»Komme«, erwiderte er, und es klang kalt und böse.

Am Fuße der Treppe kreuzten sich ihre Wege.

»Wofür sind die vielen Kaffeebecher und Kekse?« fragte Martin und sah Jan prüfend an.

»Für unsere Gäste«, antwortete Jan.

11

Besonders ein Gast erfreute sich am Anblick der dampfenden Kaffeebecher. Leopold schwang sich erstaunlich schnell aus dem Korbsessel und griff nach einem Becher sowie einem Keks. Olofsson hatte sich noch nicht einmal bewegt.

»Das hatte ich jetzt nötig«, stieß der Polizist erleichtert aus und schlürfte laut aus dem Kaffeebecher.

»Bitte, Herr Olofsson, nehmen Sie sich einen«, bat Edward und Jan reichte ihm das Tablett.

»Danke«, nickte der Detektiv und wandte sich an Cat. »Der Mantel steht Ihnen ausgezeichnet.«

»Sehr nett von Ihnen«, antwortete sie, aber insgeheim musste sie Martin Recht geben. Das Kleidungsstück hing an ihr herunter, als wäre es ein Sack. Ihr fehlten die breiten Schultern des Detektivs sowie seine Größe. Sie seufzte und nahm sich ebenfalls einen Becher. »Ich hoffe nur, dass meine Uniform bald trocken ist.«

Jan musterte die Beamtin, grinste spitzbübisch und nickte. Cat nahm die Geste dankend auf und setzte sich auf die Korbbank.

Unterdessen bediente sich Miriam und biss kräftig in einen Keks. Mit vollem Mund fragte sie neugierig: »Und, sind Sie fündig geworden?«

Olofsson nickte leicht und genoss den Kaffee.

»Sie haben den Hinweis entschlüsseln können?« staunte der Niederlassungsleiter und ließ sich auf eines der Kissen nieder, die neben der Bank lagen.

»Ja«, brummte Leopold und wischte sich ein paar Kekskrümel von der Uniform. »War höllisch schwer.«

»Und?« drängelte Miriam, »was bedeutet der Spruch?«

Olofsson erklärte den Anwesenden, wie sie das Rätsel lösten.

»Uffizien«, sagte Cat. »Da muss man erst mal drauf kommen.«

»Und was ist mit dem zweiten Spruch, der das nächste Versteck verrät?« hakte Miriam nach. »Haben Sie schon ein Produkt gefunden?«

»Nein«, schüttelte Olofsson den Kopf, »so weit sind wir noch nicht.«

»Wie lautet der zweite Hinweis?« fragte Jan.

Olofsson nahm das Kärtchen und las: »*Ehre sei Gott in der Höhe und Friede auf Erden und den Menschen ein Wohlgefallen.*«

»Oh, das ist aus der Weihnachtsgeschichte«, sagte Jan. »Wenn ich mich nicht irre, aus dem Lukas-Evangelium.«

»Du kennst dich in der Bibel aus?« fragte Edward überrascht.

Jan sah seinen Chef an, als hätte er ihn gerade beim Drogenkonsum erwischt.

»Das sollte doch jeder Mensch in unserem Kulturkreis kennen«, antwortete er ernst. »Schließlich ist das die friedliche Ankündigung eines Heilands, der seine Lehre nicht mit dem Schwert oder mit Bomben verkündigen wird. Soweit ich mich erinnere, singen dies die Engel und die himmlischen Heerscharen bei der Geburt Jesu. Und das ist etwas Besonderes, denn es gibt da einen Religionsstifter, der das nicht so friedlich sieht.«

»Aber worauf will Adam uns jetzt wieder hinweisen?« stöhnte Leopold.

Olofsson dachte nach.

Adam hatte wieder eine Quelle gewählt, die für jeden westlich geprägten Menschen zugänglich war. Er verhielt sich *stringent* oder, wie Miriam sagen würde, er hielt sich *zwingend* an seinen eingeschlagenen Weg. Es gab so viele Möglichkeiten, Dinge zu verschlüsseln, aber Adam hatte sich für diesen Weg entschieden. Der ehemalige BND-Mitarbeiter wusste, dass auch dieser von Adam eingeschlagene Weg ein Hinweis war. Noch konnte er den Hinweis nicht in einen Zusammenhang stellen, der einen Sinn ergab. Doch zum ersten Mal beschlich Olofsson das unangenehme Gefühl, es mit einer größeren Sache zu tun zu haben als mit einem profanen Mord.

»Was denken Sie, Herr Olofsson?« fragte Edward und riss den Detektiv aus seinen Gedanken.

»Wir sollten die *Essenz* finden«, antwortete er.

»Die Essenz?« wiederholte Edward. »Was meinen Sie?«

»Nun ja, da Adam uns mit dem zweiten Hinweis zu einem Versteck lotsen will«, erklärte er, »sollte dieser Spruch uns zu einem Begriff lotsen, der, wie bereits geschehen, zu einem Ort beziehungsweise zu einem Produkt führt. Das ist sozusagen das Kernstück, also die Essenz.«

»Ah, das verstehe ich«, nickte Edward.

»Und wie könnte diese Essenz lauten?« maulte Leopold. »Ich meine, es geht ja offensichtlich um Weihnachten. Könnte dann die Essenz lauten: Geschenke?!«

»Nein«, sagte Jan ernst, »es ist Friede.«

Die anderen blickten den jungen Mitarbeiter verblüfft an.

»Friede!? Nicht eher Liebe?« warf Cat ein. »Ich meine, es heißt ja das „Fest der Liebe".«

»Das ist richtig«, erklärte Jan der staunenden Gruppe. »Aber leider haben wir kein Produkt, das sich unmittelbar auf Liebe bezieht. Aber wir haben eines, das wie die Faust aufs Auge auf Frieden passt.«

»Natürlich«, rief Miriam und fügte etwas leiser hinzu. »Frieden lautet auf lateinisch: Pax.«

»Du meine Güte«, knurrte Leopold, »wenn das so weitergeht, kann ich mich zum kleinen Latinum anmelden.«

»Pax«, wiederholte Edward, »das sind doch unsere Kleiderschränke.«

»Richtig«, nickte Jan, »leider gibt es eine ganze Serie davon.«

5. Es stellte sich ...

Morgengrauen

Es stellte sich heraus, dass die Produktreihe umfangreicher war als zuerst angenommen.

»Wo sollen wir anfangen zu suchen?« fragte Cat und blätterte im Katalog. »Es gibt die unterschiedlichsten Ausführungen. Das ist ja Wahnsinn!«

»Nun«, mischte sich Edward ein, »Wahnsinn dürfte wohl die falsche Wortwahl sein. Unsere Kunden lieben die Vielfalt und dieses System bietet ihnen genau das.«

»Cat hat Recht«, sagte Miriam laut, »es macht die Suche nach dem nächsten Hinweis nicht leichter, Ihre Vielfalt!«

»Wir müssen jeden einzelnen Schrank, der in der Möbelausstellung aufgebaut ist, absuchen«, meinte Edward gelassen. »Wir haben ja sonst nichts vor, oder?«

»Chef, das sind zu viele«, merkte Jan an. »Sicher gibt es eine einfachere Lösung.«

»Nur welche?« schnaufte Leopold, der den kleinen Disput aufmerksam verfolgte. »Was meinen Sie, Olofsson?«

Olofsson meinte im Moment gar nichts. Er kannte sich im Reich des schwedischen Möbelhauskonzerns so gut aus wie ein Pariser Nobelbürger im Amazonasbecken. Deshalb hatte er sich zu Beginn der Diskussion zurückgezogen und das Blatt mit dem Kreuzworträtsel hervorgeholt. Drei von fünf Lösungswörtern hatten sie gefunden. Interessanterweise wählte Adam eine umgekehrte Lösungsreihenfolge. Das erste Lösungswort gehörte im Kreuzworträtsel an die letzte Stelle.

Dennoch versuchte Olofsson die Buchstaben, die durch die Felder mit den beiden Diagonalen markiert wurden, in einen sinnvollen Zusammenhang zu bringen. Momentan waren es die Buchstaben i, i, o und z, l, n. Wobei er die beiden Felder, die durch ein X gekennzeichnet waren, außer Acht ließ. Aber er konnte kein System erkennen, das zu einer sinnvollen Lösung hätte beitragen können. Und es beunruhigte ihn, dass die verbleibenden vier Buchstaben zu einer schnellen Lösung nicht mehr beitragen würden.

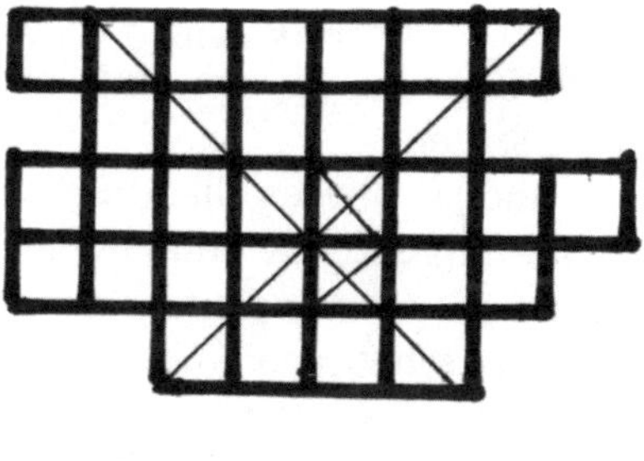

»Herr Olofsson«, sprach ihn erneut der Kommissar an, »was meinen Sie?«

»Oh, verzeihen Sie, aber ich war gerade in Gedanken«, entschuldigte sich der Detektiv. »Um was ging es?«

»Wir wissen nicht, wo wir bei der Vielzahl an Möglichkeiten mit unserer Suche anfangen sollen«, erklärte Miriam.

»Nun, dann beginnen Sie bei der nächstliegenden«, antwortete Olofsson.

»Na, das ist doch mein Reden«, lächelte Edward aufmunternd. »Also, lassen Sie uns anfangen.«

»Ich schlage vor, dass wir uns aufteilen«, meinte Leopold. »Dann sind wir schneller.«

»Gute Idee«, nickte Cat und gesellte sich zu Miriam. »Einverstanden?«

Miriam nickte. Sie konnte diese blaublütige Zicke zwar immer noch nicht richtig leiden, aber die Polizistin war zu gebrauchen, wenn es hart auf hart kommen sollte.

Edward und Leopold bildeten das zweite Team, Jan und Olofsson das dritte.

Der Niederlassungsleiter und Leopold marschierten als Erste los. Miriam und Cat folgten ihnen wenig später.

Olofsson und Jan blieben allein zurück. Plötzlich herrschte mörderische Stille in der Markthalle. Selbst die ansonsten deutlich zu hörenden Lüftungsrotoren schwiegen, weil der verbleibende Energiebedarf des Notstromaggregates dies nicht mehr zuließ. Der junge Mitarbeiter sah nachdenklich zu Olofsson herüber, als wollte er ihm etwas mitteilen. Der Detektiv kannte diesen Blick. Er hatte ihn bei jungen Agenten immer dann wahrgenommen, wenn ihnen etwas auf dem Herzen lag, sie aber nicht wussten, ob sie sich eine Blöße geben würden, wenn sie es wagten den Grund anzusprechen.

Olofsson sprach Jan deshalb an.

»Haben Sie etwas herausbekommen?« fragte er leise.

»Sie meinen wegen des Programms oder besser ausgedrückt wegen des Trojaners?« Jan stand langsam auf.

»Ja«, nickte Olofsson.

»Mir ist etwas Merkwürdiges aufgefallen«, begann er zu berichten.

»Ja?« Olofsson stand langsam auf.

»Diese Programmänderung, die die Türen steuert«, sagte er leise und wirkte sehr nervös, »ist etwas Besonderes. Das Programm basiert auf dem IDEA-Code.«

Olofsson runzelte die Stirn.

»IDEA ist die Abkürzung für einen speziellen Algorithmus. Es handelt sich bei diesem Code um den „International Data Encryption Algorithm", der von cleveren Köpfen erdacht wurde, um Angriffen durch differentielle Kryptoanalyse zu widerstehen. CIA, NSA und andere neugierige Behörden mögen so etwas gar nicht.«

Der Detektiv sah Jan nachdenklich an. »Für einen engagierten Computerfan kennen Sie sich aber gut aus.«

Jan zuckte mit den Schultern und sagte: »Eins habe ich aber herausgefunden. Ich weiß, wann die Programmänderung das erste Mal aktiv wurde.«

»Das ist gut«, nickte der Detektiv. »Aber weshalb sind Sie so unruhig?«

»Sie wurde aktiv, als die Kassencomputer neu hochgefahren wurden«, erklärte er. »Der Haken ist, dass dazu ein besonderes Passwort nötig war.«

»Und wer kannte dieses Passwort?« Olofsson sah den jungen Mann eindringlich an.

»Das ist das Problem«, stöhnte Jan, »das kennt nur der Niederlassungsleiter.«

»Sie meinen Edward Fromm?« Jetzt verstand Olofsson, weshalb sich Jan so zurückhaltend verhielt. »Das ist eine Überraschung!«

»Ich habe mir schon Gedanken darüber gemacht, ob Edward das Passwort vielleicht jemandem gegeben haben könnte. Nach dem, was ich bis jetzt herausbekommen habe, käme nur Jutta Luchtenberg in Frage. Aber die kann uns auch nicht mehr weiterhelfen.«

»Das ist alles sehr merkwürdig«, flüsterte Olofsson und ging auf die Treppe zu.

»Wo wollen Sie hin?« fragte Jan.

»Zurück in die Ausstellung«, antwortete Olofsson und musterte den jungen Mitarbeiter.

»Lassen Sie uns hier entlanggehen.« Jan deutete auf eine Tür unweit ihres provisorischen Lagers. Eine schwache grüne Notbeleuchtung war zu erkennen. »Der Weg führt uns an dem Serverraum vorbei, dann können Sie es sich nochmals genauer ansehen.«

»Die Tür ist doch sicher?« fragte er nachdenklich.

»Ja, das können Sie mir glauben«, lächelte Jan.

2

Die Sultan-Matratzen boten einen angenehmen Liegekomfort, dachte Nicole und schielte zu Martin, der verstohlen einen Platz auf dem Matratzenlager suchte. Die meisten Kollegen waren nach dem anstrengenden Tag müde unter die Decken gekrochen und schliefen. Nur hier und da hörte man ein Flüstern und ab und zu ein schüchternes Kichern. Nicole ahnte, dass heute Nacht einige neue Beziehungen das fahle Licht der Kerzenlampen erblickten.

Martin schien immer noch keinen Platz gefunden zu haben, doch dann wurde Nicole klar, dass er jemanden suchte.

»Psst«, gab sie von sich und richtete sich auf.

Martin zuckte erschreckt zusammen, doch als er Nicole erkannte, lächelte er und schlich vorsichtig an den schlafenden Kollegen vorbei zu ihr hin.

»Jemanden gesucht?« grinste die Einkaufschefin kokett.

»Nicht gezielt«, antwortete Martin und legte sich neben Nicole. »Es fehlt eine Decke.«

»Meine ist groß genug für uns zwei«, antwortete sie und fügte mahnend hinzu, »aber keine Dummheiten.«

Martin sah sie eindringlich an und kam zu dem Schluss, dass dies eine dieser „Ist-nicht-Situationen“ sein müsse, in denen Frauen offensichtlich etwas Eindeutiges sagen, es aber ganz anders meinen.

»Keine Angst, es passiert nichts, was Erwachsene nicht dürfen«, grinste er und schlüpfte unter ihre Decke.

»Wo hast du dich noch rumgetrieben?« fragte Nicole, während sie sich zu ihm umdrehte.

»Da waren komische Geräusche aus der Markthalle zu hören«, antwortete er gelangweilt, während er eine entspannte Seitenlage einnahm. »Habe nachgeschaut.«

»So?« Nicole musterte den Trainee. »Hast du Edward gesehen?«

»Ja«, nickte Martin und wusste nicht, wohin mit seinem rechten Arm.

»Er will im Büro schlafen«, sagte Nicole und lächelte den Mann amüsiert an. »Ich habe keine Angst vor Berührungen.«

»Oh!« stieß Martin aus und spielte den Schüchternen. Vorsichtig legte er seinen Arm um Nicoles Taille.

»Ist doch gleich viel angenehmer, was?« säuselte Nicole und schmiegte sich an den jungen Mann. »So werden wir ganz sicher nicht frieren.«

»Ganz sicher«, flüsterte Martin, während Nicoles Hand seinen Rücken hinabglitt.

Keine zwei Meter entfernt verfolgten zwei funkelnde Augen das Treiben der beiden. Das Augenpaar gehörte Lydia, die das ganz und gar nicht in Ordnung fand, was sich da zwischen Nicole und Martin abspielte. Nicht dass sie eifersüchtig gewesen wäre. Martin war ein Mistkerl. Zwar ein Mistkerl mit einem ausgezeichneten Po und der Rest war auch nicht zu verachten, aber gute Verpackung hin oder her, der Typ würde seine Mutter verkaufen, wenn es ihm einen Vorteil einbrächte. Also genau die richtige Medizin, die sie Nicole gönnte. Dennoch ärgerte sie sich, dass die beiden so ungeniert ihrem Vergnügen nachgingen. Sie wollte sich gerade laut äußern, als Teresa, der weibliche Trainee, sie von hinten auf die Schulter klopfte.

Erschreckt drehte sich Lydia nach ihrer Kollegin um.

»Kannst du auch nicht schlafen?« flüsterte Teresa und eine ihrer schwarzen Locken fiel ihr ins Gesicht.

»Nein, bei den Geräuschen hier«, sie deutete zu Nicole und Martin.

»Hab's gesehen«, antwortete Teresa und schüttelte sich. »Den würde ich nicht mal nehmen, wenn er der letzte Mann auf dieser Welt wäre.«

Lydia grinste und nickte.

»Lass uns was trinken gehen«, schlug Teresa vor. »Hier wird es nicht ruhiger.« Sie blickte in Nicoles Richtung.

»Gute Idee«, antwortete Lydia, »ich kann sowieso nicht schlafen.«

Vorsichtig krabbelten die beiden Frauen über das Matratzenlager, suchten sich ihre Schuhe am Rand des Lagers, griffen sich anschließend zwei Kerzenlampen und schlichen aus dem Aufenthaltsraum.

»Was ist bloß in Nicole gefahren?« fragte sich Lydia, als sie ungestört waren.

»Keine Ahnung«, meinte Teresa und steuerte das Restaurant an. »Nur gut, dass wir euch am Montag verlassen. So, wie ich diesen Typ einschätze, wird er sich nicht wie ein Gentleman verhalten. Nicole wird ihn noch in die Hölle wünschen.«

»Da hast du hoffentlich Recht«, sagte Lydia schadenfroh und fügte zitternd hinzu: »Mensch, ist das kalt hier.«

»Die Heizung ist gedrosselt«, antwortete Teresa, die einen weiten Pullover trug.

Sie durchquerten einen dunklen Flur, dessen Türen mit Keilen offen gehalten wurden, und nach ein paar Metern standen sie im Restaurant.

»Mann, ist es hier finster!« staunte Teresa.

Eine schwache Notbeleuchtung kämpfte als einzige Lichtquelle gegen die Dunkelheit im großen Saal an. Die flackernden Kerzenlampen halfen nur wenig, ihr Lichtschein reichte nur einige Meter weit. Die großen Panoramafenster spiegelten das Kerzenlicht wider.

»Richtig unheimlich«, flüsterte Lydia.

Neben der Dunkelheit lag eine bedrohliche Stille in dem Raum, die den beiden Frauen eine Gänsehaut bereitete.

»Warum flüsterst du?« fragte Teresa und merkte, dass sie selbst nicht lauter sprach.

»Es ist wegen dieser Stille«, antwortete Lydia ein wenig lauter.

»Wir brauchen keine Angst zu haben«, machte sich Teresa Mut. »Hier lauert ja schließlich kein Löwe oder so was!«

»Nur ein Mörder«, grinste Lydia schief und ging voran.

»Ich glaube nicht, dass der etwas von uns will«, meinte Teresa und folgte Lydia. »Meine Unschuld jedenfalls«, fügte sie übertrieben amüsiert hinzu, »habe ich schon verloren.«

»Und warum bist du dann so nervös?« Lydia blieb mitten im Restaurant stehen.

»Ich bin nicht nervös«, entgegnete Teresa. »Warum bleibst du stehen?«

»Ich dachte, ich hätte etwas gehört«, sagte sie leise.

Das gefiel Teresa überhaupt nicht.

»Von wo?«

»Von da hinten, wo sie die Leiche verstaut haben«, antwortete Lydia und deutete zur Küche. »Wir besorgen uns jetzt etwas zu trinken und verschwinden.«

»Gute Idee«, nickte Teresa. »Hoffentlich finden wir noch etwas Alkoholisches.«

Die Kerzenlampen warfen bizarre Schatten, die nicht unbedingt zum Wohlbefinden der beiden beitrugen. Sie schlichen zwischen leeren Tischplätzen hindurch. Plötzlich schwenkte Lydia nach rechts.

»Wo willst du hin?« zischte Teresa, »die Ausgabetheke müsste da vorne sein.«

»Ich will nach draußen sehen«, antwortete Lydia.

»Warum?« stöhnte Teresa und folgte ihr.

»Ich will wissen, ob es noch schneit«, flüsterte Lydia. »Vielleicht können wir das Gebäude verlassen.«

Sie gingen zu den großen Panoramafenstern.

»Das ist echt unheimlich«, meinte Teresa, »der gesamte Parkplatz liegt im Dunkeln.«

»Nicht nur der Parkplatz«, sagte Lydia, »da hinten sieht man normalerweise die Lichter der Stadt. Alles schwarz.«

»Aber es scheint nicht mehr zu schneien«, sagte Teresa und sie klang sehr erleichtert.

»Dann kommen wir vielleicht bei Tagesanbruch hier raus«, seufzte Lydia.

»Das wäre gut«, nickte Teresa, »wirklich gut.«

Lydia hatte genug gesehen, sie ging nun direkt auf die Ausgabetheke zu. Dort fanden sie einige Flaschen kaltes Bier. Sie nahmen sich jeweils mehrere Flaschen unter den Arm, was sich in Anbetracht der Kerzenlampen, die sie in einer Hand halten mussten, als schwierig herausstellte.

»Nimm du meine Lampe«, sagte Teresa, »ich nehme das Bier.«

Teresa reichte Lydia ihre Kerzenlampe und nahm so viele Flaschen, wie sie sicher tragen konnte. Dann machten sie sich wieder auf den Rückweg. Sie waren bis in die Mitte des Restaurants gelangt, als Teresa fragte: »Hast du einen Öffner?«

»Mist, nein«, zischte Lydia.

Teresa sah sie mit großen Augen an.

»Ich gehe einen holen«, sagte Lydia.

»Gut, ich warte hier.« Teresa suchte einen Tisch und stellte vorsichtig die Flaschen ab.

»Lass mir eine Lampe hier«, mahnte sie.

Lydia stellte sie neben die Bierflaschen und ging zurück zur Ausgabetheke.

Leise fluchte sie vor sich hin, nicht sofort an den Flaschenöffner gedacht zu haben. Sie erreichte die Theke und leuchtete sie mit dem schwachen Kerzenlicht ab. Plötzlich hörte sie einen dumpfen Knall, dann traf sie etwas und riss sie von den Beinen.

Lydia schrie laut auf.

3

Olofsson reagierte auf den Schrei als Erster. Zusammen mit Jan befand er sich in der Küche, nur wenige Meter von der Theke entfernt. Die Abkürzung aus der Markthalle hatte sie direkt neben den Kühlraum mit Adams Leiche und von da aus weiter in die Küche geführt.

»War das ein Schrei?« fragte Jan erschreckt.

»Ja«, nickte Olofsson besorgt.

Zuvor hatte er den dumpfen Knall gehört. Dieses Geräusch rief dunkle Erinnerungen aus seinem früheren Leben in ihm wach. Es war ein sehr gefährliches Geräusch. Vorsichtig eilten sie aus der Küche ins Restaurant.

Dem Detektiv war bewusst, dass die hellen Taschenlampen ihre Ankunft schon längst verraten haben mussten. Er hoffte, dass ihnen dies zum Vorteil gereichen würde.

»Hilfe! Hilfe! Hierher«, hörten sie plötzlich Teresa rufen. »Lydia ist verletzt!«

Olofsson bewegte sich mit der Schnelligkeit eines Panthers um die Theke und hängte Jan dabei ab.

»Hierher!«, wiederholte Teresa, als sie Olofsson erkannte. »Schnell, sie blutet!«

Der Detektiv leuchtete ins Restaurant, dann auf die am Boden liegende Frau. Teresa hielt ihren Kopf. Lydia war ohnmächtig und schwer verletzt.

Olofsson legte seine Taschenlampe beiseite und untersuchte Lydia. Eine Kugel hatte sie an der Schulter getroffen.

»Schnell, legen Sie sie flach hin«, befahl der Detektiv und begann, ihr Sweatshirt mit einem Messer, das er aus seinem Jackett nahm, am Kragen aufzuschneiden.

»Jan, holen Sie Verbandzeug!« sagte er laut.

Jan beobachtete mit bleichem Gesicht die Szene.

»Beeilen Sie sich«, mahnte Olofsson.

»Oh, mein Gott«, jammerte Teresa unterdessen, »oh, mein Gott!«

»Keine Angst«, beruhigte Olofsson sie, »Lydia wird das überleben, wenn wir die Blutung stoppen.«

Olofsson legte die Schulter frei und atmete erleichtert auf. Die Kugel hatte Lydias Schulter glatt durchschossen und, wie es schien, keine lebenswichtigen Arterien getroffen. Mit einer ordentlichen Desinfektion der beiden Wundöffnungen und einem Druckverband würde sie die nächsten Stunden gefahrlos überstehen können.

Die Schmerzen würden allerdings bleiben und an Bewegung war auch nicht zu denken.

Jan kam mit einem Erste-Hilfe-Koffer zurück. Begleitet wurde er von Edward und Leopold, die er unterwegs getroffen hatte.

Olofsson reinigte Einschuss- und Austrittswunde und legte dann einen Verband an.

Als er damit fertig war, kam Lydia langsam zu sich.

»Was ist passiert?« fragte sie verwirrt und verzog schmerzhaft ihr Gesicht.

»Man hat auf Sie geschossen«, antwortete Olofsson väterlich. »Die Kugel hat Ihre Schulter durchschlagen.«

Lydia sah den Detektiv ängstlich an.

»Keine Sorge, es besteht keine Lebensgefahr«, lächelte Olofsson und drückte sanft ihre Hand, »allerdings fallen Partys die nächste Zeit aus und es wird weh tun.«

»Warum schießt man auf mich?« fragte Lydia verwundert und versuchte sich aufzurichten.

»Bleiben Sie liegen«, mahnte Olofsson, »das wird den Schmerz mindern.«

»Was ist hier passiert?« polterte schließlich Leopold und sah Teresa und Olofsson an.

»Das dürfte Ihnen diese junge Dame besser erklären können als ich«, antwortete Olofsson, der langsam aufstand.

»Nun, Teresa?« hakte Edward nach.

»Wir wollten uns etwas zu trinken holen«, begann Teresa aufgewühlt zu berichten. »Als wir bereits wieder auf dem Rückweg waren, stellten wir fest, dass wir einen Flaschenöffner vergessen hatten. Lydia ging nochmals zurück, während ich dort hinten wartete.« Sie deutete in die Mitte des Restaurants. »Dann gab es plötzlich einen dumpfen Knall und Lydia fiel zu Boden.«

»Sie haben nicht gesehen, wer da geschossen hat?« fragte Leopold.

»Nein, es ist hier stockdunkel«, sagte sie verzweifelt und fügte hinzu: »Wir haben nur diese Kerzenlampen. Die leuchten nicht weit.«

»Sie haben also niemanden erkennen können?« fragte Leopold.

»Nein, nicht einmal einen Umriss«, seufzte Teresa.

»Wir sollten Lydia ins Warme bringen«, schlug Jan besorgt vor. »Hier ist es zu kalt.«

Edward nickte.

»Wir holen eine Trage«, sagte er.

Olofsson nahm sich seine Taschenlampe und ging in die Mitte des Restaurants, dorthin, wo Teresa die Bierflaschen abgestellt hatte. Leopold folgte ihm.

»Es war ein Schuss aus Cats Dienstwaffe«, sagte Leopold betroffen. »Aber warum war er kaum zu hören?«

»Zum Glück«, nickte Olofsson, »war es ihre Waffe. Polizeikugeln zersplittern nicht beim Aufschlag, sonst wäre sie jetzt tot. Und was den gedämpften Schuss angeht ...« Der Detektiv suchte mit seiner Taschenlampe den Boden ab. »Ah«, rief er und ging auf ein am Boden liegendes Kissen zu. Er hob es auf. »Nun, jetzt wissen wir, warum der Schuss nur gedämpft zu hören war.«

Im Kissen war ein Einschussloch deutlich zu sehen.

Leopold stöhnte auf.

Was ihn jetzt beschäftigte, war die Frage, warum jemand auf Lydia schießen sollte.

»Weshalb sie?« Der Hauptkommissar fixierte Olofsson müde.

»Das ist wieder ein Rätsel«, antwortete Olofsson und blickte zurück zur Theke. »Ich denke, das werden wir zusammen mit den anderen Rätseln lösen müssen.«

»Wollen wir hoffen, dass Cat und Miriam einen weiteren Hinweis finden«, brummte der Polizeikommissar.

4

Cat und Miriam hatten den Schuss im Restaurant nicht gehört. Sie schlichen an einer schlafenden Familie vorbei, die es sich in einem der zahlreichen Schlafzimmer in der Möbelausstellung mehr oder weniger gemütlich gemacht hatte.

»Das ist jetzt der vierte Schrank, den wir uns ansehen«, zischte Cat unzufrieden. »Hätte Adam nicht einen besseren Ort finden können?«

»Er muss diese Art von Rätselspiel geliebt haben«, grinste Miriam und öffnete leise die Schranktür.

Unterdessen sah sich Cat das Preisschild an. Wie bei allen anderen Möbeln hing an jedem

Schrank eine Plastiktasche, in der sich ein Etikett befand. Auf dem Etikett waren der Preis sowie die Produktnummer des Artikels ausgedruckt. Cat warf einen flüchtigen Blick auf die Tasche und wollte sich gerade wieder Miriam zuwenden, die bereits einige Schubladen im Inneren des Schranks untersuchte, als sie durch die Tasche einen roten Streifen schimmern sah. Sie nahm sich die Plastiktasche nochmals genauer vor.

In jeder dieser Taschen befanden sich Kopien des Etiketts, die dem Käufer signalisierten, dass das Produkt im hauseigenen Lager vorrätig war. Zwischen diesen Kopien entdeckte sie schließlich ein rotes Kärtchen, dessen Form und Beschriftung ihr bekannt waren.

»Ich hab's gefunden«, stieß sie leise aus.

Miriam drehte sich zu ihrer Partnerin um.

»Ehrlich!« staunte sie.

Cat klaubte das Kärtchen aus der engen Plastiktasche und hielt es hoch.

»Klasse!« freute sich Miriam, »nichts wie weg von hier.«

Sie schlichen an der schlafenden Familie vorbei in den Gang.

»Wohin?« fragte Cat und grinste. »Zurück ins Hauptquartier?«

»Gute Idee«, nickte Miriam. »Vielleicht sind deine Klamotten endlich trocken.«

Leise gingen sie durch die Möbelausstellung zurück, eilten die Treppe zur Markthalle hinunter und erreichten das spartanisch eingerichtete Hauptquartier.

»Die anderen sollten informiert werden, dass wir den Hinweis gefunden haben«, sagte Cat und tastete ihre Uniform ab, die bei der Kälte immer noch nicht richtig trocken war.

»Sie werden von allein hier auftauchen«, meinte Miriam. »Ich habe keine Lust, dem Mörder da draußen allein zu begegnen.«

Cat stimmte ihr zu und ließ sich erschöpft in den Korbsessel fallen, den ihr Vorgesetzter warm gehalten hatte. Nachdenklich betrachtete sie das kleine rote Kärtchen.

»Was steht drauf?« fragte Miriam neugierig und ließ sich auf einem der dicken Kissen nieder.

»*Erstaunliche Schöpfungskraft, ein Leben wie ein Allegro, festgeschrieben in der Partitur. So mitreißend wie ein Bach*«, las Cat leise vor.

»Musik«, stöhnte Miriam, »dieser Kerl macht vor nichts Halt.«

»Ich habe keine Ahnung, was du meinst?« staunte Cat. »Diese Begriffe aus der Musik können wer weiß was bedeuten.«

Miriam schüttelte den Kopf.

»Nein, Adam wechselt das Thema«, sagte sie entschieden. »Jetzt wird es schwieriger. Mit Musikgeschichte kenne ich mich nicht aus.« Sie streckte ihre Beine aus und stöhnte erleichtert auf. »Du hast doch sicher ein Instrument spielen gelernt«, sagte sie, und es lag ein zarter Hauch von Neid in dieser Frage.

»Ja, Klavier«, grinste Cat mürrisch. »Ich habe das gehasst. Aber es gehört zum guten Ton in unserer Familie, ein Instrument zu spielen.«

»Du musst deine Familie wirklich hassen«, flüsterte Miriam, »wenn du dich von all dem Luxus lossagst.«

»Man kann sich nicht von der eigenen Familie lossagen«, zischte Cat. »Sie ist immer ein Teil von dir. Aber ich war es leid, ein Püppchen zu sein. Aber das sagte ich dir ja bereits. – Nun, kannst du vielleicht verstehen, was das hier soll?«

Sie warf das Kärtchen Miriam zu. Olofssons Assistentin fing es und las es nochmals.

»Keine Ahnung«, seufzte sie. »Wie ich schon sagte, Musik ist nicht meine Stärke.«

»Also warten wir auf Olofsson«, nickte Cat und lümmelte sich bequem in dem Sessel. »Ich könnte eine Mütze Schlaf gebrauchen.«

»Wem sagst du das?« gähnte Miriam.

Die Kerzenlampen flackerten beruhigend in ihrem Gehäuse. Es war einladend um sie herum, und aus der schwarzen Ruhe der Markthalle schlich der Schlaf an sie heran.

5

Lydia wurde von Nicole eingehend untersucht. Wie sich herausstellte, engagierte sich die Einkaufschefin im Roten Kreuz und besaß eine Ausbildung als Sanitäterin.

»Ein ausgezeichneter Verband«, lobte sie Olofssons Arbeit.

»Danke«, nickte der Detektiv.

Sie befanden sich im Aufenthaltsraum der Mitarbeiter. Man hatte Lydia etwas abseits unter den großen Baldachin gebettet. Niemand schlief mehr. Es hatte sich herumgesprochen, dass der Mörder eine Waffe besaß, was die Stimmung unter den Mitarbeitern des Möbelhauses nicht gerade verbesserte.

»Du hast Glück gehabt«, sagte Nicole zu Lydia, die ihren Schmerz, so gut es ging, zu ignorieren versuchte. »Ein paar Zentimeter tiefer, und der Schuss hätte dein Herz durchlöchert.«

Lydia stöhnte und nickte.

»Zwei Tote, eine Verletzte«, jammerte Edward. »Dieses Haus verwandelt sich langsam in ein Schlachtfeld. Warum nur?«

»Wir wissen es noch nicht«, antwortete Olofsson ruhig.

»Der Typ kann schießen«, brummte Leopold. »Es war im Restaurant stockfinster und er hat nur knapp vorbeigeschossen.«

»Vorbei?« zischte Lydia entsetzt.

»Wenn man bedenkt, dass er Sie töten wollte«, sagte Leopold, »dann hat er sein Ziel verfehlt.«

»Was habe ich dem Typ getan?« fragte Lydia erschöpft und schloss die Augen.

»Schlaf, wenn du kannst«, sagte Nicole. »Und ihr lasst sie jetzt in Ruhe.«

Edward, Olofsson und Leopold zogen sich zurück.

»Wo ist Jan?« fragte Edward.

»Er ist im Serverraum«, antwortete Olofsson. »Wir waren auf dem Weg dorthin.«

»Was will er da?« staunte Edward.

»Das soll er Ihnen selbst erklären«, meinte Olofsson und ging los.

In den Gängen war die Kälte sofort zu spüren. Das Gebäude kühlte immer schneller aus. Edward schüttelte sich und meinte: »Hoffentlich kommt bald Hilfe, lange halten wir das hier drin nicht mehr aus.«

»Solange das Dieselaggregat läuft, haben wir eine Chance«, meinte Leopold.

»Nur, wie lange wird das noch dauern?« seufzte Edward.

Sie erreichten den Serverraum.

Jan saß vor dem Bildschirm des Hauptrechners und blickte angestrengt auf eine Reihe kryptischer Zeichen.

»Wie geht es Lydia?« fragte er knapp, als die Männer den Raum betraten.

»Den Umständen entsprechend gut«, antwortete Edward und fügte überrascht hinzu: »Warum ist es hier so warm?«

»Die Prozessoren der Computer geben Wärme ab«, erklärte Jan mit dem Tonfall eines Jungen, der gerade feststellte, dass sein Vater alles andere als ein Genie war.

Die Antwort schien Edward zu genügen. Er stellte sich hinter Jan und sah auf den Bildschirm.

»Und? Was wollen wir jetzt hier?«

»Eine gute Frage«, Leopold sah den jungen Mann an.

Jan wurde unsicher und blickte zu Olofsson.

Der Detektiv nickte aufmunternd.

Edward blieb diese kleine Geste nicht verborgen. Er runzelte die Stirn und wirkte plötzlich nervös.

»Du hast etwas herausgefunden«, sagte er langsam, als müsste er jedes Wort vorher auf sein Gewicht hin abwägen.

»Ja, Chef.« Jan tippte einen Befehl in den Computer ein, und die kryptischen Zeichen auf dem Bildschirm verwandelten sich in eine Tabelle mit allerlei Zahlen.

»Das ist eine Protokolldatei«, begann er zu erklären. »Sie sagt uns, wann und wer auf gewisse Dateien im System zugegriffen hat.« Er betätigte die Maus und führte den Curser auf eine Spalte in der Tabelle. »Hier wurden die Kassen neu hochgefahren. Und gleich darunter startet das Programm, das die Türschlösser steuert.«

»So?« brummte Edward. »Was ist daran so Besonderes?«

»Das Programm wurde mit einem Trojaner manipuliert«, warf Olofsson zur Erinnerung ein.

»Richtig«, knurrte Edward. »Aber das hatten wir doch schon festgestellt.«

»Ja«, flüsterte Jan, »aber wie ich hier in der Tabelle sehen kann, wurde das Installieren des Trojaners erst durch deinen Zugangscode möglich.«

Für einen Augenblick verharrte Edward hinter Jan, dann verstand er, was sein Mitarbeiter gerade angedeutet hatte.

»Ihr glaubt doch nicht etwa, dass ich das war!« rief er entsetzt.

»Ehrlich gesagt, es ist ein Mysterium«, sagte Olofsson, »zu dessen Aufklärung nur Sie beitragen können.«

Edward schien sprachlos. Aus Verzweiflung grinste er Leopold und dann Olofsson an. Doch die beiden Männer ließen sich durch diese hilflose Geste nicht irritieren.

Unterdessen erklärte Jan nochmals, was genau mit dem Steuerungsprogramm geschehen war, nachdem man Edwards Code eingegeben hatte. Er beschrieb bestimmte Administrationsfreigaben, sprach von Files und Serverfreigaben, IP-Port-Adressen und FTTP-Zugängen. Olofsson nickte ab und zu, während Leopold bereits bei dem Wort „Administration" entschieden hatte, Edwards Hände im Auge zu behalten.

»Ich stelle mir das Ganze deshalb so vor«, sagte Jan aufgeregt. »Wir haben an diesem Computer keine Möglichkeit, ein fremdes Laufwerk anzubringen. Man kann Steuerungsdaten nur über die Tastatur eingeben. Besitzt man aber eine Administrationsfreigabe, dann kann man direkt auf die Programmierebene wechseln.«

So weit konnte Leopold dem jungen Mann folgen. Als Jan nun aber versuchte, die Manipulation mit Fachbegriffen zu erklären, polterte der gewichtige Polizeikommissar los.

»Bitte, was ist ein Proxy und wozu sind diese IP-Dinger da?« schnaufte er. »Könnten Sie es nicht etwas einfacher erklären?«

Jan überlegte einen Augenblick, dann sagte er: »Stellen Sie sich Ihr Auto vor.«

Leopold nickte und stellte sich sein Auto vor.

Dabei wurde ihm ganz übel, denn sein Auto stand in diesem Moment unter einer schweren, fetten Schneedecke auf dem Polizeiparkplatz begraben. Der Polizist fuhr ein Cabriolet mit dünnem Stoffdach.

»Wenn Sie sich darüber hinaus nur auf das Antriebssystem, also Benzintank, Benzinleitungen, Vergaser und Motor beschränken würden, ließe sich ein passender Vergleich ziehen.«

»Kein Problem, junger Mann«, grinste Leopold pausbäckig.

»Also, dieses Computersystem ist in etwa so wie das Antriebssystem bei Ihrem Auto. Sie können Benzin in den Tank eingeben und Öl nachkippen. Mit dem Gaspedal bestimmen Sie, wie schnell Sie fahren möchten. Alle diese Dinge lässt das Antriebssystem zu, damit Sie sich fortbewegen können. Wenn Sie nicht gerade Sand in die Ölwanne oder in den Benzintank kippen, passiert Ihrem Motor gar nichts.«

»Klar!«, brummte der Beamte.

»Bei diesem Computersystem können Sie ebenfalls „Benzin nachfüllen". In diesem Fall sind es Zeitangaben, wann welche Tür geöffnet und geschlossen werden soll. „Öl" füllen Sie nach, indem Sie das System mit Sensoren verbinden. Die prüfen dann, ob die Tür offen oder geschlossen ist. Der „Tank" wird gefüllt, indem Sie dem System sagen, wann es arbeiten soll, also die Zeitangaben vorgeben. Und „Gas" geben Sie, indem das System kontrolliert, ob sich die

Türen wirklich öffnen und schließen. Wenn Sie sich nicht einen Scherz erlauben und die Betriebszeiten in die Mitternachtsstunde legen, etwa auf diese Uhrzeit jetzt, dann funktioniert es fehlerfrei und ist nicht zu manipulieren. Wie der Motor Ihres Autos, der brummt und brummt.

Wenn Sie jetzt Ihr Auto zur Inspektion brächten und ein Automechaniker, dem Sie einmal ein Knöllchen gegeben haben, dies für eine gute Gelegenheit hielte, sich an Ihnen zu rächen, dann könnte er Ihnen zum Beispiel ein Ventil zwischen Benzinleitung und Motor einbauen, das ab einer gewissen Umdrehung des Motors, sagen wir mal bei 120 km/h, die Benzinzufuhr unterbricht. Ihnen würde der Motor, sobald Sie diese Geschwindigkeit erreichen, plötzlich ausgehen. Das Gemeine daran: Der Motor springt wieder an, wenn Sie unter 120 km/h bleiben.

Mit diesem System hat man etwas Ähnliches gemacht. Statt der „120 km/h" war hier der Auslöser das Abstürzen der Kassencomputer. In diesem Moment hat sich ein kleines Programm, ein Trojaner, aktiviert, das eine Computerverbindung zu einem anderen Rechner aufgebaut hat, der das Steuerungssystem übernahm.«

»Aber um in Ihrem Bild zu bleiben, hätte das Programm nicht wieder ordnungsgemäß funktionieren müssen, wenn die Kassen ebenfalls wieder funktionierten, also der Wagen unter 120 km/h fahren würde?«

»Normalerweise ja«, nickte Jan, »aber Sie erinnern sich daran, dass wir einen weiteren Stromausfall hatten, und der hat vermutlich den im Geheimen angeschlossenen Computer ausgeschaltet, so dass das „Ventil“ nicht wieder geöffnet wurde oder, in diesem Fall, der Trojaner die Steuerung nicht an den Hauptrechner zurückgab.«

»Aber was hat das alles mit meinem Code zu tun?« fragte Edward hoffnungsfroh, sah er doch die belastenden Beweise mit dem folgenden Argument widerlegt. »Die Kassenrechner können ohne meinen Code wieder hochgefahren werden.«

»Richtig«, antwortete Jan ernst, »aber um den Trojaner im Hauptrechner zu installieren, muss man deinen Code benutzen.«

6

Langsam kroch der Schlaf aus den Gängen auf die beiden Frauen zu. Sie saßen schweigend beieinander und betrachteten das Flackern der Kerzenlampen. Die Taschenlampen hatten sie ausgeschaltet, um die Batterien zu schonen. Noch waren sie nicht eingenickt, doch ihre Körper waren von der Müdigkeit und den Anstrengungen des Tages erschöpft, und nun öffnete ein uralter Instinkt leise ein Tor in ihrem Unterbewusstsein.

Aus sicherer Entfernung blickten zwei Augen auf die Frauen. Sie gehörten zu einer Gestalt, die geduldig verfolgte, wie die Müdigkeit ihren Opfern den Weg in den Schlaf bereitete.

Einfach warten, dachte sie. Dann das Kärtchen vernichten und ich bin am Ziel.

So, wie sich der Tag entwickelt hatte, war die Aktion nicht geplant gewesen. Sie hätte jetzt auf ihren Erfolg trinken sollen, stattdessen war sie gefangen. Wer hätte auch ahnen können, dass im Moment ihres Triumphes das Schicksal so böse zuschlagen würde? Die Gestalt schüttelte den Kopf. Noch konnte sie sich auf ihre unfreiwilligen Partner verlassen.

Bei dem Gedanken an die einfältigen Menschen, die ihr unbewusst halfen, musste die Gestalt grinsen. Sie hatte alles unter Kontrolle, bis der Strom ausfiel und sich dieser Typ mit seiner Assistentin in die Sache einmischte. Bis jetzt hatte sie alle Spuren verwischen können, selbst der missratene Schuss auf Lydia würde ihr noch helfen, wenn sie es schaffte, den Detektiv und seine Mannschaft aufzuhalten. Wenn die beiden Tussis einnickten, war sie nicht mehr aufzuhalten.

Sie sah, wie Miriams Arm schwer wurde und langsam niedersank. Ihre Augen waren geschlossen.

»Nummer eins«, flüsterte sie bissig.

Auch Cat stand an der Schwelle hinüber ins Traumreich.

»Nur noch wenige Augenblicke«, sie straffte ihren Körper und fühlte das Gewicht der Waffe in ihrer Hand.

Plötzlich blitzte ein Lichtkegel in den großen Scheiben des Kassenbereiches auf. Dann hörte sie Stimmen.

»Mist«, fluchte sie und schätzte schnell die Entfernung zu den beiden Frauen ab.

Sie ballte die Faust.

Die Chance war vertan, als Cat plötzlich aufblickte und den Lichtkegel wahrnahm.

Raubtierartig zog sich die Gestalt zurück.

»Aufwachen!« rief Jan, als er die beiden jungen Frauen anleuchtete.

»Was ist das für ein Krach?« gähnte Miriam und sah sich einen Augenblick verwirrt um.

»Olofsson schickt mich«, erklärte Jan ruhig, während er das provisorische Lager musterte, »ihr sollt hochkommen.«

»Ist etwas passiert?« fragte Cat besorgt und sprang auf.

»Das wird euch Olofsson sagen«, wiegelte Jan ab und fragte stattdessen: »Habt ihr einen weiteren Hinweis gefunden?«

Miriam zögerte mit einer Antwort und sah zu Cat. Die Polizistin schwieg, griff nach ihrer Uniform und sagte: »Endlich, sie ist trocken.«

Ohne auf Jan zu achten, entledigte sie sich des weißen Overalls. Halb nackt spürte sie seine Blicke und grinste verschwörerisch zu Miriam hinüber, die bei so viel Abgebrühtheit nur den Kopf schüttelte. Jan jedenfalls interessierte eine Antwort auf seine Frage nicht mehr. Er genoss, was er sah.

In der trockenen Uniform fühlte sich Cat gleich um einiges sicherer. Sie beeilten sich und Jan führte sie ins Restaurant, wo Olofsson und Leopold an einem Tisch Kriegsrat hielten.

»Ha, da sind Sie ja«, lächelte der Detektiv und lobte das Erscheinungsbild der Polizistin.

Miriam war so viel Freundlichkeit suspekt, zudem bemerkte sie, dass die gesamte Möbelhaus-Mannschaft das Restaurant mehr oder weniger auffällig belagerte.

»Was ist hier passiert?« schoss es, kurz nachdem sie sich gesetzt hatten, aus ihr heraus.

Olofsson erklärte in kurzen Sätzen, dass auf Lydia geschossen worden sei und dass Jan einen Trojaner im Steuerungsprogramm gefunden habe, der nur mithilfe von Edwards Code eingegeben worden sein konnte.

»Das ist erstaunlich«, stöhnte Miriam, »unser Mörder lässt nichts anbrennen.«

»Wir haben aber eine gute Nachricht«, sagte Cat und reichte Olofsson das rote Kärtchen. »Der nächste Hinweis.«

»Dann fehlt jetzt nur noch einer«, brummte Leopold und schielte auf das Kärtchen. »Was steht dieses Mal drauf?«

»*Erstaunliche Schöpfungskraft, ein Leben wie ein Allegro, festgeschrieben in der Partitur*«, las Olofsson leise vor. »*So mitreißend wie ein Bach.*«

»Musik?!« Leopold schüttelte den Kopf. »Dieser Adam war wirklich erstaunlich.«

»Und?« Miriam sah Olofsson mit ihren großen Augen an. »Haben Sie eine Vorstellung, was er uns mitteilen will?«

Zum ersten Mal, seit sie das Möbelhaus betreten hatten, wirkte Olofsson niedergeschlagen. Mit Bedauern sah er die Freunde an und sagte:

»Hier, fürchte ich, straft mich Apollo für meine Ignoranz.«

»So?« staunte Leopold und ein breites Grinsen zierte plötzlich sein Pausbackengesicht. »Ich weiß zwar nicht, wer dieser Apollo nun wieder ist, aber ich kann Ihnen erklären, was man unter einem Allegro versteht.«

Die anderen wechselten kurze Blicke, die in etwa jenen Gesichtsausdrücken nahekamen, die Menschen im Kerzenschein eines Tannenbaumes übermannt, nachdem sie buntes Papier zerrissen und darunter etwas unendlich Wertvolles vorgefunden haben.

»Was glotzt ihr so?« knurrte Leopold. »Ich leite einen Chor. Da sollte man sich auskennen.«

»Und«, forderte Cat auf, »was heißt es nun?«

Leopold ließ sich einen Moment Zeit und genoss die Aufmerksamkeit, die man ihm zollte.

»Es bedeutet fröhlich-beschwingt. Der erste Satz der klassischen Symphonie oder Sonate ist meist ein Allegro«, erklärte er schließlich. »Eine Partitur fixiert die Stimmen einer Oper oder einer anderen mehrstimmigen Komposition schriftlich. Unser lieber Adam verweist hier auf einen Komponisten, da wette ich meine Sterne drauf.«

»Mozart«, sagte Miriam aus dem Bauch heraus.

»Oder ein anderer.« Leopold überlegte. »Wie viele Buchstaben hat das Lösungswort, Herr Olofsson?«

Der Detektiv zog das Blatt mit dem Kreuzworträtsel aus seiner Westentasche und sagte: »Fünf Buchstaben.«

»Mozart hat sechs«, sagte Cat.

»Dann lasst uns mal überlegen, wer in Frage kommen könnte«, grübelte Leopold. »Bizet hat fünf, er war Franzose, Haydn hat fünf, Ravel hat fünf, Weill hat auch fünf.«

»Die könnten alle passen«, schnaufte Miriam zerknirscht. »Es muss noch einen weiteren Hinweis geben, damit wir die Suche eingrenzen können.«

»Den gibt es«, nickte Leopold. »Erstaunliche Schöpfungskraft. Damit will uns Adam doch sicher sagen, dass der Gesuchte eine Menge Stücke, Opern oder sonst was, komponiert haben muss.«

»So würde ich es ebenfalls interpretieren«, stimmte Olofsson zu. »Außerdem verbindet alle bisherigen Lösungswörter die Eigenart, dass sie in Zusammenhang mit Italien gebracht werden können.«

»Also suchen wir einen Italiener«, grinste Leopold und ein besonders strahlendes Lächeln verzierte sein Gesicht.

Die anderen ahnten, dass er die Lösung bereits hatte.

»Verdi, Giuseppe Verdi«, schnaufte der Kommissar, »es kann nur Verdi sein. Seine Schöpfungskraft war beeindruckend.«

Olofsson notierte den Namen in die freien Kästchen und nickte zufrieden. Verdi passte in der Anzahl seiner Buchstaben wie auch im Kontext des vorhergegangenen Rätsels.

»Jetzt fehlt uns nur noch ein Wort«, sagte er und blickte auf das Kärtchen. »*So mitreißend wie ein Bach*. Der Hinweis auf das letzte Versteck.«

»Einen Bach hat er wohl nicht gemeint«, grinste Miriam. »Aber vielleicht meinte er Johann Sebastian Bach.«

»Sicher«, nickte Leopold überzeugt. »In diesem Rätsel geht es Adam um Musik. Sicher hat er Bach gemeint.«

»Wir suchen jetzt das letzte Versteck«, sagte Cat entschlossen. »Es muss irgendeinen Ort in diesem Haus geben, den wir mit Bach in Verbindung bringen können.«

»Aber wo?« zischte Miriam.

7

Edward saß in der Zwickmühle. Wie sollte er dem Polizisten erklären, dass er auch nur ein Mann war? Zugegeben, ein schwacher Mann, wenn es um Enthaltsamkeit ging, aber ganz und gar nicht schwach, wenn es darum ging, seine Männlichkeit unter Beweis zu stellen.

Und nun, das stellte er gerade fest, hatte seine Tat im Kosmos der Ereignisse einen Kometen aus seiner Bahn geworfen. Dummerweise rauschte der Brocken genau auf ihn zu und dies mit einem leuchtenden Schweif, der bis in die Zentrale strahlen würde.

Wie konnte die gewisse Person ihn nur so brutal ausnutzen?

Edward fühlte sich gar nicht gut. Jedenfalls fror er seit Jans Enthüllung nicht mehr. Doch ihm wurde langsam klar, wenn er der Polizei nicht schnell eine brauchbare Erklärung liefern würde, dann zermalmte ihn der heranfliegende Brocken erbarmungslos.

Zum Glück produzierten seine Keimdrüsen genügend Testosteron, was ihn – wie schon so oft, wenn Männer sich von den Reizen einer Frau in Bann schlagen ließen – veranlasste, die Schuld für seine Vergehen den Verführungskünsten der Frau zu geben. Das hatte schon bei der Hexenverbrennung funktioniert.

Also suchte er fieberhaft an einer Lösung, doch Keimdrüsen ersetzen nun mal nicht, seien sie auch noch so groß, ein brauchbares Gehirn.

Ihm fiel nichts ein.

»Hier steckst du«, sagte plötzlich eine freundliche Frauenstimme. »Wir suchen dich schon überall!«

Edward sah auf und wurde von seiner sehr erstaunt dreinblickenden Einkaufschefin gemustert.

»Alles in Ordnung mit dir?« Sie klang besorgt.

»Mir geht es den Umständen entsprechend«, seufzte er und erhob sich aus seinem Bürostuhl.

»Warum sitzt du hier allein?« Nicole schüttelte sich. »Hier ist es eiskalt.«

»So?« Edward spürte nichts.

Nicole fixierte ihren Chef, als sähe sie ihn zum ersten Mal.

»Hier stimmt doch etwas nicht!« sagte sie schließlich.

Edward lachte schief.

»Das kann man wohl laut sagen«, knurrte er, und der Überschuss an Testosteron ließ ihn wie einen wütenden Bullen losschimpfen. »Erst kommt irgendein durchgeknallter Mörder auf die Idee, einen Mitarbeiter … nein, zwei Mitarbeiter umzubringen, dann schießt jemand auf Lydia, die nun weiß Gott für niemanden eine Gefahr darstellt, und dann kriegt dieser Streber von Jan auch noch heraus, dass ich meinen persönlichen Geheimcode weitergegeben habe.«

»Du hast was?!« unterbrach Nicole entsetzt.

»Meinen Code weitergegeben«, wiederholte er zornig. »Was ist schon dabei?«

»Wem?« Nicole schoss dieses Wort direkt in Edwards Gesicht.

»Jutta«, antwortete er und merkte viel zu spät, dass er das gerade nicht hatte sagen wollen.

»Sie ist tot«, flüsterte Nicole und trat plötzlich einen Schritt zurück.

»Was ist mit dir?« fragte Edward.

»Nichts«, log Nicole und öffnete die Bürotür.

»Jetzt bleib doch da!« bat Edward und vergriff sich dabei im Ton. Es wäre glaubwürdiger gewesen, sie anzuschreien. Jetzt klang seine Stimme fremd und bedrohlich.

Nicole riss die Tür vollends auf und ließ den Niederlassungsleiter stehen. Mit schnellen Schritten eilte sie durch den Büroflur hinaus in die Möbelausstellung.

»So ein Mist«, fluchte Edward. »So ein Mist!«

»Was fällt uns zu Bach ein?« fragte Miriam, die einen Zettel vor sich liegen und einige Stichworte aufgeschrieben hatte.

Die Freunde grübelten noch an dem zweiten Rätselsatz, als eine aufgebrachte Nicole Pellegrino sämtliche Überlegungen fürs Erste unterbrach.

»Edward ist der Mörder«, stieß sie aufgeregt aus. »Er hat Andrew und Jutta umgebracht.«

Leopold und Olofsson sahen sich kurz an, dann ergriff der Polizeikommissar das Wort.

»Was ist passiert?« fragte er ruhig und fügte freundlich hinzu: »Setzen Sie sich erst einmal.«

»Edward hat seinen Geheimcode Jutta gegeben«, sagte sie nervös, »er hat es mir gerade vor wenigen Minuten selbst gesagt.«

»Wir wissen, dass Herr Fromm seinen Code weitergegeben hat«, mischte sich Olofsson ein. »Das ist noch kein Grund, jemanden des Mordes zu beschuldigen.«

»Das vielleicht nicht«, erwiderte Nicole, »aber Jutta war Edwards heimliche Geliebte, und sie genoss Andrew Adams volle Aufmerksamkeit.« Sie sah die beiden Detektive grinsend an.

»Unser lieber Niederlassungsleiter wurde von seiner Geliebten betrogen«, sagte sie ernst. »Das haben Männer gar nicht gerne.«

Miriam gab einen leisen Pfiff von sich, was ihr einen bewundernden Blick von Cat einbrachte.

»Das ist eine völlig neue Wendung«, brummte Leopold, und man sah dem Polizisten an, dass er diese Wendung gar nicht mochte.

»Edward ist kein Mörder«, verteidigte ihn Jan. »Dazu wäre er nicht imstande.«

»Ach, was weißt du denn?« schimpfte Nicole.

»Außerdem, warum sollte er auf Lydia schießen?« ergänzte Jan.

»Alles Tarnung oder Ablenkung, damit man ihn nicht verdächtigt«, antwortete sie hart.

»Das ist *mefitisch*«, sagte Olofsson.

»Richtig«, nickte Leopold, »das ist alles sehr teuflisch.«

»Er meinte nicht mephistophelisch«, korrigierte Miriam freundlich. »Er meint, es *stinkt*.«

»Oh!« Leopold sah Olofsson mit einer Mischung aus Bewunderung und Verärgerung an.

»Entschuldigen Sie«, nuschelte Olofsson und seine grauen Zellen begannen auf Hochtouren zu arbeiten. »Die Göttin Mephitis«, plauderte er los, während sein Blick auf ein imaginäres Ziel gerichtet schien, »wurde im alten Italien als die Beherrscherin erstickender Dünste verehrt. Schwefeldünste und Ähnliches, sehr unangenehme Düfte.«

Die anderen nickten. Niemand wunderte sich mehr über diesen Mann. Die Situation war schon absonderlich genug. Eingeschlossen in ein Möbelhaus, umgeben von meterhohen Schneemassen, warteten sie gespannt darauf, welcher Gedanke in seinem Gehirn Konturen annahm.

»Wenn Herr Fromm«, begann er langsam zu sprechen, »eine intime Beziehung zu Frau Luchtenberg unterhielt und ihr der persönliche Code von Herrn Fromm bekannt war, dann wäre es durchaus möglich, dass Frau Luchtenberg ihrerseits diesen Code weitergegeben hat.«

»An wen?« fragte Leopold ungehalten.

»Vielleicht an Adam«, meinte Cat. »Mich würde es nicht wundern, wenn er sich mit Computern ebenfalls hervorragend auskannte.«

»Warum sollte er diesen Trojaner installieren?« warf Olofsson ein.

»Um sich zu schützen«, sagte Miriam, »oder um einen Fluchtweg für den Notfall zu haben. So etwas wie ein geheimer Fluchttunnel in einer Burg.«

»Der Trojaner schloss alle Türen«, bemerkte Jan, »da hätte er sich eingeschlossen.«

Olofsson nickte, doch dann sagte er: »Die Türen haben sich nacheinander geschlossen, soweit ich mich erinnere. Die Frage ist: Folgten sie dabei einem Plan?« Er wandte sich an Jan. »Können Sie anhand von Protokolldateien nachvollziehen, wann sich die einzelnen Türen geschlossen haben?«

Jan überlegte und antwortete: »Das lässt sich herausbekommen.«

»Olofsson«, brummte Leopold, »wenn dieser Trojaner wirklich ein versteckter Geheimtunnel für die Flucht war, dann könnte er genauso gut von dem Mörder installiert worden sein.«

»Vielleicht«, nickte Olofsson, »das werden wir sehen.«

8

Jan stand auf.

»Dann mache ich mich mal an die Arbeit.«

»Sie sollten nicht allein gehen«, mahnte Leopold.

»Ich begleite ihn«, sagte Nicole.

»Gut«, nickte Leopold. »Und was machen wir?«

»Wir suchen den letzten Hinweis, damit dieses Rätsel endlich gelöst wird«, stöhnte Miriam.

Jan und Nicole verschwanden im Dunkeln.

»Also zurück zu Johann Sebastian Bach«, schnaufte Leopold.

»*So mitreißend wie ein Bach*«, zitierte Miriam. »Und? Hat jemand eine Idee?«

»Sorry«, meinte Cat, »aber das ist nicht gerade meine Musik.«

»Bach hat komponiert«, warf Leopold ein. »Seine Kirchenkantaten sind unerreicht.«

»Daran erinnere ich mich«, nickte Miriam. »Die Matthäuspassion und das Weihnachtsoratorium sind auch von ihm und dann diese Orgelstücke, da klingelt es einem im Ohr.«

»Aber das hilft uns nicht weiter«, maulte Cat.

»Vielleicht doch«, sagte Olofsson, der sich auffallend zurückgehalten hatte. »Das Erste, was ich vor meinem inneren Auge sehe, wenn ich an Bach denke, ist ein riesiges Kirchenschiff mit einer vergoldeten Orgel. Haben wir einen Katalog?«

»Hier nicht«, antwortete Cat, »aber ich kann einen holen. Die liegen vorne beim Eingang.«

»Bitte, seien Sie so nett«, nickte Olofsson.

Cat stand auf und eilte davon.

»Adam wird auch den letzten Hinweis bei einem Produkt versteckt haben. Und so eindeutig er die Fährten bis jetzt gelegt hat, wird es auch dieses Mal wieder sein.«

»Sie glauben, es gibt ein Produkt, das mit Bach in Verbindung gebracht werden kann?« staunte Leopold. »Das stelle ich mir schwierig vor.«

»Wer hätte gedacht, dass Urban ein Stuhl sein konnte?« grinste Olofsson. »Ich habe plötzlich ein sehr gutes Gefühl.«

»Da dürften Sie der Einzige sein«, gähnte Leopold. »Ich bin todmüde und würde liebend gerne eine Stunde schlafen.«

Cat kam mit einem Stapel Kataloge zurück.

»Für jeden einen«, lächelte sie und verteilte die Kataloge. »Wonach suchen wir?«

»Nach etwas, das mit Bach in Verbindung gebracht werden kann«, antwortete Miriam.

Sie begannen den Katalog durchzublättern.

»Ein Verzeichnis wäre wirklich sehr hilfreich«, maulte Leopold.

Das fahle Kerzenlicht machte die Suche nicht leichter, und so verging einige Zeit, bis plötzlich Leopold brummte: »Da friss mich doch der Teufel! Seht mal unter Beleuchtung nach!«

Die anderen blätterten hastig die Seiten um, bis sie an der Stelle ankamen, die Leopold bereits gefunden hatte.

»Es gibt tatsächlich ein Produkt, das unverwechselbar zu Bach gehört«, staunte Cat.

»Wer kommt denn auf so eine Idee«, schüttelte Miriam den Kopf, »eine Lampe „Orgel“ zu nennen?«

»Das ist das letzte Versteck«, sagte Olofsson und schien plötzlich vom Jagdfieber gepackt worden zu sein. »Wo finden wir diese Lampen?«

»Die befinden sich gleich da hinten im Gang«, meinte Cat. »Wir sind da mehrmals vorbeimarschiert.«

»Dann los. Wir bleiben dieses Mal zusammen«, sagte Leopold und erhob sich langsam aus seinem Korbsessel. »Bringen wir die Sache jetzt zu Ende.«

Sie schnappten sich die Kerzenlampen und schritten der Beleuchtungsabteilung entgegen.

»Hoffentlich hat er den letzten Hinweis nicht in der Möbelausstellung platziert«, grübelte Miriam. »Ich habe keine Lust mehr, zwischen all den Schlafenden hin und her zu laufen.«

»Wir werden sehen«, meinte Olofsson. »Und da sind wir auch schon.«

Sie suchten das Regal mit der Lampe namens „Orgel“ und fanden es.

Dieses Mal dauerte die Suche nur kurze Zeit. Sie hatten genügend Erfahrung sammeln können, und so konnten sie sich auf die paar möglichen Verstecke konzentrieren. Wie bereits bei dem vorherigen Versteck hatte Adam hinter der Regalbeschriftung ein Kärtchen versteckt.

»Jetzt sind wir langsam warm geworden«, scherzte Leopold, während Olofsson vorsichtig das Kärtchen hinter der Plastikabdeckung entfernte.

»Was steht drauf?« fragte Miriam aufgeregt.

Sie hatten gehofft, einen Namen zu finden, doch stattdessen stand dort geschrieben: *Seinem genialen Gehirn verdanken wir dieses Haus. Geht wählen!*

»Mist«, stieß Leopold aus. »Ich dachte, er würde uns einen Namen nennen.«

»Oh, das hat er auch«, lächelte Miriam.

6. Verblüfft sahen …

Sonnenaufgang

Verblüfft sahen die Polizisten und Olofsson zu Miriam.

»Du weißt es?« Cat schüttelte den Kopf. »Dir ist wohl der fehlende Schlaf in die Quere gekommen. Und jetzt fängst du an zu halluzinieren.«

»Nein, ganz und gar nicht«, lächelte Miriam und lehnte sich entspannt an das Lampenregal. »Überlegt doch mal, *Seinem genialen Gehirn verdanken wir dieses Haus.*« Sie breitete die Arme aus.

Doch die Freunde verstanden nicht, was sie ihnen mit der Geste sagen wollte.

Sie stöhnte laut auf und wollte gerade erklären, als mit einem lauten Knall eine Lampe über Miriam in tausend Teile zerplatzte.

»Auf den Boden!« rief Olofsson und blies die Kerzenlampe aus.

Die anderen folgten seinem Beispiel. Plötzlich wurde es dunkel. Nur die matte Notbeleuchtung glühte jetzt entlang des Ganges. Ihr graufahles Licht reichte gerade, um Schemen wahrnehmen zu können.

Ein weiterer Schuss krachte in das Regal.

»Wo steht der Schütze?« flüsterte Leopold und zog seine Waffe.

Der Detektiv gab dem Polizisten ein Zeichen, das Leopold jedoch nur ahnen konnte. Dann schlich sich Olofsson leise zwischen zwei Warenpyramiden hindurch und blickte in den Gang. Seine Augen gewöhnten sich schnell an das Dunkel. Er wartete und hoffte, dass sich der Schütze durch eine unüberlegte Tat verriet.

»Das ist unheimlich.« Miriam war zu Cat gekrochen und sprach ihr fast ins Ohr.

Cat zischte wütend.

Miriam konnte die Polizistin verstehen. Wer immer da auf sie schoss, benutzte Cats Waffe.

»Wie viel Schuss hat die Pistole?« fragte Miriam.

»Zehn«, antwortete Cat.

»Dann hat er noch sieben Schuss«, grinste Miriam. »Mal sehn, ob wir ihm nicht noch ein paar Patronen entlocken können.«

Cat überlegte: erster Schuss auf Lydia, zwei Schüsse auf sie. Miriam hatte richtig gezählt.

»Pass auf«, mahnte sie besorgt.

»Keine Angst«, nickte Miriam, »ich weiß, was ich tue.«

Doch als sie aus ihrer Deckung schlich, dachte sie: Oh Gott, was mache ich hier?!

Der Angreifer hatte im spärlichen Licht Miriams Bewegung wahrgenommen und zielte auf sie.

Ein weiterer Schuss krachte in eines der Regale. Miriam hatte rechtzeitig neue Deckung gefunden.

»Na, wer sagt es denn«, zischte sie, »jetzt sind es nur noch sechs Patronen.«

Olofsson verfolgte mit Entsetzen, was seine Assistentin da abzog. Allerdings beeindruckte ihn, wie Miriam auf die Gefahr reagierte. Statt passiv in der Ecke zu hocken, ging sie zum Angriff über, und zwar mit den bescheidensten Mitteln, die man in einer solchen Situation haben konnte.

Der nächste Schuss fiel, und wieder zerplatzte eine Lampe in einem der Regale.

»Wo bleiben die anderen?« rief Cat bewusst laut.

Kaum waren ihre Worte in einem erneuten Schuss untergegangen, da blitzten die ersten Lichtkegel im Kassenbereich auf.

»Sie kommen«, höhnte Leopold. »Jetzt wird es eng für das Schwein.«

In der Tat hatte sich die Gestalt leise zurückgezogen. Sie hatte Miriam und die beiden Polizisten im Visier gehabt, und so war Olofsson unbemerkt an sie herangekommen. Jetzt folgte der Detektiv ihr unauffällig durch die Gänge. Die Gestalt bewegte sich zielsicher durch die Markthalle. Olofsson hingegen musste ständig aufpassen, nicht gegen einen Stand oder Ware zu stoßen, und so vergrößerte sich langsam der Abstand. Schließlich verschwand die Gestalt in der Möbel-SB und Olofsson verlor den Kontakt zu ihr. Frustriert brach er die Verfolgung ab.

Als er zurückkam, erstrahlte die Markthalle in Dutzenden von Kerzenlampen.

Eine Menge Besucher und Möbelhaus-Mitarbeiter hatten sich um die Polizisten und Miriam geschart. Olofsson betrachtete die Menge vom

Rand aus und suchte nach bekannten Gesichtern, doch weder Edward, Jan, Nicole noch einer der Trainees befanden sich unter den Menschen.

Nachdenklich mischte er sich unter sie.

Leopold beruhigte alle und bat die Leute, zurück zu ihren Lagerstätten zu gehen. Die meisten folgten der Aufforderung, und so fanden sich die vier nach einer halben Stunde wieder allein in der Markthalle.

»Da hatten wir noch mal Glück«, stöhnte der Polizeikommissar.

»Wenn der Mörder sich jetzt so offen aus der Deckung traut«, merkte Cat an, »dann steht er vielleicht stärker unter Druck, als wir annehmen.«

»Wir stehen kurz vor der Auflösung des Rätsels«, erinnerte Miriam. »Das dürfen wir nicht vergessen.«

»Herr Olofsson, Sie sind ihm gefolgt?« fragte Leopold.

»Leider ist mir die Gestalt entwischt«, antwortete Olofsson enttäuscht.

»Dann sollten wir jetzt endlich das Rätsel lösen«, sagte Cat entschlossen. »Also, Miriam, wie heißt deiner Meinung nach das Lösungswort?«

Miriam sah zu Olofsson und wartete ein Okay von ihm ab. Als der Detektiv nickte, sagte sie ernst: »*Seinem genialen Gehirn verdanken wir dieses Haus*. Damit weist Adam auf den Gründer dieses Hauses: *Ingmar Kamprad*. Und wenn ich mich nicht täusche, dann hat das letzte Lösungswort sieben Buchstaben.«

Olofsson zog das Kreuzworträtsel aus seiner Westentasche und nickte. »Es sind sieben Buchstaben.«

Der Detektiv trug den Nachnamen ein.

Damit waren alle Felder ausgefüllt. Doch nun blickten die vier etwas ratlos auf das Blatt Papier.

»Was jetzt?« brummte Leopold. »Wo versteckt sich das Lösungswort und was sollen die Worte *Geht wählen!* bedeuten?«

Olofsson begann die Buchstaben in den Feldern herauszuschreiben, die durch die diagonalen Linien markiert waren. Doch wie er auch die Buchstaben zusammensetzte, es ergab keinen Sinn.

»Was nun?«, fragte Miriam enttäuscht.

»Nun«, seufzte Olofsson, »müssen wir herausbekommen, was Adam mit dem letzten Hinweis meinte.«

2

Jan und Nicole saßen im Serverraum und starrten auf eine Tabelle, die, gefüllt mit zahlreichen Zahlen, auf dem flachen Bildschirm des Computers zu sehen war.

»Und?« fragte die Einkaufschefin. »Erkennst du einen Plan?«

»So, wie es aussieht«, antwortete Jan, »wurden die Türen des Marktplatzes als erste geschlossen.«

Nicole sah sich in dem spartanischen Serverraum um. Sie langweilte sich offensichtlich.

»Ist es eigentlich so wichtig zu wissen, wann welche dieser Türen geschlossen wurden?« fragte sie und zog am Kragen ihres Shirts.

»Wenn wir einen Lageplan hätten«, antwortete Jan und blickte verstohlen zu ihr hinüber, »dann könnten wir anhand der Zeitdaten einen Weg nachzeichnen.«

»Und, was dann?« Nicole stöhnte. »Es ist hier wirklich sehr warm.«

Sie fächelte sich Luft mit der Hand zu.

»Nun, vielleicht hilft es Olofsson weiter«, antwortete Jan.

»Der alte Mann«, grinste Nicole höhnisch, während sie sich auf Jan zu bewegte. »Weißt du eigentlich«, ihre Tonlage wechselte plötzlich in den Weichspülgang, »dass du viel besser aussiehst als die meisten Jungs hier?«

»Danke«, nickte Jan und blickte angestrengt auf die Zahlenkolonnen.

»Jetzt lass doch mal den blöden Computer«, fuhr sie ihn an. »Was hältst du eigentlich von unserer Situation? Ist fast romantisch, oder?«

Sie streckte ihre Brüste unanständig nach vorne.

»Alles wie es die Natur geschaffen hat«, betonte sie.

»Wir brauchen einen Lageplan«, stieß Jan aus und versuchte sich zu konzentrierten. »Draußen auf dem Flur gibt es doch diese Hinweisschilder?«

»Und!« stöhnte Nicole.

Ihr Blick verriet nichts Gutes.

»Vielleicht könntest du eine dieser Tafeln holen?« fragte Jan vorsichtig. »Das würde uns sicherlich weiterhelfen.«

»Oh«, fauchte sie. »Dir ist also diese Tafel wichtiger als einen Blick hier drauf zu werfen?«

»Vielleicht später«, stotterte Jan.

»Später!?« zischte Nicole und schüttelte heftig ihren Kopf.

Jan nickte.

»Nun gut«, sie zog sich zurück. »Das Angebot war einmalig.«

»Ich fühle mich ... «, antwortete Jan, doch Nicole fuhr dazwischen.

»Vergiss es, Junge«, giftete sie und verließ den Serverraum.

Jan atmete auf und begann die Zeitdaten auf einen Zettel zu notieren.

Einige Minuten später kam Nicole mit einer DIN-A3-großen Tafel zurück.

»Meintest du diesen Wegweiser?« fragte sie und knallte die Tafel neben dem Computer auf den Tisch.

»Danke«, nickte Jan, »jetzt haben wir einen perfekten Grundriss.«

»Wofür der auch immer gut sein soll«, maulte Nicole.

»Er wird uns zeigen, ob die Türen nach einem Plan geschlossen wurden«, strahlte Jan und begann, auf dem Wegweiser Zahlen zu notieren.

Nicole sah ihm eine Weile zu, dann sagte sie: »Brauchst du mich noch?«

Jan sah kurz auf.

»Nein«, antwortete er.

»Dann sehe ich nach Lydia«, knurrte sie und verschwand.

»Wie du meinst«, flüsterte Jan und konzentrierte sich auf seine Arbeit.

Nach einigen Minuten hatte er alle Verschlusszeiten der Türen in den Grundriss eingetragen. Er nahm einen grünen Filzschreiber und begann, die Türen in der Abfolge ihrer Verschlusszeiten zu verbinden. Wenn das Schließen der Türen keinem Plan folgte, dann würde auf dem Grundriss eine chaotische grüne Linie entstehen.

Er kontrollierte das Ergebnis noch zwei Mal, dann stand er nervös auf und griff den Grundriss. Schließlich machte er sich auf die Suche nach Olofsson.

3

Im Flur kamen ihm seine Kollegen aufgeregt entgegen. Jan fragte nach, was der Grund für den Auflauf sei, und so erfuhr er, dass der Mörder erneut zugeschlagen hatte. Zum Glück erfolglos.

Mit schnellen Schritten eilte er hinunter zu Olofsson und den anderen. Erleichtert fand er sie an ihrem provisorischen Rastplatz. Doch irgendetwas stimmte mit ihnen nicht.

»Was ist los?« fragte er, kaum dass er sie erreicht hatte.

»Wir kommen nicht weiter«, stöhnte Miriam. »Das Kreuzworträtsel ist ausgefüllt, aber wir haben kein brauchbares Lösungswort gefunden und der letzte Hinweis ist kryptisch.«

Auch Jan konnte mit der Information nicht sofort etwas anfangen, schließlich war er nicht ganz auf dem Wissensstand der anderen, und deshalb hielt er den Grundriss hoch und sagte: »Ich weiß jetzt, wie unser Killer fliehen wollte.«

Die vier starrten den Grundriss und die darauf gezeichnete grüne Linie an.

»Der Trojaner hat die Türen nach einem exakten Plan geschlossen. Jedenfalls bis zu einem bestimmten Zeitpunkt«, erklärte Jan, »danach schlossen sich die Türen wahllos.« Er deutete auf die grün umrandeten Türen. »So, wie die Zeitabstände im ersten Teil festgelegt wurden, reichte ein schneller Spazierschritt, um problemlos von einer Tür zur nächsten zu gelangen. Und das Ziel war der Parkplatz, genau genommen der Mitarbeiterparkplatz.«

Olofsson betrachtete den Grundriss und nickte Jan anerkennend zu.

»Das bedeutet«, sagte Cat, »dass der Mörder auf elegante Art und Weise seinen Fluchtweg vor eventuellen Verfolgern geschützt hat.«

»Ja. Und wenn man bedenkt, dass der Trojaner sich selbst deaktiviert hätte, wäre der Strom nicht gänzlich ausgefallen«, fügte Miriam hinzu, »dann wäre das nie jemandem aufgefallen.«

»Nur, was bringt uns diese Information?« knurrte Leopold.

»Einiges«, antwortete Olofsson und plötzlich wurde ihm der Zusammenhang klar.

»Könnten Sie sich bitte etwas ausführlicher artikulieren«, bat Cat.

»Wir wissen jetzt, wie der Mörder fliehen wollte«, erklärte Olofsson, »und dazu musste er irgendwie die Kassencomputer zum Absturz bringen. Und wie macht man das?«

»Indem man ihnen den Strom entzieht«, antwortete Jan.

»Sehr gut«, nickte Olofsson, »und ich denke, ich weiß, wie der Mörder diesen Umstand herbeiführen wollte, bevor ihm das Schicksal in Form eines mächtigen Schneesturms dazwischen rauschte.«

»Und wie?« nörgelte Leopold. »Gibt es etwa so einen Not-Aus-Knopf?«

»Der hätte die Rechner nicht lahmgelegt«, erklärte Jan. »Die haben eine geschützte Stromverbindung.«

»Richtig!« Olofsson bat um den Grundriss. »Sehen Sie, hier beginnt die Linie.« Olofsson deutete mit seinem Zeigefinger auf den Anfang. »Nicht weit davon entfernt, ungefähr hier, haben wir Adams Leiche gefunden. Und etwa hier«, sein Zeigefinger bewegte sich etwas von der Linie weg, »hier stand, als wir gestern die Möbel-SB betraten, ein Gabelstapler. Das Interessante an diesem Stapler war, dass seine Zinken direkt auf die Außenwand der Halle zeigten. Ich vermute, dass hinter der Wandverkleidung Stromkabel entlangführen. Die wollte unser Mörder mit dem Stapler kappen. Doch dazu kam es nicht mehr, da der landesweite Stromausfall die Arbeit für ihn erledigte. Er machte sich vermutlich gleich auf den Weg, doch der Sturm vereitelte die Flucht und sein Trojaner begann, nachdem der zweite Stromausfall alles lahmgelegt hatte, sein jetzt unkontrolliertes Werk fortzusetzen, was anhand der umrandeten Türen deutlich wird.«

»Das haben Sie sich gemerkt«, staunte Leopold. »Ich meine die Lage des Staplers? Respekt!«

»Aber es sagt uns noch mehr«, erklärte Olofsson. »Der Täter kennt sich besser mit dem Gebäude aus als irgendein anderer.«

»Wer kommt da in Frage?« Cat sah in die Runde.

»Der Architekt«, meinte Miriam.

»Das ist jemand, den wir ganz sicher nicht verdächtigen werden«, sagte Olofsson überzeugt und reichte Jan den Grundriss zurück. »Jan, um wie viel Uhr schloss die Tür zum Parkplatz?«

Der junge Mann sah Olofsson etwas verblüfft an, schließlich hätte der Detektiv das selbst ablesen können.

»Meine Augen«, erklärte Olofsson, als er Jans staunenden Blick wahrnahm, »Sie haben sehr klein geschrieben.«

Jan sah auf der Tafel nach und antwortete: »Um 10:35 Uhr.«

»Was ist an der Zeit so wichtig?« hakte Leopold nach.

»Weiß ich noch nicht«, lächelte Olofsson, »aber mein Gefühl sagt mir, dass wir diese Zeit notieren sollten.«

»Schön«, schnaufte der Kommissar, »was ist nun mit dem Rätsel? Alles Zeitverschwendung oder was?«

Olofsson schüttelte den Kopf.

»Nein, das wird es nicht gewesen sein. Aber im Moment habe ich keine brauchbare Idee, um hinter das Geheimnis zu kommen.«

»Zeigen Sie mal her«, brummte Leopold.

Olofsson reichte ihm den Zettel mit dem Kreuzworträtsel. Der Kommissar betrachtete eine Weile das Blatt und knurrte schließlich: »Wenn wir nur wüssten, was diese diagonalen Linien bedeuten.«

»Könnten sie als Ausschlusskriterium funktionieren?« fragte Miriam.

»Was meinst du?« Cat sah sich ebenfalls das Blatt an.

»Na, es gelten alle Buchstaben, nur nicht die, durch die diese Linien führen.«

»Das habe ich ebenfalls bedacht«, erklärte Olofsson. »Wir erhalten dann 21 Buchstaben, von denen sieben Vokale sind. Es ließe sich also ein Satz oder ein ziemlich langes Wort bilden. Doch die Möglichkeiten sind ausgesprochen zahlreich, was uns so nahe an eine Lösung heranbringt wie die Titanic nach New York.« Er schüttelte seinen Kopf. »Adam sagt uns mit dem letzten Hinweis, *Geht wählen!*, wie wir mit dem Rätsel umgehen sollen.«

»Blöd ist nur«, stöhnte Miriam, »dass wir nicht verstehen, was er uns sagen will.«

»Noch nicht verstehen«, ergänzte Olofsson. »Wir sollten das Rätsel eine Weile liegen lassen.

Meine Erfahrung sagt mir, dass die Lösung irgendwann von allein kommt.«

»Und was sollen wir in der Zwischenzeit unternehmen, Herr Olofsson?« Leopold war aufgestanden und reckte sich.

»Nun, es wird langsam hell draußen«, erwiderte der Detektiv. »Lassen Sie uns den Mörder fassen.«

»Und?« Leopold breitete die Arme aus. »Haben Sie da eine Ahnung, wo wir die Lösung finden können?«

»Oh ja«, lächelte Olofsson, »die habe ich.«

4

Edward machte einen Plan.

Jetzt, wo er davon ausgehen konnte, dass die gesamte Belegschaft über seine Beziehung zu Jutta Bescheid wusste, wollte er offensiv damit umgehen. Die meisten Beziehungen entstanden am Arbeitsplatz, deshalb brauchte er sich nicht zu schämen. Dass sie beide verheiratet waren – nun ja – Jutta hatte in Scheidung gelebt, was ihr moralisch gesehen jedes Recht zur Selbstbestimmung gegeben hatte. Seine Situation war da etwas komplizierter.

Seine Frau lebte bereits seit Monaten mit einem anderen Mann zusammen. Das wusste jedoch noch keiner. Er hatte es aus Scham für sich behalten, was sich nun als ziemlich blöder Fehler herausstellte. Moralisch gesehen hatten sie sich beide nichts zuschulden kommen lassen. Allerdings wirkten diese Tatsachen im Lichte der vergangenen Ereignisse ziemlich schal. Es würde Zeit brauchen, bis man ihm die Umstände seines Handelns glaubte.

Doch Zeit, die hatte er nicht.

Er musste jetzt alle Karten auf den Tisch legen und schnellstens das Vertrauen von Olofsson gewinnen. Edward blickte aus seinem Bürofenster. Am Horizont schimmerte das erste Tageslicht über eine weiße Landschaft. Das gab Hoffnung.

Müde, doch entschlossen stand er auf.

»Dann wollen wir mal«, sagte er und verließ das Büro.

Sein Ziel war die Markthalle, wo er Olofsson zu treffen hoffte. Unterwegs grüßten ihn verschlafen einige Kinder, die die Nacht glücklich hinter sich gelassen hatten. Freundlich erwiderte er die Grüße und hoffte, dass der Diesel ausreichte, um das Notstromaggregat noch für eine Stunde laufen zu lassen, dann würden die Backöfen in der Küche noch warme Brötchen liefern können.

Ohne auf einen seiner Mitarbeiter zu stoßen, erreichte er schließlich die Markthalle. Erleichtert fand er Olofsson mit den anderen an ihrem Lagerplatz.

»Guten Morgen«, grüßte er sie freundlich. »Wir müssen reden!«

Edward spürte, dass er das anfängliche Vertrauen verloren hatte. Nervös wippte er von einem Fuß auf den anderen.

Schließlich nickte ihm der Polizeikommissar aufmunternd zu. Die anderen sahen ihn nur skeptisch an. Edward konzentrierte sich und begann seine Geschichte zu erzählen.

Der Niederlassungsleiter ließ nichts aus. Er berichtete, wie Jutta und er sich nähergekommen waren und warum er ihr den Code gegeben hatte. Für ihn war es nichts weiter als ein Vertrauensbeweis. Zudem hatte Jutta so die Gelegenheit gehabt, einige Arbeiten für ihn zu erledigen, die sie eindeutig besser verrichten konnte als er. Er schwor, keine Ahnung davon zu haben, wie der Trojaner in das System gelangen konnte.

»Haben Sie gewusst«, unterbrach ihn Cat, »dass Jutta etwas mit Andrew Adam gehabt hat?«

»Wer behauptet so etwas?« fragte er verärgert. »Jutta hatte nichts mit Adam.«

»Ihre Einkaufschefin behauptet da etwas anderes«, erwiderte Leopold.

»Nicole!« staunte Edward und schien nicht überrascht. »Weshalb sagt sie so etwas? Das stimmt nicht.«

Olofsson hörte die ganze Zeit aufmerksam zu und beobachtete Edward. »Herr Fromm«, sagte er schließlich, »wollen Sie uns nicht endlich sagen, was Sie über den Toten Andrew Adam wirklich wissen?«

Die anderen blickten überrascht auf.

Edward verstummte, als hätte man ihn beim Klauen erwischt.

»Nun?« hakte Olofsson nach. »Ich habe den Eindruck, dass Sie zu uns gekommen sind, um, Sie würden sagen, reinen Tisch zu machen.«

Edward nickte, schwieg aber noch.

»Vielleicht kann ich Ihnen etwas helfen«, lächelte Olofsson. Seine Schultern hingen schlaff herunter und seine Augen blickten sanft auf den Niederlassungsleiter. Plötzlich wirkte der distinguierte Mann, als sei er Edwards bester Kumpel. »Jutta Luchtenberg war über die wahre Identität Adams informiert.«

Edward nickte.

»Mann, ist der gut«, flüsterte Cat ihrem Chef zu, der leise vor sich hin brummte.

»Da Sie ihr bereits mit der Übergabe des Codes einen sehr großen Vertrauensbeweis lieferten«, führte Olofsson weiter aus, »hat Jutta wahrscheinlich ein schlechtes Gewissen bekommen, als man Andrew Adam an Ihnen vorbei in die Mitarbeitermannschaft schleuste. Ich vermute, sie hat Ihnen die Wahrheit über Adam gesagt.«

Edwards Beine wollten ihn nicht mehr tragen. Müde und niedergeschlagen ließ er sich auf die Korbbank nieder.

»Andrew Adam«, begann er zu erklären, »war ein Deckname. Den richtigen Namen kenne ich nicht. Er arbeitete für eine spezialisierte Detektei aus London, die eng mit dem britischen Geheimdienst verbunden ist.«

»James Bond im schwedischen Möbelhaus«, flüsterte Miriam.

»Nicht ganz«, sagte Edward. »Adam war Spezialist, wenn es darum ging, Menschen zu finden. Untergetauchte, Vermisste oder solche, die aus dem Nest gefallen waren und nicht einmal wissen, dass sie zu einer besonderen Familie gehören.«

»Und welchen Typ Mensch suchte er hier?« fragte Leopold rau.

»Das hat Adam leider niemandem mitgeteilt«, antwortete er. »Jutta und er haben sich im Geheimen getroffen und Personalakten gewälzt. Dabei müssen sie beobachtet worden sein. Es waren sehr viele Akten, nicht nur die aus unserem Haus. Die Zentrale half dabei, so gut sie nach dem Gesetz helfen konnte. Nach allem, was in den letzten Stunden geschehen ist, gehe ich davon aus, dass er die Person hier bei uns gefunden hat.«

»Das erklärt einiges«, nickte Olofsson. »Danke, dass Sie so aufrichtig waren. Es hätte uns allerdings sehr geholfen, wenn wir diese Information früher bekommen hätten, und es stellt sich zwangsläufig die Frage, warum Sie so lange geschwiegen haben?«

»Ich hatte es Jutta versprochen«, erklärte er. »Sie hat darauf bestanden, dass ich – egal was auch passieren würde – niemandem etwas über Adams Identität verraten dürfte.«

»Nun«, nickte Olofsson, »es ist gut, dass Sie sich besonnen haben. Ich vermute, dass Lydia die gesuchte Person ist. Das würde erklären, warum auf sie geschossen wurde und warum sich Adam um sie besonders intensiv kümmerte.«

»Die beiden hatten ein Verhältnis«, empörte sich Miriam.

»Die schnellste Methode, an die wirklich wichtigen Informationen zu kommen«, lächelte Olofsson, und dieses Lächeln ließ Miriam für einen Augenblick erahnen, zu was Olofsson selbst fähig war.

»Dann sollten wir Lydia ab sofort unter Personenschutz stellen«, sagte Leopold.

»Aber wer ist hinter ihr her?« fragte Cat.

»Das werden wir herausbekommen«, antwortete Olofsson. »Herr Fromm, ich möchte als Erstes einige Personalakten einsehen.«

»Kein Problem«, nickte der Niederlassungsleiter.

»Ich schlage vor, dass Sie, Herr Leopold, und Sie, Frau von Hohenlohe, nicht mehr von Lydias Seite weichen, während wir uns um die Akten kümmern.«

Die Polizisten nickten.

»Und was mache ich?« mischte sich Jan ein, der staunend zugehört hatte.

»Für Sie und Herrn Fromm habe ich eine andere Aufgabe«, sagte der Detektiv ernst. »Es könnte jedoch gefährlich werden.«

»Kein Problem«, grinste Jan, »bin dabei.«

Olofsson sah zu Edward, der nickte schwach.

Dann erklärte er den beiden Männern, was sie zu tun hatten.

Danach löste sich die Gruppe auf und jeder ging seinen Aufgaben nach.

5

»Es ist kalt hier drin«, beschwerte sich Miriam, als sie das Personalbüro betraten. »Wonach suchen wir?«

»Sie suchen nach dem persönlichen Code von Fromm«, antwortete Olofsson, »und ich sehe mir mal ein paar Akten an.«

»Na klasse, und wo soll ich anfangen?« schnaufte sie, während sie sich umsah.

»Nun, wo würden Sie den Code verstecken?« antwortete Olofsson und öffnete einen Aktenschrank.

Miriam setzte sich in Juttas Bürostuhl und überlegte.

Vor ihr lag eine Schreibtischunterlage, die sie hochhob und wieder zurücklegte.

»Zu einfach«, nuschelte sie.

Dann öffnete sie eine Schublade des Schreibtisches und begann sie zu durchsuchen. Unterdessen nahm Olofsson einen Stapel Akten aus dem Schrank und blätterte ihn durch.

»Warum sind Sie sich sicher, dass Jutta den Code hier irgendwo hinterlegt hat?« fragte sie. Die Schublade war eine Niete. Sie machte bei der nächsten weiter.

»Weil es nicht ihr eigener war«, antwortete Olofsson knapp.

»Sie wollen damit sagen, dass sie sich keine zwei Codes merken konnte?« Miriams Tonfall klang schnippisch.

»Nein, weil es mir meine Erfahrung sagt«, erwiderte er.

Auch die zweite Schublade war eine Niete. Miriam spürte, dass die Schubladen nichts bringen würden. Sie stand auf.

Neugierig durchstöberte sie das Büro, öffnete hier und da eine Schranktür, schaute Olofsson neugierig über die Schulter und stieß schließlich auf eine Garderobe, die in einem der Büroschränke untergebracht war. Dort hing Juttas Mantel und auf dem Boden stand eine Handtasche.

Miriam untersuchte die Tasche, fand wieder nichts und stellte sie zurück. Sie wollte die Tür schon schließen, als ihr ein Schminkspiegel an der Schranktür auffiel. Sie betrachtete sich kurz im Spiegel und verfluchte ihr störrisches Haar, als ihr eine Idee kam.

Vorsichtig griff sie nach dem Spiegel und zu ihrer Verwunderung ließ er sich abnehmen. Sie betrachtete die Rückseite.

»Gefunden«, sagte sie stolz.

Auf der Rückseite klebte ein Zettel mit Edwards Code.

»Das habe ich Ihnen doch prophezeit«, kommentierte Olofsson. »Ich bin ebenfalls fündig geworden.«

Er zückte sein Notizbuch und schrieb etwas hinein. Dann legte er die Akten zurück in den Schrank, verschloss ihn und meinte: »Wir können gehen.«

»Das war es?« fragte Miriam. »Mehr wollten wir hier nicht?«

»Wir haben alles gefunden, was wir suchten«, erwiderte der Detektiv.

»So«, staunte Miriam, »das müssen Sie mir aber noch erklären.«

»Später«, lächelte er und öffnete die Bürotür.

Ein schwacher Schatten verriet die Gestalt, als das erste Sonnenlicht über den Horizont schlich.

»Runter«, warnte Olofsson, und fast gleichzeitig splitterte Holz aus dem Türrahmen.

Der Schuss ging nur um wenige Zentimeter daneben.

Der Knall war ohrenbetäubend. Er wälzte sich durch die Gänge wie ein Donnerschlag. Der Schall war so mächtig, dass er im Restaurant ebenso wie im Mitarbeiterraum, in dem Cat und Leopold über die schlafende Lydia wachten, zu hören war.

Die beiden Polizisten zuckten vor Schreck zusammen, doch noch bevor Cat irgendetwas sagen konnte, hatte Leopold bereits seine Waffe gezogen.

»Hier, nehmen Sie«, forderte er Cat auf. »Gehen Sie nachsehen, was los ist. Ich bleibe bei Lydia.«

Cat nahm die Waffe und eilte davon.

»Was war das für ein Knall?« fragte Lydia müde.

»Der Killer ist wieder unterwegs«, knurrte Leopold, und plötzlich wurde ihm klar, worauf der es abgesehen hatte.

»Lydia, Sie müssen sofort aufstehen, schnell«, drängelte der Kommissar.

Lydia, durch Leopolds besorgten Tonfall mehr als motiviert, quälte sich in die Senkrechte.

»Was nun?« stöhnte sie unter Schmerzen.

»Da hinüber« sagte er und führte Lydia in eine Ecke des Raumes. Dort standen eine kleine Tischgruppe sowie zwei große Schränke.

Leopold stützte die junge Frau und schielte immer wieder zum Eingang. Er hörte, wie immer mehr Menschen den Gang hinunter zu den Büroräumen liefen, was nicht gut war. Nach einer Ewigkeit, wie der Polizist empfand, erreichten sie die Schränke.

»Ich muss Sie jetzt dort hineinsetzen«, sagte er ernst.

»Kein Problem«, stöhnte Lydia und hielt sich tapfer, bis sie die Schränke erreichten.

Vorsichtig setzte er sie auf den Boden des Schrankes nieder.

»Geht es?« fragte er immer wieder.

Lydia stöhnte hin und wieder zwar, hielt sich aber tapfer. Sie passte problemlos in den Schrank hinein. Als sie mehr oder weniger bequem saß, schloss Leopold die Schranktür und schnappte sich eine Rolle Dekostoff, die aufgerollt neben der Tischgruppe lag. Schnell wickelte er einige Meter ab, durchschnitt sie mit einem Taschenmesser und legte den Rest vor die Schranktür. Dann eilte er über das Matratzenlager zurück zu der Stelle, an der Lydia gelegen hatte. Er war gerade mit seinen Vorbereitungen fertig, als ihn von hinten etwas in den Rücken traf. Kurz darauf sah er undeutlich, dass neben ihm ein zweiter Schuss niederging.

Jan und Edward fanden Leopold zusammengesunken auf dem Matratzenlager liegend. Sie waren nicht hinaus in die Büroräume gelaufen, sondern hatten die plötzliche Panik genutzt, ihre Suche fortzusetzen. Als sie jedoch in unmittelbarer Nähe die zwei Schüsse hörten, waren sie sofort hergeeilt.

»Schnell, such Olofsson« befahl Edward, doch in diesem Moment trafen Olofsson, Miriam und Cat bereits ein.

Olofsson blieb kurz hinter dem Eingang stehen und blickte sich in dem Raum um, dann sagte er: »Jan, sichern Sie die Tür und lassen Sie keinen hinein.«

Jan nickte und stellte sich in den Türrahmen. Nur ein paar Augenblicke später drängelten bereits die ersten Neugierigen heran, um zu erfahren, was dieses Mal wieder geschehen war.

»Wo ist Lydia?« fragte er besorgt Miriam, die neben ihm stehengeblieben war.

Die sah sich ebenfalls um.

»Oh, mein Gott«, stieß sie aus. »Er hat sie mit seinem Körper geschützt.«

Vom Eingang des Raumes sah es so aus, als beschützte der schwergewichtige Kommissar mit seinem Körper eine liegende Person. Doch als Olofsson und Miriam näher traten, sahen sie, dass Leopold eine Attrappe aus Stoffbahnen und Kissen gestaltet hatte.

»Clever mitgedacht«, flüsterte der Detektiv und blickte zu dem Schrank. »Miriam, schnell, sehen Sie dort drüben im Schrank nach Lydia.«

Verblüfft starrte sie ihren Chef an, doch der untersuchte bereits Leopold.

Ein leises Stöhnen drang aus Leopolds Mund, als sie den Mann vorsichtig auszustrecken versuchten.

»Es ist überhaupt kein Blut zu sehen«, staunte Edward.

Cat fiel dieser Umstand jetzt auch auf, und schlagartig verwandelte sich ihr ernster Gesichtsausdruck in einen amüsierten.

»Was gibt es da zu grinsen?« fragte Edward. »Bluten Polizisten nicht?«

»Herr Fromm«, sagte Olofsson freundlich, noch bevor Cat antworten konnte. »Alte Haudegen, wie dieser Mann hier, haben einen besonderen Schutz.«

Leopold kam langsam zu sich.

»Langsam, Leute, langsam«, knurrte er, und das klang wie Musik in Cats Ohren.

»Sie altes Schlitzohr«, sagte sie.

»Geht es Lydia gut?« fragte er besorgt und wandte sich an Olofsson, ohne auf Cats Kommentar zu reagieren.

»Miriam sieht nach ihr«, beruhigte Olofsson und deutete zum Schrank, den Lydia mit Miriams Hilfe gerade verließ. »Großartig reagiert, Herr Polizeikommissar«, lobte der Detektiv.

»Danke«, brummte Leopold und klopfte sich auf den Bauch. »Ich hatte heute vor Dienstbeginn so eine Ahnung, dass mir das Ding heute noch nützen könnte.«

Edward verstand immer noch nicht. Hatte er es hier mit einem Wunder oder Zauberei zu tun?

»Warum ist er nicht verletzt? Schließlich trägt er ja keine schusssichere Weste«, sagte er verstört.

»Oh doch«, antwortete Cat, »unter seinem Diensthemd. Der alte Hase ist schlau.«

»Die Schutzwesten sind doch viel zu dick«, staunte Edward.

»Nicht alle«, erklärte Olofsson, »richtig gutes schusssicheres Material können Sie sich sogar als Anzug schneidern lassen. Allerdings haben Sie dann keine Polsterung, und ein Treffer kann richtig weh tun, so wie es Herr Leopold gerade gespürt hat.«

»Ich lebe noch«, schnaufte der Kommissar, »darauf kommt es an.«

6

Die Sonne stieg langsam über den verschneiten Horizont auf. Ihre schwachen Strahlen glitten über schneebedeckte Täler und Berge. Friedlich schlummerte die Welt unter einem Meer aus Eiskristallen. Im Möbelhaus begann der neue Tag mit Hoffnung und Kindergeschrei. Das Restaurant füllte sich langsam mit Menschen. Der Sonnenschein vertrieb die Ereignisse der vergangenen Nacht. Kinder liefen spielend zwischen den Tischen herum, und die Möbelhaus-Mitarbeiter bereiteten für alle ein Frühstück vor. Es war jetzt abzusehen, wann Hilfe eintreffen würde.

»Uns läuft die Zeit davon«, mahnte Leopold, noch etwas angeschlagen.

»Wir sind bald am Ziel«, antwortete Olofsson.

Die ganze Truppe saß an einem Tisch in der Nähe der großen Panoramafenster. Selbst Lydia hatte darauf bestanden, den Mitarbeiterraum zu verlassen. Sie kämpfte tapfer gegen die Schmerzen an, der Blick aus dem Fenster entschädigte sie.

»Herr Fromm, haben Sie gefunden, wonach Sie suchen sollten?« fragte Olofsson.

Edward wollte gerade antworten, als im Restaurant die Handys zu klingeln begannen.

»Ich schätze«, grinste Jan und zog sein Handy aus der Hosentasche, »jetzt haben wir wieder Empfang.«

»Nun wird es nicht lange dauern«, knurrte Leopold, »bis die halbe Welt von den Morden erfährt.«

Jan sah unterdessen nach, ob irgendwelche SMS angekommen waren und legte anschließend das Handy auf den Tisch.

Olofsson gefiel diese Entwicklung überhaupt nicht; er war für einen Augenblick aus der Ruhe gebracht. Nachdenklich starrte er auf das Telefon.

»Ach du meine Güte«, stieß er plötzlich aus und griff in seine Westentasche.

»Was ist, Chef?« fragte Miriam und sah zuerst zu Olofsson und dann auf das Handy. Schließlich erkannte auch sie, was Olofsson gerade entdeckt hatte.

»So einfach?!« Miriams Tonfall schwankte zwischen Enttäuschung und Erleichterung.

»Wir hätten früher drauf kommen können«, meinte Olofsson, zog das Handy zu sich heran und begann Zahlen auf ein Blatt Papier zu schreiben.

»Könntet ihr uns mal erklären, was hier abgeht?« fragte Edward ungehalten.

»Das machen die immer so«, schnaufte Leopold mit einem Grinsen. »Die sehen sich Dinge an, und plötzlich wird aus einem Stuhl ein Papst, aus einem Schreibtisch ein König, und eh man sich versieht, wird auf einen geschossen. Daran sollten Sie sich gewöhnen, Herr Fromm.«

»Ja, aber was soll das bedeuten?« Edward deutete auf das Handy.

»Ich glaube«, antwortete Cat, »Olofsson hat gerade das Rätsel gelöst.«

Jetzt, wo er die Lösung kannte, schien alles so einfach. Adams letzter Hinweis lautete *„Geht wählen!“* Ein Hinweis, der in zweierlei Hinsicht genial war. Zum einen führte er auf eine völlig falsche Spur, wenn man sich in der deutschen Sprache nicht bestens auskannte. *Wählen* bedeutet in der deutschen Sprache: seine *Stimme für* *jemanden abgeben, etwas entscheiden* oder *aussuchen*. Und zum anderen konnte es in einem besonderen Zusammenhang auch *telefonieren* bedeuten. Telefonieren kann man mit einem Handy oder Telefon, und dieses Gerät war der Schlüssel, um die Buchstaben des Kreuzworträtsels richtig zu lesen.

Dies war Olofsson in dem Moment klar geworden, als er die Buchstaben des Alphabets unter den Zahlen der Handytastatur wahrgenommen hatte. Die bizarre Buchstabenfolge aus dem Rätsel, das war dem Detektiv klar, würde kein verständliches Wort hervorbringen. Jetzt, wo er die Buchstaben mithilfe der Handytastatur in Zahlen verwandelte, ergab das Ganze einen Sinn, vorausgesetzt, der Zahlenreihe war ein Sinn zuzuordnen.

Auch die beiden Felder mit dem X konnten jetzt gedeutet werden. Olofsson erkannte, dass dort eine Leerstelle oder ein Punkt zu setzen war. Schnell hatte er eine Zahlenfolge notiert und reichte sie Edward: »Können Sie damit etwas anfangen?«

Edward blickte völlig verblüfft auf die Zahlen 234.634.56.

»Ach du meine Güte«, stieß er schließlich aus, »das ist eine ganz besondere Artikelnummer.«

»Bingo«, sagte Cat.

»Wissen Sie, wo Sie diesen Artikel finden können?« hakte Olofsson nach.

»Sicher«, nickte Edward, »da gibt es nur einen Ort, der in Frage kommt.«

»Dann sollten wir uns auf den Weg machen«, drängelte Leopold barsch. Zum ersten Mal nach Stunden sah der Kommissar Land am Horizont.

»Jan, würden Sie hier auf Lydia aufpassen«, bat der Detektiv.

Jan sah zu Lydia und nickte.

»Herr Fromm, bitte beteiligen Sie ein paar Ihrer Mitarbeiter an der Suche.«

»Wieso, ich weiß doch, wo wir suchen müssen«, erwiderte Edward, doch dann verstand er.

»Natürlich«, er stand auf und rief durchs Restaurant: »Nicole, Teresa, Martin, Fabian und Sven, wir brauchen eure Hilfe. Es ist wichtig, also beeilt euch.«

»Ist Ihre Pistole geladen?« fragte Olofsson die Polizeihauptmeisterin, die immer noch Leopolds Dienstwaffe bei sich trug.

»Entsichert und jederzeit schussbereit«, erwiderte sie. Ihr Tonfall ließ keinen Zweifel daran, dass sie schießen und treffen würde.

Sie sammelten sich am Ausgang des Restaurants. Neugierig und ein wenig verunsichert belauerten sie Olofsson.

»Wo gehen wir eigentlich hin?« fragte Martin schließlich arrogant, während er Miriam unverhohlen auf den Hintern starrte.

»Wir müssen etwas suchen, das Ihr Kollege Adam versteckt hat«, erklärte Olofsson laut und deutlich.

»Und wo ist das?« fragte Fabian.

»Oh, das weiß Herr Fromm«, lächelte Olofsson, »bitte zeigen Sie uns den Weg.«

Er folgte dem Niederlassungsleiter.

Edward führte sie durch die Möbel-SB und von da in das eigentliche Warenlager.

»Wir haben hier ein Fach«, erklärte er Olofsson, »in dem wir Aufträge sammeln, die – nun sagen wir mal – etwas delikat sind.«

»Er meint damit, die Leute zahlen nicht«, erklärte Martin herablassend.

»Jetzt sei doch nicht so gemein«, schimpfte Teresa und behielt Edward im Auge.

»Jedenfalls haben wir diesem Fach die Artikelnummer 234.634.56 gegeben«, der Niederlassungsleiter blieb stehen. »Sozusagen für uns der Billy-Code. Voilà! Da ist das Regalfach.«

Edward deutete auf eine Regalzeile, aus der ein rot umrahmtes Fach deutlich hervorstach.

»Und was jetzt?« maulte Martin, »da ist nichts drin.«

»Nun«, begann Olofsson, »das würde ich nicht so sehen.«

»So, dann müssen Sie blind sein«, höhnte Martin.

»Es reicht jetzt«, schimpfte Leopold. »Beginnen Sie, Herr Olofsson.«

Olofsson konzentrierte sich und sagte: »Sie alle sollten diesen Ort kennenlernen, weil hier der Grund für die beiden Morde zu finden ist. Einem unter Ihnen ist dies bereits klar.«

»Wollen Sie damit andeuten«, warf Nicole ein, »dass einer von uns der Mörder ist?«

»Ja«, nickte der Detektiv und fuhr fort: »Beginnen wir mit dem Mord an Andrew Adam, der uns ein Rätsel zurückgelassen hatte.

Es war sehr schnell zu erkennen, dass der Mörder etwas dagegen hatte, dass wir Adams Geheimnis – wie sagen Sie – lüften wollten. Was mir jedoch nicht klar war: Tat er dies, weil er das Geheimnis kannte oder weil es für ihn von Vorteil war, wenn das Geheimnis eines blieb? Dieser Gedanke führte mich auf die erste Spur.

Ich fragte mich weiter: Warum schlug der Mörder gestern, also am Samstag, zu? Schließlich hätte er ebenso jeden anderen Tag auswählen können. Da er sich jedoch für diesen Samstag entschieden hatte, musste dies einen gewichtigen Grund haben. Es sah ganz danach aus, dass für den Mörder plötzlich ein dringender Handlungsbedarf bestand, und es schien, dass das Wochenende für eine Flucht bestens geeignet war. Doch was hatte diese Ereigniskette ausgelöst?

Hier kam mir Lydia Donner zu Hilfe. Sie war mit Adam liiert und berichtete uns von einigen Reisen, die sie mit Adam gemacht hatte.«

Olofsson wandte sich an Edward.

»Herr Fromm, wenn Sie jetzt bitte das Fach untersuchen würden«, forderte er den Niederlassungsleiter auf.

Edward ging zu dem umrandeten Fach und starrte hinein.

»Herr Olofsson«, sagte er zögernd, »hier befindet sich nichts drin.«

»Klopfen Sie gegen den Rücken des Faches«, bat der Detektiv.

Edward folgte der Bitte und klopfte mit der Faust gegen den Rücken. Es hörte sich hohl an und als er erneut gegen den Rücken hämmerte, löste sich dieser und ein dicker Umschlag fiel Edward entgegen.

»Wenn ich mich nicht sehr täusche«, lächelte Olofsson, »werden Sie darin einige Unterlagen über Lydia Donner finden.«

»Wie kommen Sie denn darauf«, staunte Leopold.

»Weil sie das Geheimnis ist, das Adam schützen wollte. Lydia Donner ist die Erbin des verstorbenen Milliardärs Sir Arthur McCoon.«

Er wartete einen Augenblick, doch als er nur in ratlose Gesichter blickte, fuhr er fort: »Gestern, als wir uns auf der Hinfahrt befanden, sendete ein Radiosender die Nachricht, dass das Vermögen des englischen Milliardärs am morgigen Tag, am Montag, in den Besitz des „Heiligen Pfades" fallen werde, wenn nicht in letzter Minute ein Erbe gefunden würde. Adam fahndete genau nach diesem Erben und fand ihn in Lydias Person. Die Unterlagen in Ihren Händen dürften den Beweis dafür erbringen. Dies wurde mir klar, als auf Lydia geschossen wurde. Der Mörder hatte schneller auf die neuen Erkenntnisse reagiert als wir und erkannt, dass Adam in Lydia mehr gesehen hatte, als nur eine Liebschaft.

Wenn Sie sich jetzt an meine ersten Ausführungen erinnern, wird klar, warum der Mörder gerade gestern zugeschlagen hat. Adam, so vermute ich, wollte bis zur letzten Minute warten, um Lydia als Erbin vorzustellen. Da wir jetzt wissen, dass Adam für eine Detektei arbeitete, die enge Verbindungen zum britischen Geheimdienst hegt, dürfte dieser ihm seine Vorgehensweise vorgeschlagen haben. Leider hat der „Heilige Pfad" nicht geschlafen und ihrerseits jemanden losgeschickt. Diese Person sollte Adam daran hindern, Erfolg zu haben. Es geht immerhin um eine beträchtliche Summe.

Doch mit dem Schuss auf Lydia hat sich besagte Person selbst verraten.«

»Wie denn das nun wieder?« warf Martin ein und machte Anstalten, den Platz zu verlassen.

Es entstand ein Tumult, weil alle anfingen, durcheinander zu reden. Plötzlich hielt Teresa eine Pistole in der Hand und zielte auf Olofsson.

»Prima, Herr Olofsson«, rief sie laut und trat mit zwei schnellen Schritten hinter den Detektiv. »Jetzt keine falsche Bewegung, sonst ist dieser Mann tot.« Sie bohrte ihm den Lauf der Pistole in den Rücken. »Immer diese Theatralik«, mokierte sich Cat und zog Leopolds Pistole. »Lassen Sie die Waffe fallen!« befahl sie.

»Ganz ruhig bleiben!« Olofsson sprach leise. »Frau Peters, Sie haben nur noch einen Schuss und ich trage eine kugelsichere Weste, genau wie Kommissar Leopold.«

Für einen Augenblick war Teresa verunsichert und das genügte Olofsson. Mit einer schnellen

Umdrehung befreite er sich aus Teresas Griff, entwaffnete sie und nahm sie gefangen.

Sofort war Cat neben ihm und ergriff Teresas Hände. Ein leises Klicken verriet, dass die Handschellen geschlossen waren.

»Die gehört Ihnen«, sagte Olofsson und reichte Cat ihre Dienstwaffe zurück.

»Danke«, nickte die Polizistin, »aber ich fürchte, dass sie jetzt als Beweismittel gebraucht wird.«

»Was war denn das?« staunte Martin unterdessen. »Der Alte ist aber noch sehr beweglich.«

»Mensch, halt die Klappe«, schnauzte ihn Miriam an und eilte zu ihrem Chef.

Teresa sah den ehemaligen BND-Agenten herausfordernd an.

»Wo habe ich meinen ersten Fehler gemacht?« fragte sie kalt.

»Als Sie auf Lydia geschossen haben«, erklärte er ihr erneut. »Sie haben als Schalldämpfer ein Kissen benutzt, das auf der Sitzbank bei dem Tisch lag, an dem Sie auf Lydia warteten, während sie einen Öffner holen ging. Das Kissen haben Sie nach dem Schuss einige Meter weiter ins Restaurant geworfen, wo ich es auf dem Boden fand. Leider haben Sie übersehen, dass die Kissen mit unterschiedlichen Musterbezügen ausgestattet sind. Es war schnell zu erkennen, wohin das Kissen gehörte. Allerdings herrschte in den letzten Stunden ein ziemliches Tohuwabohu im Restaurant, und so hätte es auch eine simplere Erklärung für den Umstand geben können, dass das Kissen nicht dort lag, wo es hingehörte. Deshalb bat ich um Einsicht in die Akten und dort fand ich einige interessante Fakten über Sie. Zum einen wurden Ihre hervorragenden Programmierfähigkeiten und Ihre Mitgliedschaft in „Pro Patria" erwähnt, die besagter Organisation sehr nahestehen soll. Zum anderen stand da, dass Sie das Haus am Montag verlassen würden und dass Sie einige Wochen mit Jutta Luchtenberg zusammengearbeitet hatten. Als dann Miriam Fromms Zugangscode hinter Juttas Schminkspiegel fand, war ich mir sicher, dass nur eine Frau der Killer sein konnte. Zudem lieferte dieser Umstand auch das Motiv für den zweiten Mord. Jutta Luchtenberg hätte früher oder später eine Verbindung zu Ihnen hergestellt, was Sie verhindern mussten.

Einen weiteren Hinweis gab mir schließlich Jan. Er stellte anhand des Trojanischen Programms fest, wann die letzte Tür unter „normalen" Umständen hätte schließen sollen. Das wäre die Uhrzeit gewesen, zu der die Flucht gelungen wäre. Als ich die Zahlen sah, erinnerte ich mich, dass meine Assistentin und ich am Samstag etwa um die gleiche Zeit für einige Minuten vor einem Bahnübergang halten mussten. Ich kombinierte, dass die Zeitangabe und die Abfahrtszeit des Zuges in irgendeiner Weise zusammenhängen mussten. Es würde mich deshalb nicht wundern, wenn wir ein Bahnticket bei Ihnen finden werden. Was einen weiteren Beweis für Ihre perfide Tat ergäbe. Es war sehr clever von Ihnen, die Türen hinter sich schließen zu lassen, aber auch verräterisch.

Doch letztlich hat ein Haufen Eiskristalle Ihren Plan vereitelt.«

7. Die Polizei stand …

Sonntagmorgen

Die Polizei stand mit einem Dutzend Dienstfahrzeugen vor dem schwedischen Möbelhaus. Im Restaurant saßen Edward, Jan, Nicole und Miriam zusammen und beobachteten, wie Leopold seinen Kollegen Befehle und Anweisungen erteilte.

»Das gefällt ihm sichtlich«, lächelte Miriam und sah ihren Chef an.

Olofsson hatte direkt nach der Festnahme klargemacht, dass er kein Lob für seine Arbeit wollte. Er wünschte vielmehr, gar nicht genannt zu werden. Er hatte jedem der Anwesenden mehr als deutlich gemacht, dass er sich bei Nichteinhaltung der kleinen Absprache bei dem Plappermaul melden würde, was bei Martin für kurze Zeit eine Kieferlähmung auslöste.

So einigte sich die Gruppe darauf, Polizeikommissar Leopold und Polizeihauptmeisterin Catharina von Hohenlohe für die Ermittlungen verantwortlich zu machen.

»Der Mann hat auch allen Grund, sich zu freuen«, meinte Edward. »Er beschützt eine Milliardenerbin und verhindert, dass einer terroristischen Vereinigung so viel Geld in die Hände fällt.«

»Jetzt bleibt Ihnen nur noch zu klären, wie es Teresa schaffte bei Ihnen unterzukommen«, sagte Miriam.

»Das wird sich klären«, meinte Edward.

In diesem Moment trat ein älterer Herr an den Tisch.

»Guten Tag, mein Name ist Peter Miller«, stellte er sich vor. »Ich bin Anwalt und suche Andrew Adam. Würden Sie mir sagen können, wo ich ihn finde?«

»Oh«, staunte Edward. »Sie kommen aus London?«

»Ja«, der Mann sah an sich herab und meinte: »Merkt man mir das an?«

»Nein, Sir«, mischte sich Olofsson ein und stand auf. »Sie werden Adam nicht mehr sprechen können. Er ist verstorben.«

»So?« Wieder glich sein Blick einem Mann, der sich eindeutig fehl am Platz fühlte. »Wissen Sie, ich bin extra aus London angereist, um diesen Herrn hier zu treffen.«

»An einem Sonntag!« staunte Miriam.

»Es war sein Wunsch«, nickte Miller. »Allerdings hatte er wohl nicht mit diesem Wetter gerechnet.«

»Nein, das hat er nicht«, lächelte Olofsson und fügte hinzu: »Es hat ihm aber auf eine gewisse Weise doch sehr geholfen.«

»So?« Miller schien dieses Wort zu lieben.

»Ich denke«, sagte Olofsson, »Sie sollten eine junge Dame kennenlernen.«

»So?«

»Ja, wenn Sie mir bitte folgen wollen«, forderte Olofsson ihn auf und führte ihn durch das Restaurant in den umgestalteten Aufenthaltsraum.

»Das sieht aber schick aus«, lächelte der Anwalt und entdeckte Lydia Donner, wie sie gerade von einem Arzt versorgt wurde.

»Oh, was ist ihr denn zugestoßen?«

Lydia hielt den dicken Umschlag in der Hand und schüttelte immer wieder den Kopf und seufzte, was den Notarzt etwas irritierte.

Olofsson führte den Anwalt zu der jungen Frau.

»Darf ich Ihnen Lydia Donner vorstellen«, sagte der Detektiv, und zu Lydia gewandt: »Besuch für Sie aus London.«

Lydia sah auf. Sie blickte den Anwalt gedankenverloren an. Ihr Verstand begann erst langsam zu verstehen. Ihre Gefühle jagten unterdessen über eine Achterbahn. Sie war das uneheliche Kind eines Mannes, den sie nie kennenlernen würde. Ihre Mutter hatte ihr nie etwas über ihren Vater erzählt, weil es für sie so besser sei, wie sie immer sagte. Daraufhin hatte Lydia sich ihren Vater als einen Agenten vorgestellt, der das Böse in der Welt bekämpfte. Und jeder wusste, dass sich solche Helden angreifbar machten, wenn sie plötzlich mit einer Familie auftauchten. Sie hatte sich eingeredet, dass der Schutz der ganzen Welt wichtiger war als sie. So wurde sie älter, und irgendwann spielte der Vater keine Rolle mehr.

Jetzt kannte sie die Wahrheit, und die war nicht so heroisch, wie sie es sich vorgestellt hatte. Ihre Mutter hatte eine leidenschaftliche Beziehung zu Arthur gehabt, doch dessen Familie hatte diese Beziehung zerstört. Es war wie in schlechten Filmen: Ein armes, mittelloses Mädchen verliebt sich in den reichen Industrieerben. Das kann die Industriellenfamilie nicht zulassen und hintertreibt das junge Glück. Arthur hätte sich wehren müssen, dachte Lydia, und warum hat meine Mutter nie etwas gesagt?

Kurz bevor Lydias Mutter an Krebs starb, hatte sie Arthur mitgeteilt, dass sie eine gemeinsame Tochter hatten. Das war vor einem knappen Jahr gewesen. Lydia war gleich nach dem Tod ihrer Mutter aus der Stadt fortgezogen und von einem Ort zum nächsten gewandert, bis sie ein neues Zuhause in der nahe liegenden Stadt fand. Arthur hatte zwischenzeitlich alle Hebel in Bewegung gesetzt, um seine Tochter zu finden. Doch durch Lydias ständigen Wohnungswechsel stellte sich die Suche schwieriger heraus als von ihm gedacht. Arthur hatte nie geheiratet, und als man auch bei ihm Krebs diagnostiziert hatte, entschied er, sozusagen als späte Rache an seiner Familie, das gesamte Vermögen der dubiosen Organisation „Heiliger Pfad" zu vermachen – sollte seine Tochter nicht binnen zwei Monaten nach seinem Tod gefunden werden. Schließlich hatte Andrew Adam sie doch gefunden.

Eine einzelne Träne rollte sanft ihre Wange hinab.

»Geht es Ihnen gut?« fragte der Anwalt und sah sich die junge Frau genauer an, dann verstand er und rief überschwänglich: »Sie sind die Erbin, das Kind meines verstorbenen Freundes Arthur McCoon. Man sieht es an Ihren Augen.«

»Ich denke, ich lasse Sie jetzt allein.« Olofsson verließ den Raum und ging zurück ins Restaurant, wo Miriam, Jan und Edward auf ihn warteten.

Er sah seine Assistentin schmunzelnd an.

»Wir haben noch eine kleine Sache zu erledigen«, sagte er schließlich zu Miriam.

»So, was denn?« fragte sie.

»Nun, wir wollten Regale und Möbel für das Reisebüro aussuchen.«

»Aber Chef«, staunte Miriam, »Sie wollen immer noch ein Reisebüro aufmachen?«

»Natürlich«, nickte er. »Herr Fromm, was können Sie uns empfehlen?«

»Was suchen Sie denn genau?« fragte der Niederlassungsleiter verdutzt nach.

»Das wird Ihnen Miriam besser erklären können«, lächelte er und forderte sie auf, an die Arbeit zu gehen.

Miriam stieß einen lauten Seufzer aus und begann Edward zu erklären, was sie suchten.

Jan hörte sich das eine Weile an, doch beschäftigte ihn die ganze Zeit über etwas ganz anderes. Schließlich wandte er sich zu Olofsson und fragte: »Und, tragen Sie wirklich eine schusssichere Weste?«

»Das, lieber Jan«, lächelte Olofsson geheimnisvoll, »bleibt mein Geheimnis.«

2

Gut zehn Kilometer entfernt starrte Kapitän Feder auf die Überreste seiner Frachtmaschine.

Zusammen mit seinem Copiloten Hoffmann stand er auf der geschlossenen Landebahn des Regionalflughafens. Nicht weit von ihnen ragte das abgerissene Heck seiner Maschine wie eine bizarre Kunstfigur aus einem weißen Meer von Schnee.

In dem majestätischen Seitenruder spiegelte sich die aufsteigende Sonne.

»Da haben wir noch mal mächtig Glück gehabt«, sagte Feder nachdenklich.

»Das kann man laut sagen«, antwortete Hoffmann und nickte kräftig mit dem Kopf.

Eine Menge Menschen wimmelte um das abgestürzte Flugzeug herum. Feuerwehrmänner und Mitarbeiter des Flughafens waren damit beschäftigt, die Ordnung wiederherzustellen.

»Den Strommasten hat's allerdings erwischt«, meinte Feder und grinste.

»Die Werkzeugmaschinen auch«, ergänzte Hoffmann. »Aber der Sprit hat gereicht.«

»Gut, dass keiner zu Schaden gekommen ist«, ergänzte der Kapitän.

»Wir können wohl einen zweiten Geburtstag feiern«, lächelte Hoffmann, aber dieses Lächeln hatte nichts Amüsiertes.

Der Kapitän nickte, dann sagte er: »Na, dann lass uns mal schauen, ob wir helfen können.«

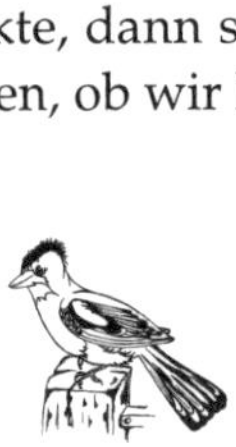

Wichtig!

Es geht ums Überleben …

… okay, der Überlebenskampf ist nicht so spektakulär wie bei Kapitän Feder und Copilot Hoffmann, eigentlich geht es auch gar nicht um ein Leben, es geht schlicht um dieses Buch. Der Billy-Code ist geschrieben worden, um allen Schraubfreunden und Inbuskritikern ein unterhaltsames Lesevergnügen zu bereiten.

Nun ja, und hier braucht es Ihre Hilfe.
Empfehlen Sie das Buch, wenn es Ihnen gefallen hat, bitte weiter. Schreiben Sie Ihren Freunden, nutzen Sie die ganze Bandbreite des Internets, Foren, Blogs und Mails und verweisen Sie auf die Homepage:
www.derbillycode.de.

Sollte Ihnen das Buch nicht gefallen haben, dann schreiben Sie dem Autor. Konstruktive Kritik ist immer willkommen.

Wenn Sie sich jetzt fragen, warum das Ganze?
Antwort: Monopole, Marktbeherrschung, Kapital, immens viel Kapital – alles dummerweise auf der anderen Seite ;-).

Verrückt?
Ganz sicher!

Sie entscheiden …

Ein Dankeschön …

… an alle, die dieses Buchprojekt unterstützt und gefördert haben. Insbesondere Prof. Dr. Jürgen Kühnel und Marlis Klein, die sich liebevoll um das Manuskript kümmerten. Manuela Mattik, Maria Leyener, Anja Georg und Rolf Engel, die sich offen und mit klaren Worten zum Inhalt äußerten. Ihre Anmerkungen haben der Handlung hie und da mehr Schwung und Spannung gegeben. Michaela Becker möchte ich für ihre Geduld und kreativen Einsatz bei der Gestaltung des Covers danken – dieses Mal war es nicht einfach. Bei Rudolf König gen. Kersting und Georg Schönborn möchte ich mich für ihre Bemühungen „außerhalb des fiktiven Bereiches" bedanken. Klaus Zimmermann machte es möglich, einen Blick hinter die Kulissen werfen zu können, und stand mit seinem fachkundigen Rat immer zur Verfügung. Ein herzliches Dankeschön dafür. Meike Gröppel-Wegener und Tanja Heyber danke ich für die publizistische Unterstützung.
Zum Schluss danke ich Ralph Rottler für seine stets offen formulierten Anregungen und Hinweise, die immer sehr hilfreich waren.
Ohne ihn und die anderen mir wohlgesonnenen Menschen gäbe es den Billy-Code nicht.

Ralf Strackbein

Tristan Irle
Die Abseitsfalle

Roman · Taschenbuch · 278 Seiten

Die Damenmannschaft des SC Siegen hat es wieder geschafft. Sie steht im Endspiel um die deutsche Meisterschaft. Doch dann verunglückt auf mysteriöse Weise ein Mitglied des Vereins. War es Mord? Diese Frage soll Tristan Irle klären. Voller Tatendrang stürzt er sich ins Spiel. Doch das Spiel ist nicht fair, und er durchschaut die heimtückische Abseitsfalle.

ISBN: 978-3-935378-20-8

Ralf Strackbein

Tristan Irle
Der Braumeister

Roman · Taschenbuch · 336 Seiten

Der junge Braumeister Roland Eichbaum hat die Idee seines Lebens. Er möchte Bier in Asien brauen. Die Verhandlungen sind in vollem Gange, als plötzlich ein Mord die Bierbrauer der Region erschüttert. Bis Tristan Irle durch die trübe Suppe von Verdächtigungen eine klare Spur findet, muss er so manches Glas Bier leeren, und nicht selten beginnt die Recherche mit einem lauten: Prost! Und da ist dann auch noch ein geheimnisvoller Chiffrierschlüssel, der Tristans Ermittlungen behindert.

ISBN: 978-3-935378-21-5

Ralf Strackbein

Tristan Irle
Locht ein!

Roman · Taschenbuch · 264 Seiten

Große Aufregung unter den Golfern im Kreisgebiet. Am Vorabend der Clubmeisterschaft findet man einen Toten auf dem Golfplatz und das mitten im Wasserhindernis. Keiner kann sich so richtig erklären, wie dieser scheinbare Unfall vonstattenging, und zum Erstaunen von Privatdetektiv Tristan Irle hält sich die Trauer um das verstorbene Clubmitglied in Grenzen.

Als der Detektiv die Ermittlungen übernimmt, kommen Hinweise zutage, die auf Mord deuten. Tristan Irle beginnt Fragen zu stellen, die erheblich mehr Aufregung erzeugen als der Start der Clubmeisterschaft. Besonders der Clubpräsident und der Spielführer fühlen sich belästigt, dann findet Irle die Tatwaffe …

ISBN: 978-3-935378-18-5

Ralf Strackbein

Tristan Irle
hat Lampenfieber

Roman · Taschenbuch · 296 Seiten

Intendant Wolfel Wanderschmied hat sich für den Saisonbeginn etwas Großes ausgedacht. Eine prächtig inszenierte, romantische Komödie mit jungen Schauspieltalenten und alten Hasen soll das Publikum zum Lachen verführen. Dummerweise überlebt einer der jungen Schauspieler die Generalprobe nicht, was eine Kette von Ereignissen auslöst, die sich Intendant Wolfel so nicht für seine Inszenierung vorgestellt hat.

Zum Glück gehört Privatdetektiv Tristan Irle zur Schauspieltruppe, und er übernimmt die Ermittlungen. Jetzt zeigt Tristan sein wahres Talent und stöbert Intrigen auf, was ihn ins Rampenlicht führt. Doch auf den Brettern, die die Welt bedeuten, ist manches nicht so, wie es scheint, und Tristan weiß, der Mörder beobachtet die Szene ganz genau.

ISBN: 978-3-935378-22-2